O INVOLUNTÁRIO ATO DE RESPIRAR

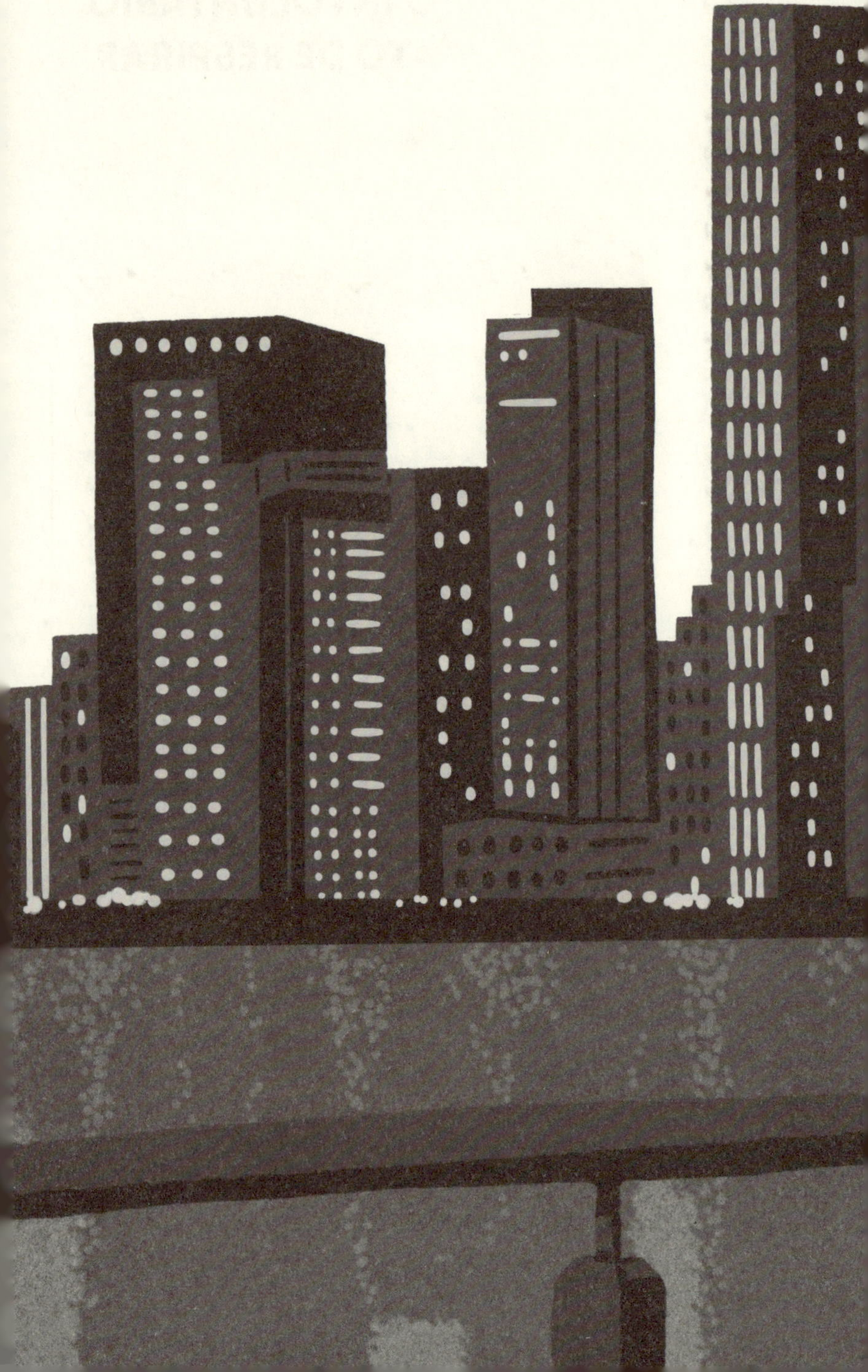

JJ BOLA

ROMANCE
O INVOLUNTÁRIO ATO DE RESPIRAR

Tradução de Davi Boaventura

Porto Alegre · São Paulo · 2022

Copyright © 2021 JJ Bola
Título original: *The selfless act of breathing*
Edição publicada mediante acordo com Pontas Literary & Film Agency

CONSELHO EDITORIAL Eduardo Krause, Gustavo Faraon,
Luísa Zardo, Rodrigo Rosp e Samla Borges
PREPARAÇÃO Samla Borges
REVISÃO Rodrigo Rosp e Raquel Belisario
CAPA E PROJETO GRÁFICO Luísa Zardo
FOTO DO AUTOR Arquivo pessoal

**DADOS INTERNACIONAIS DE
CATALOGAÇÃO NA PUBLICAÇÃO (CIP)**

B687i Bola, JJ
O involuntário ato de respirar / JJ Bola ;
trad. Davi Boaventura. — Porto Alegre:
Dublinense, 2022.
320 p. ; 21 cm.

ISBN: 978-65-5553-054-4

1. Literatura Inglesa. 2. Romance Inglês.
I. Boaventura, Davi. II. Título.

CDD 823.91 • CDU 820-31

Catalogação na fonte:
Ginamara de Oliveira Lima (CRB 10/1204)

Todos os direitos desta edição
reservados à Editora Dublinense Ltda.

Av. Augusto Meyer, 163 sala 605
Auxiliadora • Porto Alegre • RS
contato@dublinense.com.br

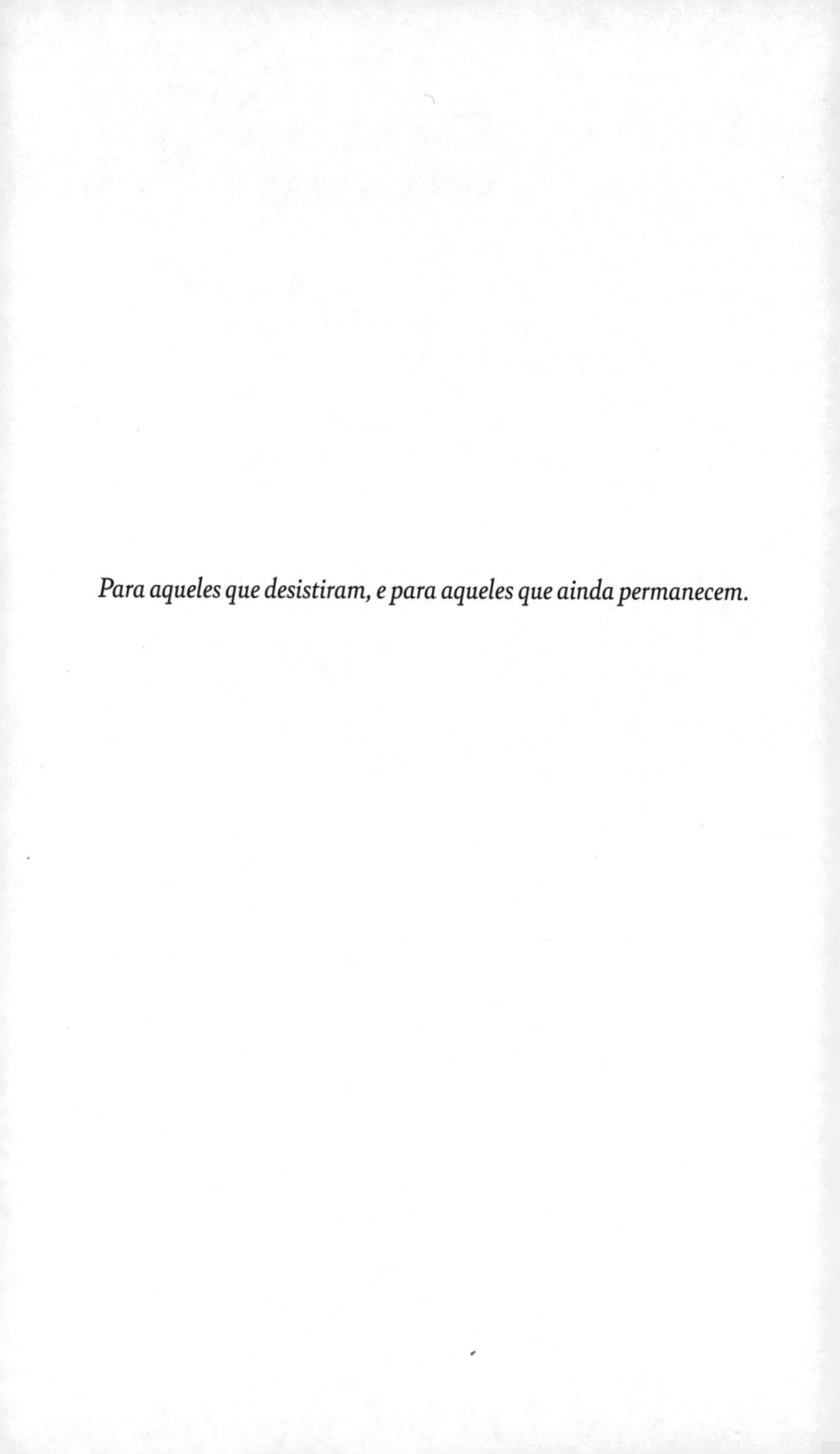

Para aqueles que desistiram, e para aqueles que ainda permanecem.

PARTE I
MEMENTO MORI

PART I

MEMENTO MORI

CAPÍTULO 1

Aeroporto de Heathrow, terminal 2, Londres, 9h

Larguei meu emprego, estou levando todas as minhas economias — 9.021$ — e, quando esse dinheiro acabar, vou me matar. O voo é daqui a uma hora. Ele saiu com tempo suficiente para chegar ao aeroporto, mas, mesmo assim, acabou se atrasando. O sentimento é de hesitação, medo, ansiedade. Vários corpos passam ao redor, aquela agitação de gente apressada de um lado para o outro. Ele continua parado, olhando para o monitor na esperança de encontrar o guichê correto. Observa uma jovem mãe de cabelo amarelo carregando um bebê. Atrás deles, um homem alto, de olhos fechados, com fones de ouvido, o cabelo todo trançado, um mochilão nas costas e um violão na mão, calças em estilo asiático, uma pessoa pronta para embarcar em uma aventura de autodescoberta. Na mesma hora, deslizam pelo saguão, em passos coordenados, dois pilotos e um quarteto de comissários de bordo — um grupo que emana um brilho intenso, como se o piso do aeroporto estivesse todo iluminado — e, mais adiante, dois namorados com idênticas calças jeans desbotadas, um delicadamente apoiado nos braços do outro.

Ele corre para o fim da fila. 9h15. Quando alcança o balcão, entrega seu passaporte cor de vinho para a atendente. Este passaporte é um objeto de desejo, uma dádiva, uma oração; pode salvar uma vida, pode transformar uma vida, pode tirar uma vida. Esse passaporte, esfacelado entre o vermelho e o azul, entre a terra e o oceano, entre a esperança e o desespero. *Este passaporte, sem o qual não tenho nenhum lugar para chamar de...*

— Bom dia, senhor — ela diz, e exibe seu sorriso assalariado.

Ele murmura uma resposta, batucando os dedos no balcão.

— Michael Kabongo.

— Para qual destino, senhor?

— São Francisco.

Ela digita no teclado com uma expressão indiferente. Em seguida, chama sua colega, que, nesse meio-tempo, já fez o check-in de outros três passageiros. As duas agora encaram a tela com toda a dedicação do mundo.

— O que está acontecendo? — Michael pergunta, com uma frustração palpável na voz.

— Perdão, senhor — a colega diz, com o rosto profundamente maquiado, o nariz bem delineado e os lábios pintados com um batom vermelho, o que provoca nele certa distração —, mas não estamos encontrando sua reserva.

— É um erro do sistema, só pode ser um erro! Eu mesmo reservei essa passagem. Meu nome está aí com certeza. Não posso perder esse voo. Olhem de novo — Michael responde, levantando a voz e agitando os braços, gesticulando, chamando atenção. As atendentes olham para ele, ignorando o seu pequeno surto, e então olham uma para a outra.

— Eu realmente peço desculpas, senhor, mas este é o guichê errado. O senhor precisa ir para...

O coração dele dispara no exato momento em que a voz dela começa a perder volume. Ele olha na direção que a atendente aponta. Guarda de volta seu passaporte. 9h20. Seus pulmões se contraem e a respiração pesa enquanto ele corre pela multidão. O calor parece excessivo para uma manhã tão fresca de outono. Sua pele ferve debaixo do casaco, o cachecol sufoca seu pescoço. Ele começa a suar. Está no final de uma longa e sinuosa fila. 9h22. Ele sobe e desce na ponta dos pés com a mesma urgência que uma criança desesperada para fazer xixi. Ele não para de resmungar, uma lamúria nervosa, que atrai os olhares suspeitos das pessoas ao redor. Alguém, lá na frente, está falando alto, um sujeito brincalhão, conversador, bastante amigável, alguém que, no final das contas, está atrasando todo mundo.

— Mais depressa aí, meu velho — Michael grita. Os outros respondem com aquela censura silenciosa de quem ignora sua existência. *Eu não posso voltar. Não posso perder esse voo.*

— Algum passageiro do voo AO1K23 com destino ao Aeroporto Internacional de São Francisco? — uma voz masculina pergunta, flutuando pelo ar.

Michael rapidamente se destaca da multidão, assim como uma mulher que esperava alguns passos atrás dele na fila; o rosto dela compartilha com o rosto de Michael a mesma expressão de alívio. Eles são levados para a frente do balcão. O funcionário da empresa, um homem com cabelo bem escuro, pega o passaporte de Michael e digita os dados no computador.

— Alguma bagagem para despachar?

Michael coloca sua mochila na balança.

— Viajando mais leve então? — o homem diz, sorrindo, sem ter resposta nenhuma de Michael. — O check-in já foi concluído, mas o senhor precisa correr. O embarque é imediato. Peço que se dirija o quanto antes para o setor de raio-x.

Michael está correndo outra vez. Ele chega nas barreiras de segurança e vê um enxame de pessoas à espera, uma fila idêntica ao que seria o portão de um estádio de futebol em dia de jogo. Ele anda de um lado para o outro, tentando encontrar um jeito de cortar a fila, até que enxerga uma funcionária de apoio agilizando a entrada, duas pessoas por vez.

— Por favor — Michael implora —, meu voo é às dez horas. Eu preciso entrar *agora*.

A mulher olha para o bilhete na mão dele e na mesma hora autoriza o acesso. 9h35. O portão fecha quinze minutos antes do voo. *Eu só tenho mais dez minutos.* As pernas dele ficam tensas, começam a tremer, as mãos já estão formigando. Michael derruba seu passaporte e a passagem no chão e se atrapalha tentando pegá-los de volta. Com pressa, tira o casaco e o cachecol, o cinto, a bolsa, todos os objetos dos bolsos da calça e joga tudo de qualquer jeito em uma bandeja.

9h39. Michael passa pelo detector de metais e o alarme dispara. O segurança avança na sua direção, olha para os seus pés e manda que Michael tire as botas e passe de novo. Ele retorna e tenta soltar os cadarços, que estão amarrados até o tornozelo, torcidos e enrolados como parreiras ao redor de um tronco. Ele desata os nós e desliza por baixo do detector de metais. O segurança acena que está tudo bem. Michael, então, pega seus pertences e corre mais uma vez. Correndo, sempre correndo. Portão 13. 9h43.

9h44. Michael está correndo pelo free shop, cada passo parece pesado o suficiente a ponto de deixar uma pegada no chão da sala de embarque. 9h45. Ele vê o portão 13 lá longe. 9h46. Ele chega ao portão. Não tem mais ninguém ali. Michael desaba ajoelhado, ofegante. Que desperdício desgraçado, puta que pariu. Talvez ter juntado esse dinheiro e se jogado nessa loucura não tenha sido, no final das contas, a melhor das ideias. Não era mesmo pra ser, quem sabe.

No meio de uma sequência de palavrões despejados por Michael, no entanto, uma mulher surge por detrás do portão como um anjo da guarda e interrompe sua choradeira.

— Sua passagem, senhor?

Ele entrega o bilhete para ela e agarra o próprio peito.

— Bem a tempo, senhor. Respire fundo e siga por este corredor, por favor.

— Obrigado — ele responde repetidamente, transbordando de gratidão.

Michael atravessa a porta do avião e é recebido pelos sorrisos dos comissários de bordo. Ele sorri de volta. Sim, era pra ser. Ele passa pelos empresários endinheirados e pelos passageiros da primeira classe, que ignoram sua presença, e anda pela classe econômica até sua poltrona ao lado da janela. Ele está sentado na mesma fileira de um homem cuja barriga está duelando contra o cinto de segurança e de uma mulher à beira de um sono induzido por remédios. Michael se joga no seu assento e sente a calma tomar conta do espírito, com o sol pairando em um horizonte distante. É o começo do fim.

CAPÍTULO 2

Escola Federal Grace Heart, Londres, 10h45

— Vamos lá, se acalmem, se acalmem — a turma se aquietou, sobraram apenas algumas vozes mais animadas. — Faltam somente quinze minutos. Se vocês ainda não terminaram o trabalho, vão passar o almoço todo comigo, organizando minha coleção de selos — e aí os alunos do décimo primeiro ano voltaram a reclamar.

Enquanto o sol de outono brilhava no céu, testemunhei os estudantes abaixarem a cabeça e começarem a rabiscar nos seus cadernos. Todos menos um: Duwayne. O que já era esperado. Nos melhores dias, ele permanecia na sala, sentado na cadeira e encarando a janela. Com sorte, ele podia até responder alguma das questões. Nos piores dias, a escola inteira ficava em alerta, o que, em certas ocasiões, envolvia até mesmo a polícia. Duwayne, desta vez, estava sentado no fundo da sala, no cantinho, estirado na cadeira e com a cabeça escorada na parede, os olhos erráticos olhando na direção do mundo lá fora.

— É a hora da verdade, hein, tempo esgotado — eles endireitaram o corpo e guardaram os cadernos nas mochilas.

O sino tocou alto. Alguns, mais apressadinhos, tentaram correr pela porta, mas eu logo levantei a voz. — Não é o sino que libera vocês, sou eu que libero — e eles pararam a correria. — Beleza, podem ir — os estudantes fugiram da sala felizes e barulhentos. Duwayne ficou para trás, o último a sair.

— Até depois, Duwayne.

Ele fez um gesto com a cabeça, não na minha direção, mas pelo menos algum tipo de gesto. Na sequência, peguei meu telefone no bolso do casaco pendurado na minha cadeira e mandei uma mensagem para Sandra.

> Você anda por onde, esposa do trabalho?
> Estou aqui na função, na quadra de futebol. Ainda não comi nada hoje..., Sandra respondeu.
> Esse é seu jeito de me convidar para almoçar?
> Meu marido do trabalho já saberia a resposta para essa pergunta

— Um sanduíche de atum? Sério? É tudo o que você trouxe para mim? — Sandra disse assim que eu me aproximei dela no pátio da escola.

— Atum e milho doce, na verdade — eu respondi, com o som de crianças gritando como trilha sonora. — E maionese — acrescentei.

Ela tirou o sanduíche das minhas mãos.

— Um grande nada... Sem nem uma pimenta?

— Olhe para onde a gente está. Que tipo de pimenta você acha que vai conseguir aqui?

— Huuuum... Sua obrigação era cozinhar alguma coisa e me trazer de almoço — ela disse, e espalmou a mão para cima, como se questionasse o porquê de eu não ter cumprido minha promessa hoje, ou, na real, em qualquer outro dia antes. — Você sabe como é, como um bom marido do trabalho deve fazer — ela continuou.

— Essa responsabilidade é do seu namorado, não é minha...

— Ah, é? — ela debochou.

— Pois sim, acho que você entendeu esse negócio aqui todo errado — eu disse, com um sorriso largo e de lábios apertados.

— Não sei se essa história de cônjuges do trabalho está funcionando, não. Eu deveria pedir o divórcio. Pegar metade do seu dinheiro...

— Você não vai conseguir nadinha, porque eu estou quebradaço, baby...

— Boa tarde, senhores professores — uma voz bem-disposta interrompeu nossa conversa e veio se aproximando por trás. Eu sabia quem era. Nós dois sabíamos. Nós dois lamentamos.

— Aposto contigo que ela vai chegar para a gente e mandar cada um ir para um lado — Sandra sussurrou depressa.

— Boa tarde, Sra. Sundermeyer — nós dois respondemos, um em tom grave, o outro com uma voz de tenor, um som realmente harmônico. A Sra. Sundermeyer era a diretora-geral. Ela desfilava poder pela escola, vestida em um terno poderoso, depois de poderosamente escalar a escada educacional e, poderosíssima, estilhaçar todos os tetos de vidro pelo caminho. Em dias de figurino casual, ela sempre usava sua camiseta *Quem comanda o mundo? Garotas!*, e não hesitava um segundo sequer em lembrar a todos que seu marido era quem, na verdade, "estava em casa tomando conta das crianças".

— Como é que estão as coisas por aqui? — a Sra. Sundermeyer perguntou, uma pergunta para a qual ela já sabia a resposta. Ela só fazia perguntas para as quais já conhecia a resposta.

— Tudo bem tranquilo — Sandra respondeu, junto com alguns gestos para preencher o vazio, já que ela não sabia muito bem o que falar na sequência. Comecei a gesticular também, acompanhando o jogo.

— Perfeito — a Sra. Sundermeyer respondeu, naquele tom agudo que aparecia toda vez que ela queria expressar algum tipo de contentamento. Ela então se aproximou um pouco mais da gente. — Vocês se importam de se posicionarem um mais distante do outro, só para as crianças identificarem melhor a presença dos colaboradores? Muito obrigada.

— Claro, claro — Sandra respondeu e, caminhando até o outro lado do pátio, me olhou com aqueles olhos brilhantes de quem diz "eu avisei".

Logo depois, o sino tocou.

— **NOSSO FOCO PRECISA** ser nos resultados, nós estamos trabalhando para transformar a vida desses jovens. Para dar a eles as ferramentas que vão ajudá-los a controlar o próprio futuro — a Sra. Sundermeyer disse, em pé no púlpito, durante a reunião dos funcionários, no final de uma tarde de aula. Sua voz, para mim, soava como um ruído de fundo enquanto eu corria os olhos pela sala e observava meus colegas concordando entusiasmadamente com cada frase e escrevendo uma série de anotações. — Nós temos potencial para sermos a melhor escola do distrito, talvez até da cidade. Estamos no caminho de nos tornarmos uma escola de excelência e, com paixão e com trabalho duro, vamos concluir mais este objetivo — a Sra. Sundermeyer mantinha certa postura majestosa, uma mistura de professora, missionária e figura política. Eu fiquei lá sentado, incrédulo, me perguntando se as pessoas na sala estavam escutando alguma coisa que eu não conseguia escutar, alguma coisa diferente do que nós já tínhamos escutado um milhão de vezes antes. Nada, e, apesar de perceber o quanto aquela imagem também era cada vez menos verdadeira, preferi me manter leal à crença de que minha atitude era a correta, de que eu estava, sim, criando a mudança. Ao meu lado estava o professor Barnes, com o último botão da sua camisa aberto e a gravata já frouxa, se inclinando pouco a pouco para a frente, como se estivesse sendo puxado por uma força incontornável. O professor Barnes. Eu sempre o chamei de professor Barnes, nunca pelo primeiro nome, pois existe uma linha tênue entre ser um colega e ser um amigo, e ninguém sabe quando, onde ou como essa linha é ultrapassada. Eu preferia deixar essa linha bem nítida e visível, porque, se, por qualquer circunstância, ela sofresse um desgaste e parecesse rarefeita, eu poderia redesenhá-la. Ou seja, professor Barnes. Quando acontecia de nós dois conversarmos, ele quase sempre me respondia do mesmo jeito: "É quem eu sou e é de onde eu vim" — a frase que ele volta e meia falava para os alunos. Ainda assim, eu sentia afeto por ele, ou algo parecido com afeto. Eu admirava sua ousadia, sua habilidade em ser fiel a si mesmo, independente do quão entorpecente e maçante essa escolha pudesse ser.

Voltei para a minha sala depois do término da reunião, observando, durante o trajeto, as nuvens cinzentas se acumularem. Pouco tempo depois, uma chuva fina caiu do céu craquelado, formando pequenas listras nas janelas de vidro. Londres deve ser a única cidade do mundo em que você pode se deparar com as quatro estações dentro de um mesmo dia. Bastante deprimente. O vento jogava os galhos para a esquerda e para a direita, balançava a vegetação de um lado para o outro e fazia parecer que aquelas árvores encenavam um louvor para um deus invisível. Resolvi pôr música clássica para tocar, uma concessão ao meu estado de espírito, e continuei minhas anotações. De repente, senti um par de mãos nos meus ombros, o que me assustou e simultaneamente aliviou um pouco a tensão que eu não sabia que estava sentindo.

— Ah, é você.

— Seis e meia e você ainda está aqui. Não me viu chegando? — perguntou Sandra.

— Não, não vi.

— Você parecia meio perdido no seu próprio mundo mesmo. O que você está escutando? — ela retirou os fones dos meus ouvidos e colocou nos dela. Seu rosto se contraiu todo, exibindo uma expressão confusa.

— É Frédéric Chopin.

— Você é um esquisito, hein? Não dá para escutar música normal, como gente normal, não?

— Pois Chopin, o *Prelúdio em dó menor, opus vinte e oito, número vinte* é com certeza uma música normal... É um bate-cabeça de respeito.

— Credo — ela respondeu. — Vem cá, você vai ficar aqui até mais tarde?

— Vou embora na mesma hora que você for.

O ambiente estava calmo e quieto, bem pacífico, dentro da escola. Parecia que o colégio tinha dormido e agora estava sonhando tranquilamente sobre o amanhã, deitado de lado, com as mãos enfiadas debaixo das bochechas e as pernas dobradas contra o próprio peito. À espera, na portaria, estavam os frequentadores do pub, aqueles professores que religiosamente se aventuravam a tomar um drinque, só para reclamar da ressaca no dia seguinte. Na pior das hipóteses, era um assunto para eles conversarem durante o estranho encontro na cozinha da sala dos professores, onde eles esperavam pelo demorado bipe do micro-ondas.

Cameron, o professor de educação física, que usava bermudas em todas as ocasiões, inclusive na entrevista de emprego para a vaga que ele ocupava, foi o primeiro a nos avistar, assim que nos aproximamos da portaria. Olhei para Sandra e era impossível não notar seu grito silencioso. Passamos por eles, desejando descobrir um jeito de encolher e desaparecer do planeta.

— Para onde é que vocês vão, hein? — Cameron perguntou, malicioso.

Qualquer suspiro, para ele, era digno de um comentário maldoso.

— Vamos para casa — eu respondi, e Cameron ergueu as sobrancelhas. — Eu vou para minha casa — acrescentei, eliminando qualquer ambiguidade na resposta.

— Vejo vocês depois então.

— Esse cara é um pé no saco — Sandra sussurrou quando nos afastamos do colégio.

O PÔR DO SOL trouxe um vento frio de gelar os ossos. Postes esparsos, como gigantescas flores murchas, brilhavam uma luz fraca, a ponto de sequer iluminarem direito a calçada. Em um silêncio compartilhado, andamos pelo minúsculo parque com sua grama desbotada, arcos de tijolos vermelhos e bancos metálicos onde os andarilhos, os sem-teto e aqueles à procura de companhia se reuniam e esvaziavam latinhas dentro do abismo dos seus corpos. Passamos por becos, onde figuras fantasmagóricas e encapuzadas desperdiçavam um pouco de vida. Passamos por um prédio depois do outro, cada um deles representando uma armadilha para milhões de sonhos perdidos, todos aprisionados atrás dos portões. Passamos pelo pub, onde um fumante inveterado nos encarou nos olhos, nos desafiando a entrar. Passamos pela barraca de frango frito e seguimos, atravessando a rua, até passarmos pela cafeteria de cafés artesanais, com seu cardápio cheio de coisinhas com abacate e abóbora apimentada. Passamos também pelo pregador evangélico na esquina, com a bíblia bem aberta na mão, à procura de almas a serem salvas. Passamos pela parada de ônibus, onde uma congregação de corpos cansados esperava pelos deuses que os levariam para casa — o mesmo ponto de ônibus onde ficava um homem, todos os dias, entre três e meia e cinco e meia da tarde, gritando "O melhor dos mundos! O melhor dos mundos!" para todas as pessoas e para ninguém ao mesmo tempo. Passamos ainda pelo cruzamento onde os carros raramente esperavam pela luz verde e, em algum momento, chegamos à boca da estação de metrô, que sussurrava uma cantiga de ninar ou uma canção de amor, nos convocando para casa.

— Pois então, sexta-feira à noite, você vai para onde agora? Perdido pela cidade? — Sandra perguntou. Ela me olhou, seus olhos se abrindo, as pupilas dilatadas, como se estivesse vendo uma luz resplandecente na qual ela pretendia mergulhar.

— Acho que vou para casa — eu disse, sabendo que não era nem a resposta que ela queria ouvir, nem o motivo pelo qual fez a pergunta.

— Certo. Bom fim de semana para você então — ela me disse, desapontada, recolhendo-se para dentro de si mesma. A tensão entre nós dois imediatamente se tornou tão compacta quanto a fumaça de um incêndio florestal. Eu dei um abraço nela e fui embora.

CAPÍTULO 3

Ed. Peckriver, Londres, 20h15

Respirei fundo e abri a porta. Estava silencioso e escuro, com exceção da luz do luar atravessando a janela do corredor. Segui direto para o meu quarto e desabei na cama, deixando meu corpo se estatelar no colchão feito um saco de tijolos vindo do céu. Meus ombros estavam rígidos e tensos como se duas pinças gigantes estivessem esmagando meus músculos. Fiquei lá encarando o teto, perdido no meio do caminho entre os sonhos e o sono, entre a cantiga de ninar e a canção de amor, entre o agora e o futuro.

— Meu deus, estou exausto — murmurei, antes de fechar os olhos e, no breu, ver pequenas gotas flutuantes de luz se espalhando pelo quarto, uma constelação de vaga-lumes: o cinturão de Orion, as estrelas de Cassiopeia, toda uma galáxia de brilho intenso. Mas, segundos depois, uma voz sacudiu meu corpo e ecoou pelo quarto inteiro, me chamando pelo nome. — Sim, Mami — eu respondi.

Ela bateu na porta e entrou.

— Tu dors? — Mami sussurrou.

Eu permaneci em silêncio, respondi somente com um

aceno de cabeça e então fingi que voltava a dormir para ver se conseguia convencê-la a não me acordar. Ela se demorou por um segundo e se afastou do quarto. Sozinho, sem qualquer tipo de pressa, me levantei e me sentei na cadeira em frente à mesa do canto. Deixei as luzes desligadas e orientei meus movimentos apenas pelo brilho da lua. Eu me sentia pesado como chumbo, uma pessoa submersa em uma piscina inerte e fedorenta. De repente, no meio da escuridão, a tela do meu telefone se iluminou em cima da mesa.

Qual é a programação da noite, hein? Vamos dar uma volta. Tomar uma. Vem junto
Ô, qual é a boa por aí?
Beleza. Não me responda então. Me deixe no vácuo...
Você tá bem? Nunca mais deu nenhuma notícia
Cara, preciso da sua ajuda

As mensagens chegaram como um dilúvio. Eu me vi afundando mais e mais a cada bipe do celular, um verdadeiro afogamento. Peguei meu telefone e desliguei o aparelho, depois fui atrás das sidras que eu tinha comprado no caminho para casa. Só uma lata. E aí mais uma. E fiquei lá sentado, no conforto das sombras, sentindo a bebida me apagar, me entregando a uma amante possessiva.

CHEGUEI TARDE, mas pelo menos eu vim. Na entrada, encontrei algumas caras novas, que me cumprimentaram bastante entusiasmadas, embora eu não fosse para elas mais do que um inesperado desconhecido. Sentei na fileira de cadeiras logo atrás dos bancos e genuflexórios. O pastor Baptiste estava em pé na frente do altar, olhando para o céu como se não existisse nenhum teto na igreja. A banda começou a tocar; um baterista à la Phil Collins em uma cabine isolada, um tecladista balançando de um lado para o outro com aquela clássica imitação de Stevie Wonder, o guitarrista principal tocando um riff que não era mais do que um Jimi Hendrix aguado e, no violão, um sujeito dedilhando apaixonadamente como uma espécie de Ray LaMontagne. Na voz, um jovem coral liderado pela irmã Deloris, como eu costumava chamá-la, já que seu nome verdadeiro sempre me foi uma incógnita, cantando uma versão de *Oh happy day* cuja interpretação variava entre ser uma cantoria excêntrica e ser um ensaio para a terceira parte de *Mudança de hábito*. Não demorei a descobrir Mami na fileira da frente, erguendo suas mãos em posição de louvor, batendo palmas no ritmo das músicas. E aí o pastor Baptiste, com toda pompa e cerimônia, pegou o microfone. Ele falava de um jeito suave e lento, mas com um tom grave e seguro na voz.

— Hoje nós vamos ler a Epístola aos Romanos, capítulo dez, versículos nove e dez. Comecemos a ler, em nome do Pai, do Filho e do Espírito Santo: "Se, com teus lábios, dizes 'Jesus é o Senhor' e se, com teu coração, acreditas que Deus o ressuscitou dos mortos, então tu estarás a salvo. Porque é com teu coração que tu acreditas e que, portanto, te justificas, e é com teus lábios que tu confessas e que, portanto, encontras a salvação".

O pastor Baptiste terminou a leitura e fechou a bíblia. Toda a congregação ficou em silêncio. Eu apenas observei o salão ser tomado de expectativa — uma expectativa da qual eu não compartilhava.

— Irmãos e irmãs, quero contar para vocês sobre uma ocasião em que eu fui salvo pelo Senhor... Aqueles que me conhecem sabem que eu era um homem problemático. Eu me desvirtuei e vivi uma vida a serviço do ego e da ganância e dos desejos mais primitivos. Meu caminho em direção à fé não se deu em um caminho sem batalhas, meus irmãos, mas o trabalho do Senhor nunca se dá em um caminho sem batalhas.

— Amém — disse uma voz solitária, sendo seguida por outras.

— Mas está escrito: aqueles que trabalham em prol do Senhor no dia de hoje serão recompensados com a abundância no dia de amanhã.

— Amém — desta vez, a congregação inteira se pronunciou.

O pastor Baptiste seguiu em frente:

— Era um fim de tarde frio, no outono, talvez já início da noite. Tudo o que eu lembro é que a escuridão tomava conta da paisagem e que o vento uivava como se fosse um animal selvagem. Eu estava sentado em um beco gelado, encostado em um poste, em completa agonia e desespero. Sexo, bebida, drogas, dívidas, violência, o nome que você quiser dar, eu cometi todos os pecados. Naquele momento, eu escutei uma voz, um som nítido e muito particular, atravessando o barulho ao redor do mesmo jeito que um diamante corta o vidro. Não sei dizer para vocês o que aquela voz me disse, mas eu escutei e senti. E ali eu soube que não podia continuar naquele mesmo caminho de antes, ou meu único destino seria a morte. Irmãos e irmãs, muitas vezes, na nossa vida, nós sabemos qual é a melhor atitude, mas nós não tomamos a melhor atitude. E é somente no nosso momento de maior desespero que surge a salvação. Mas não tenham dúvidas, o Senhor jamais te abandona, sua luz te observa, independente de onde você esteja, independente de qual caminho você siga.

Aplausos arrebatados preencheram o ambiente, acompanhados por urros e exclamações deslumbradas; um sol forte atravessava os vitrais das janelas, e uma luz colorida brilhava sobre a congregação.

Esperei do lado de fora enquanto as pessoas se movimentavam devagar pelos corredores e mantinham um bate-papo amigável em torno do chá e dos biscoitos gratuitos. Para evitar qualquer tipo de contato olho no olho ou alguma conversa indesejada, fingi estar ocupado no celular, mas nenhuma rede social é infinita o suficiente para ser um esconderijo de vida inteira, e uma hora você é forçado a levantar a cabeça; ou melhor, a tensão começa a bater na sua porta quando sua bateria está indo para o espaço e você percebe que, mais cedo ou mais tarde, precisa socializar.

Mami não sabia que eu ia aparecer. Eu quis fazer uma surpresa, dar a impressão de que estava lá por livre e espontânea vontade. Ela frequentava essa igreja há alguns anos, depois de um período em que pulou de uma congregação para outra. Achar a igreja certa é como achar o time certo para se torcer, é preciso acreditar que aqueles jogadores querem estar ali tanto quanto você. Essas não são as palavras dela, mas é uma explicação que sempre me pareceu tão plausível quanto qualquer outro motivo que eu já tenha ouvido antes; tem gente que diz que é pelo coro, pela música, pela pregação, e eu poderia listar uma série de razões aleatórias para se escolher uma igreja, como a comida, por exemplo. Mas fiquei feliz por ela finalmente encontrar um lugar — um lugar no qual Mami no fim se acomodou, com bastante conforto, na posição informal de conselheira religiosa. Ela estava lá para as pessoas, tanto faz se por telefone ou cara a cara, e essa dedicação se refletia no modo como os fiéis se aglomeravam em volta dela.

Mami seguia em pé na entrada, com alguns retardatários se despedindo. Enquanto eles conversavam, eu me aproximei e dei uma batidinha no seu ombro. Ela se virou e terminou se engasgando, uma reação tão surpresa que chegou a me deixar sem graça. Será que eu não ia na igreja há tanto tempo assim? De fato, eu sequer lembrava quando tinha sido a última vez que Mami me pediu para acompanhá-la. Eu sempre encontrava uma maneira criativa de, sem dizer não, acabar dizendo não. E ela ficava a semana inteira sem conversar comigo, me olhando como se eu não fosse seu único filho, como se ela tivesse um filho reserva para me substituir, um filho que não fosse desapontá-la. Talvez fosse o jeito dela de mostrar o quanto se importava comigo.

Dessa vez, ao me ver, Mami soltou um grito realmente empolgado, o que atraiu a atenção de várias pessoas ao seu redor.

— Esse aqui é o meu filho — ela disse, e eu recebi os olhares intrigados de algumas das mulheres e, de alguns dos homens, um leve movimento de cabeça que indicava uma espécie de aceitação. Mami, na mesma hora, me pegou pelo braço e me levou para dentro da igreja, na direção do pastor Baptiste, que estava rodeado por um grupo de fiéis embevecidos pela sua presença, um grupo de fiéis que bebia do pastor feito os cavalos bebendo de um riacho.

— Pastor, quero que o senhor conheça o meu filho.

— Olá, acho que nós já nos conhecemos antes — eu disse, lembrando da última vez que, com o mesmo entusiasmo, Mami me arrastou para conhecê-lo.

— Louvado seja, meu irmão. É um prazer te conhecer.

— Bem interessante a história que você contou durante o culto.

— Eu sou apenas o porta-voz, é Ele... — o pastor disse, olhando para o alto — quem me conta a história... — e eu também olhei para cima, sem saber muito bem o que esperava enxergar.

Na sequência, me despedi de Mami. Nos abraçamos e cada um seguiu o seu caminho. Olhei para trás e lá estavam ela e o pastor, no fundo da igreja, as mãos dele segurando a mão da minha mãe com delicadeza. Saí com a sensação de que pelo menos consegui ganhar um tempo. Sabia que ia demorar um tanto até ela me perguntar de novo se eu estava frequentando os cultos, se eu continuava rezando, se eu me preocupava em ir para o inferno ou em salvar minha alma — coisas que, para ser sincero, não me interessavam nem um pouco. Logo depois, quando cheguei na avenida principal, cheia de gente, peguei meu celular: "Ô, sou eu. Terminei aqui, já posso aparecer?".

CAPÍTULO 4

Aeroporto Internacional de São Francisco, Califórnia, 13h15

A água lá embaixo é de um azul brilhante e cristalino, com um horizonte que se estica até o céu, como os dedos de uma mão tentando tocar o teto. Por toda a superfície da baía, o sol se espalha e cria reflexos que se parecem com pequenas fagulhas de ouro. A paisagem também é cortada por uma pequena ponte prateada, onde carros minúsculos se acumulam um atrás do outro, e, logo acima, pelas torres da reluzente ponte vermelha, um monumento tão extravagante quanto um irmão desesperado por atenção. *Não dá para saber quantas pessoas encontraram seu destino ali, na Ponte, mas o meu me espera em outro lugar; o mesmo destino, uma diferente jornada.* O avião toca o solo e delicadamente pousa, uma folha de outono no seu contato carinhoso com a terra.

— Bem-vindos ao Aeroporto Internacional de São Francisco — uma voz anuncia, o que provoca um alívio silencioso no coração de Michael, pois ele sabe muito bem o motivo da sua viagem. Ele veste seu casaco preto de inverno e seu cachecol e prende seu mochilão nas costas. Está pronto para andar em direção à saída e àquela enxurrada de sotaques, como se todos os programas de tevê que ele um dia assistiu na vida fossem transmitidos ao mesmo tempo, tendo ele como único espectador. *Sinto como se estivesse vivendo a vida de outra pessoa e, ainda assim, é de alguma forma a minha própria vida.* Ele, então, sai do aeroporto, e uma onda de calor se choca contra seu corpo. O dia está tão quente que produz trilhas de suor pela sua testa.

— Táxi! — Michael grita, e um carro se aproxima. Ele joga sua mochila no banco traseiro e se desmonta inteiro.

— Vai para onde, meu camarada? — o taxista pergunta, olhando para Michael pelo espelho retrovisor.

O sotaque californiano do motorista é fortíssimo, quase em um tom inverossímil, parece que ele aprendeu em outro lugar antes de se mudar para o estado.

— Um instante, preciso procurar o endereço aqui — Michael responde, e a expressão tensa no rosto do motorista se desfaz.

— De onde você é, hein? — o taxista pergunta.

Michael está escavando sua mochila à procura do caderno.

— Londres — *mas eu não sou de nenhum lugar.*

— Londres?! — o motorista repete.

Michael encontra seu caderno, arranca a página onde está escrito o endereço e entrega o papel ao taxista.

— Isso.

— Bem-vindo, Vossa Majestade — o motorista dá uma gargalhada sozinho. — Você já tomou chá com a rainha, meu camarada? — ele pergunta, e Michael solta uma risada, uma risada bastante falsa.

Sim, eu já tinha ouvido falar nesse fenômeno, nessa fascinação, essa coisa de americanos perguntando a britânicos se eles já tinham tomado chá com a rainha. E sempre me perguntei onde é que esse encontro poderia acontecer. No Palácio de Buckingham? Aquele lugar que nunca mais visitei desde nossa última excursão familiar e que eu pensei ser um museu, e não a casa de alguém? Em um café?

Bom, quem sabe, talvez em Kensington, um daqueles empórios independentes onde eles exibem doze tipos de queijo atrás de um painel de vidro. Jamais em uma franquia, claro, já que, consciente do status real, meu verdadeiro dever cívico seria poupar a rainha de responder "a rainha" quando perguntassem qual era o nome certo para escreverem na lateral do copo, até porque depois seríamos obrigados a escutar "rainha" sendo gritado pelo salão quando o pedido dela estivesse pronto, e eu inclusive já imagino a cena: primeiro a rainha me diz algo como "nossa, é terrivelmente constrangedor, não acha?", e eu aí respondo "meu bem, você é a rainha, você não tem o direito de ficar constrangida", e a gente cai na risada e bebe litros e litros de um indefinível chai. Ou talvez em uma cafeteria, por que não? Uma cafeteria de verdade, sem aquelas decorações supostamente francesas e sem a multidão anônima que vai até lá com computadores e fones de ouvido para, veja bem, "escrever". Uma cafeteria mesmo, em algum lugar ao redor de Finsbury Park, cheia de empreiteiros e seus coletes fluorescentes, todos com tabloides abertos em cima das mesas, os capacetes no chão ao pé da cadeira, os pés calçando botas com biqueiras de aço, aquele tipo de cliente que, assim que nós dois entrássemos, diria para ela algo como "tudo certo por aqui, Vossa Majestade", o tipo de gente que, convenhamos, muito provavelmente iria me ignorar.

— Não, nunca tomei chá com a rainha — Michael responde.

O motorista dá outra risada.

Eles seguem pela cidade. Prédio depois de prédio, todos muito bem alinhados, uma quadra depois da outra, como um grande bloco de Lego. Está um dia realmente claro; talvez exista mesmo uma diferente categoria de sol que brilha só nesta parte do mundo. Tudo parece nítido e cristalino, purificado. Michael escuta o motorista falar sem parar e responde somente o necessário, com um "nossa" em concordância ou um "sério?" bem surpreso, apenas para manter o ritmo da conversa.

— Bom, chegamos — o motorista estaciona o carro e desliga o taxímetro. — Deu quarenta dólares.

Michael cata o dinheiro que parece de brinquedo no bolso da calça e entrega ao homem. O motorista deseja a Michael uma ótima estadia.

— Não vai ficar muito louco por aqui, hein... Ou não! — ele ainda arremata, o que o faz soltar outra gargalhada solitária.

Cheguei

Michael envia a mensagem enquanto solenemente espera na frente de uma porta espremida entre duas lojas.

— Ei! — surge uma voz. Michael se vira e vê uma mulher em pé logo atrás dele. Sua aparência é idêntica à sua voz; é uma pessoa dinâmica, entusiasmada, apaixonada pela vida, como se existisse um motivo para viver com o qual ele não estivesse familiarizado.

Ela estende a mão livre e diz seu nome, mas Michael nem se importa em memorizá-lo. Qual é o sentido de tentar gravar um nome, afinal? Qual é o sentido de acumular lembranças? A outra mão da mulher está ocupada com um copo plástico grande vindo de uma cafeteria famosa (com um sotaque francês no nome) e um molho de chaves. Michael aperta a mão dela.

— Vem comigo.

A mulher toma a dianteira, ele segue atrás, um passo dele para cada três passos dela. Eles entram no edifício. Ela tem mechas loiras no cabelo castanho-avermelhado e veste um jeans desbotado, rasgado e com cara de velho. Os dois conversam sobre o clima, sobre como ele não imaginava que seria tão quente. Ela fala sobre a seca na Califórnia e sobre como seria bom se chovesse. Ele responde que chove o tempo inteiro em Londres, e a mulher sugere que eles troquem de clima por um dia, com Michael então acrescentando que, né, quem sabe por uma semana, o que, no final das contas, depois de um rápido debate, eles concluem ser um projeto inviável, pela simples razão de que ambas as populações iriam rapidamente começar a reclamar da vida até não se aguentarem mais.

— Bom, é este aqui — ela diz, e eles entram no apartamento. É um imóvel espaçoso, com uma disposição aberta, artística, cheio de quadros com pessoas de braços escancarados, um apartamento criativo, com girassóis em jarras de vidro reciclado. — E aqui estão suas chaves — ela joga o molho no ar, confiando no reflexo de Michael, que se movimenta por instinto e agarra as chaves. — Fique bem à vontade, se sinta em casa. Talvez, uma vez ou outra, eu precise dar um pulo aqui para pegar algumas coisas, mas eu te aviso com antecedência para nós podermos combinar um horário mais conveniente para você.

MICHAEL SAI DO APARTAMENTO vestindo uma camiseta. O sol forte ofusca seus olhos, deixando sua visão embaçada. Ele sente o calor, sente pequenas descargas de eletricidade percorrendo sua pele. Sua respiração está estável, equilibrada, calma. *Este é o ápice da vida — estar em qualquer outro lugar que não aquele em que eu estava antes, conectado ao aqui e ao agora.*

Ele dá um passo para atravessar a rua, olhando para a direita, quando um carro detona por duas vezes uma buzina no seu ouvido, um som altíssimo, no fim quase tirando uma lasca do seu corpo. Michael ergue as mãos em sinal de frustração, com vontade de gritar "você quase me matou, seu escroto", até perceber que ele estava mesmo olhando para o lado errado. Sim, até atravessar uma rua perde a naturalidade, o automatismo, mas, onde uma porta se fecha, uma janela se abre. O outro lado da rua, no entanto, parece muito distante, não justifica o esforço para atravessá-la, o que o faz pensar em como essas vias triplas, perto do que ele costumava chamar de casa, só são encontradas em rodovias. Perto de casa. Ele escuta essa expressão e ela reverbera: casa, casa, casa.

Michael, então, entra em uma loja e é recebido pelos sorrisos mecânicos dos funcionários.

— Olá, senhor, seja bem-vindo à Target — alguém diz, em uma voz cantada, uma voz bem aguda e animada. Ele olha para baixo e vê uma mulher pequena, de no máximo um metro e meio, com cabelo escuro tingido de vermelho. Um rosto que ele tem a impressão de já ter visto antes, ou que ele deveria ter visto, talvez em um clipe musical ou em alguma revista, alguém posando em um vestido de alta-costura, glamouroso, e não naquela calça cáqui ou naquela camiseta vermelha sem graça do uniforme que ela está vestindo no momento. De imediato Michael começa a imaginá-la trabalhando em qualquer outro lugar do mundo, vivendo a vida de outra pessoa.

— Olá — ele responde, quase sem fôlego. A funcionária mantém o mesmo sorriso enquanto Michael passa pela seção dos eletrônicos, com as telas de tevê do tamanho de telas de cinema, suas cores brilhantes formando rostos felizes que exibem um produto depois do outro, depois do outro, depois do outro, até Michael chegar na seção de roupas, onde ele encontra calças camufladas, pantalonas e camisetas nos mais variados tamanhos, desde números infantis até modelos plus size.

Ele está exausto; seus pés sofrem como se ele estivesse andando em areia escaldante, sua lombar não é mais do que um depósito de dor. Ele quer sentar e olhar ao redor. O chão é a única opção. Michael pega um pacote de biscoitos de chocolate, chá verde, banana e mais alguns itens aleatórios.

— Olá, senhor, como você está hoje? — a atendente do caixa diz, também bem animada.

— Estou ótimo, obrigado — Michael responde e coloca as compras em cima da bancada.

O rosto dela, bastante redondo, com bochechas altas e pele cor de oliva, fica mais suave e relaxado. O leitor de código de barras emite uma série de bipes.

— Mais alguma coisa, senhor? — ela pergunta, inclinada na direção dele, olhando para os lábios de Michael.

— Não quero esbanjar e gastar meu dinheiro todo de uma vez — ele diz, e dá uma risada nervosa.

— É uma ótima ideia — ela responde, olhando agora de maneira bem mais incisiva. — Eu gosto de uma xícara de chá, mas eu sou uma pessoa mais de café — a atendente continua, e seu tom de voz sugere que ele deveria entender essa fala como uma informação importante a respeito dela.

— Algumas pessoas gostam de chá, algumas pessoas gostam de café — Michael responde. A atendente esboça um sorriso, educada.

— O total dá dezenove dólares — ela diz, e ele pega uma nota de vinte no seu bolso de trás e paga as compras. A mulher devolve o troco, uma nota bem novinha de um dólar, que Michael guarda na carteira.

— Tenha um ótimo dia — ela diz. Ele oferece mais um sorriso como resposta. Depois, Michael guarda as compras em uma sacola e se dirige à saída. Dois seguranças, ambos vestidos de preto — ou seja, botas pretas, meias pretas e calças militares também pretas, com aqueles bolsos laterais volumosos — olham para ele, severos, com um olhar de suspeita. A cena faz com que Michael se lembre de uma ida com Sandra ao supermercado, logo depois da escola, em um dia que ele estava vestindo sua camisa branca xadrez, uma gravata vermelha de tricô, uma calça elegante e um sapato social e, mesmo assim, o segurança o seguiu pelos corredores, o que, apesar de não achar nada divertido, ele considerou pelo menos pitoresco. Naquela ocasião, Michael começou a rir sozinho e, quando o guarda percebeu que tinha sido notado, desviou e andou para o outro lado. Mas Michael ainda se lembra da reação de Sandra, dela dizendo: "Você está delirando, cara". Porque, sim, ele se lembra de Sandra. Esta é a primeira vez, desde que pegou o avião, que Michael pensa nela. Às vezes é mais fácil esquecer do que remediar. E, como essa lembrança pesa forte na sua memória, ele a expulsa do corpo e fecha as cortinas para bloquear o mundo que insiste em existir do lado de fora da sua mente.

Michael segue em frente, devagar, hesitante, e, após alguns passos, sai da loja. Ele olha de volta para os seguranças. Eles ainda o observam, inabaláveis; algumas coisas parecem ser mesmo universais.

8.806$

CAPÍTULO 5

Embarcadero, São Francisco, Califórnia, 12h50

São Francisco é uma cidade de coisas: de coisas como prédios e monumentos, cada um com sua particularidade; de coisas como árvores imensas intercaladas com postes altíssimos; de coisas como colinas e apartamentos, pois são inúmeras as colinas e inúmeros os apartamentos; de coisas como manifestações artísticas coloridas e brilhantes nas calçadas, nos muros e em lugares impossíveis de se alcançar; de coisas como poesia e música, como comida e bebida, como felicidade e tristeza; de coisas como uma profusão de pessoas, um milhão de histórias a serem contadas.

13h. Michael caminha entre uma multidão que não parece saber muito bem qual é sua missão no mundo. São várias camisas brancas, várias gravatas sem graça, várias calças cinzas e vários mocassins pretos. Cada pedestre é tão genérico quanto o próximo, o que provoca nele um profundo sentimento de comunhão, um entendimento de como a vida do outro compartilha das mesmas complexidades que ele enxerga dentro de si. Ali perto, em uma fileira de edifícios, Michael enxerga um prédio alto, um híbrido de foguete e pirâmide, cujo topo parece uma agulha afiada, um prédio que parece ter algo de especial, como se escondesse um segredo nas suas entranhas, como se o prédio, na verdade, pudesse ser ele mesmo, Michael.

Ele se afasta da multidão, foge daquela gente que entra e sai dos escritórios, e dobra na primeira esquina à esquerda. O que Michael vê na sequência é uma rua que não para de subir, uma rua que sobe, sobe, sobe, e que se nivela um pouco no meio, e depois volta a subir, subir, subir, com outros pequenos trechos planos aqui e ali, dando a impressão de que quem construiu essas ruas decidiu decretar algumas pausas programadas ao longo do caminho. É um desafio que Michael resolve encarar, sua grande missão se torna chegar até o final da ladeira. E ele começa a andar, um passo firme após o outro.

O céu, neste momento, parece estar com humor instável, um azul claro e vívido que se mistura com umas nuvens cinzas rabugentas, a luz do sol flertando com a possibilidade de chuva. O mundo inteiro parece apontar para esse céu, para o infinito lá em cima: os carros estacionados, as árvores, os postes de iluminação pública. Michael anda e se aproxima do topo, deixa para trás os cheiros encantadores dos restaurantes locais, passa por um prédio de esquina todo pintado com tinta verde petróleo e que é mais um edifício com telhado pontiagudo, cruza também por uma fileira de pequenas árvores, que servem de contraste a uma imensa árvore do outro lado da rua, e dá de cara com um caminhão estacionado na frente de um grupo de trabalhadores, cujas bocas ele observa, imaginando o que é que pode sair daqueles lábios, imaginando se aqui, diante de imóveis com escadas externas e grades escaláveis, eles conversam a mesma coisa que as pessoas conversam do outro lado do Atlântico. Uma moto passa por ele, disparando pela pista, e Michael sente sua vibração através do ar. Em seguida, no chão, no meio da rua, vê uma tampa redonda de bueiro e imagina as tartarugas ninja voando lá de dentro para salvar o dia, com a trilha sonora do desenho tocando inteira na sua cabeça. Ele ainda passa por um casal, um idoso e uma mulher, os dois com idênticas calças cáqui e bolsas desbotadas de couro, tirando fotos com suas câmeras barulhentas e chamativas, ou seja, "turistas", como Michael logo desdenha, antes de se lembrar que, bom, ele também é um, ou pelo menos algo parecido com isso... Na calçada, ao lado do imaculado sapato branco do idoso, o nome de Jack Kerouac está gravado em ouro sujo, com a transliteração para o mandarim escrita logo acima, o que faz versos de poesia explodirem na sua cabeça. Michael olha para o alto e, estampado em uma grande faixa preta e amarela, ao lado de uma parede pintada em tons paisagísticos de verde e azul, está o nome da City Lights Books. Ele entra na livraria.

"UMA LIVRARIA É UM JARDIM no qual as flores não são colhidas, e sim cultivadas: se você ama alguma coisa, não a arranque do chão só para reafirmar seu direito de posse, muito pelo contrário, dê água, luz, espaço e observe o quanto ela vai crescer".
Michael lê a mensagem ao passar pelo caixa e é recebido pelos sorrisos dos livreiros. Ele sorri de volta e olha para as flores desabrochando nas prateleiras. E então aquele cheiro. É um cheiro antigo — não de um lugar envelhecido, e sim de um lugar que atravessou uma vida, que passou por experiências, um lugar impregnado pela história do ser humano, um lugar registrado com profundidade na memória do mundo. Ele vai em direção a uma porta no finalzinho da loja, depois de passar por um espelho grosso e quadrado, emoldurado na parede. É a primeira vez em muito tempo que Michael se vê: olhos, ouvidos, nariz, boca. Ele observa seu rosto: metade lembra a mãe, metade é uma recordação vazia. Papa. Michael, em seguida, sobe os estreitos degraus cor de areia, no meio das paredes brancas, e nota, em um dos degraus, que "sala de poesia" está escrito em tinta preta; é quando ele relaxa.

No jardim, a "sala de poesia" é a fonte de onde a água escorre pura e verdadeira. É uma doação, ela assume a forma e a aparência que forem necessárias e alimenta com proteção e vida. Michael imagina como devia ser no passado: Ginsberg, "não suporto a minha própria mente", destruindo mundos com as próprias palavras para depois reconstruir tudo de novo; as pessoas anônimas que encheram aquele lugar e entregaram seus ouvidos e, em especial, seus corações.

Ao redor da sala, fotografias de rostos solenes olhando para baixo, como deuses antigos, e, escritas em pedaços de papel alcalino, frases curtas, pequenos mandamentos em tábuas de pedra: "sente aqui e leia", "eduque-se", "leia quatorze horas por dia". 14h30.

Michael desce para um porão abarrotado de livros. Cada sala é a descoberta de um novo mundo, de uma nova dimensão. Aqui, ele encontra refúgios para o descanso. No jardim, esta é a varanda. Seus pés estão latejando quase a ponto de pularem para fora de suas botas de couro marrom escuro, então ele se senta na cadeira mais próxima. Cercado por vários livros que discutem desde a história dos povos nativos norte-americanos até a Segunda Guerra Mundial, Michael vê na prateleira inferior um livro sobre budismo, com uma capa de um vermelho espalhafatoso, cintilante, como se estivesse à sua espera. Ele abre em uma página aleatória.

> "Respire. Todas as coisas são você. Todas as coisas estão indo na sua direção. Não existe nada que você não saiba, que você não soubesse antes. Você não é o corpo, você não é a mente, você é o nada e o tudo, eterno e contemporâneo, distante e próximo. Livre-se do apego, das posses, de tudo o que te limita, e caminhe para a liberdade".

17h. As horas voaram. O tempo em si se transformou em algo atemporal, inexistente, uma coisa mágica e exotérica, uma pintura de Paul Lewin retratando um ancestral cuja função é distribuir presentes dentro dos sonhos.

Michael sai da livraria com dois livros novos na mão. À esquerda, ele vê uma enxurrada de livros suspensos no ar, feito um bando de pássaros voando ao redor dos fios elétricos. Atrás, pintado na fachada de um restaurante, um homem melancólico toca piano com uma grande solenidade, enterrado em sua solidão. São Francisco é uma cidade de coisas.

Ele sobe e sobe a ladeira. A rua está silenciosa, mas algumas pessoas também caminham por ela, gente suficiente para que se possa trocar cumprimentos afetuosos: um sorriso, um aceno, um oi. Michael continua sua caminhada, e a ladeira se torna mais íngreme, dramaticamente íngreme, tão íngreme que os carros estacionados na diagonal dão a impressão de que a qualquer momento vão sucumbir à gravidade e rolar colina abaixo. Por um instante, ele observa um homem lutar para conseguir estacionar o carro. Logo depois, Michael já está subindo um lance de degraus de concreto e passando por um portão metálico coberto por um arbusto frondoso, atrás do qual se vê uma anêmica lâmpada de luz que sugere uma viagem para um lugar encantado. Ele agora está em pé em uma plataforma de observação. Ele descansa, olhando ao redor, investigando a paisagem distante.

O horizonte se ilumina com o pôr do sol; parece decorado com pinceladas de ouro magnífico, laranja flamejante e bordô. Michael vê o prédio alto em formato de foguete, sua ponta afiada beijando o céu, a água lá longe refletindo a música do crepúsculo e uma ponte dividindo o quadro em duas metades. As ruas, a partir dali, descem, vão todas sempre para baixo, até que desaparecem, e ele se pergunta qual deve ser a sensação de disparar sobre rodas até o pé da ladeira. Em algum momento, Michael fecha os olhos e sente o fluxo, a adrenalina, a autonomia, a brisa que atravessa seu corpo enquanto ele grita em direção à atmosfera. Liberdade. Liberdade. Livre.

DE VOLTA AO APARTAMENTO, Michael se senta solitário no sofá, encarando a janela, observando a efêmera escuridão, entrecortada pelo brilho da lua. Ele come a comida chinesa que comprou no caminho e escuta a decadência rouca e paupérrima de um homem barbado e seu violão, uma música tocada à exaustão até que tudo se perca, até que a melodia desapareça, até que o mundo complete seu giro diário e o sol nasça mais uma vez. *Estou sentindo uma calma muito diferente de qualquer sensação que eu já tenha sentido antes. Uma aceitação de todas as coisas; um sentimento em direção à paz.*

8.586$

CAPÍTULO 6

Colindale, norte de Londres, 18h15

Bati na porta. Estava silencioso naquele cul-de-sac, debaixo das sombras das árvores nuas do outono, debaixo daqueles galhos esticados em poses ameaçadoras. Às vezes um carro se aproximava, com seu ruído solitário. Olhei da esquerda para a direita; nenhum farol piscou na minha direção, nenhuma alma se interessou em me incomodar.

— Ôôôôôôôôôôôôôôô! — Jalil disse, de trás da porta. Ele me esperou entrar e abriu bem os braços.

— Ôôôôôôôôôôôôôôô! — eu respondi, com o mesmo entusiasmo, consciente de que a duração do "o" indicava o quanto estávamos animados de nos vermos. Ele me abraçou e me segurou um pouco mais do que o normal. Jalil tinha acabado de voltar de uma longa viagem ao Afeganistão para visitar sua família. Essas viagens quase sempre se estendiam em atividades voluntárias em orfanatos locais, escolas, escritórios de assistência e centros de ajuda humanitária ou em excursões pelo mundo selvagem, sem nenhum contato com outros seres humanos, sob a desculpa de que ele precisava se encontrar.

— Entre, cara, entre — ele insistia enquanto eu entrava e tirava os sapatos. Era uma casa de dois andares, com jardim e garagem. Jalil era filho único. Sua mãe, uma inglesa, morreu quando ele ainda era criança, e seu pai, depois de esperar Jalil terminar a faculdade e ser grande o suficiente para cuidar de si mesmo, retornou à sua terra natal para se casar de novo, abrir uma pequena escola e iniciar uma segunda família, deixando a casa para o filho — que, por sinal, estava usando um thobe longo e esvoaçante por cima da sua carcaça de mais de um metro e oitenta, com sua pele cuja cor variava entre o pêssego e o oliva, deixando descobertos somente os pés tamanho quarenta e seis, protuberantes debaixo dos panos.

— Voltei semana passada — ele respondeu assim que entramos na cozinha.

— E como foi?

— Você sabe como é — ele me olhou com serenidade e certa cerimônia —, realmente coloca as coisas em perspectiva — ele disse, sua voz mudando de um tom maior para um tom menor. — Enfim, quais são as novidades por aqui, hein? — ele perguntou, muito entusiasmado, logo depois da chaleira ferver e ele nos servir duas xícaras de chá verde. Jalil era o tipo de pessoa que, quando te perguntava sobre a vida, era porque queria mesmo saber. Ele, de fato, queria que você contasse o que estava acontecendo, sem dourar pílula nenhuma, as boas e as más notícias, a beleza e a desgraça, o que não era uma tarefa das mais fáceis, pelo menos não para mim. Porque, afinal, quais eram minhas opções? Bom? Excelente? Meu sentimento era de que as coisas estavam desmoronando.

— Tudo tranquilo — eu respondi, sem saber quem eu estava tentando convencer. Jalil me observou curioso, com uma expressão investigativa. Desviei o olhar. — Só o trabalho e o cansaço de sempre — eu disse, apesar de querer contar a ele sobre meu crescente sentimento de solidão, de desespero e de desesperança, sobre como eu me sentia um fardo para o mundo, um peso para toda e qualquer pessoa ao meu redor.

Dentro de mim, na verdade, eu sentia crescer uma nuvem cinzenta cada vez mais sufocante, uma força violenta que rastejava das minhas margens até o centro da minha existência. Era uma sensação inexplicável, que, embora estivesse sempre presente, podia ser tanto imaginação quanto realidade.

Jalil e eu seguimos então para a sala de estar, onde ele dormia, comia e estudava, um espaço que ele gostava de chamar de "A Caverna — a de Platão, não a do Batman", quando remexia os destroços de seu diploma em política, filosofia e economia e exibia suas credenciais de Oxford, tal qual um homem na frente de um espelho na academia, ou, às vezes, de "A Caverna — a do Profeta, é claro, que a paz esteja com Ele", a depender da sua roupa do dia. Jalil se jogou no sofá-cama aberto, de um jeito que fez seu computador pular para cima e para baixo, e eu desabei no pufe gigante do meio da sala, que, olhando ao redor, poderia ser descrita como um museu de coleções vintage: fitas VHS, fitas cassete, consoles de videogames com cartuchos, um gravador no canto, prateleiras com livros clássicos nas capas originais, um par de Air Jordan e várias obras de arte.

— Onde você arranjou aquele negócio? — eu perguntei, apontando minha xícara de chá na direção de um quadro com um planeta flutuante na frente de um cenário cheio de constelações, estrelas cadentes e uma nave espacial voando na velocidade da luz.

— É meu.

— Sim, eu sei, estou perguntando onde é que você comprou.

— Não, é meu, eu que pintei.

— Sério? — eu disse, e me levantei para examinar mais de perto. — É tão detalhado. Quando foi que você pintou?

— Faz um tempo. Eu estava fazendo um curso de artes.

— Mentira! Uau. Esse segredo você escondeu do mundo.

Ele encolheu os ombros como resposta, pegou o computador e levantou a tela. Seus dedos percorriam rapidamente o teclado e de tempos em tempos vinha também uma batida forte em uma tecla específica; tipo assim: Jalil digitava o teclado inteiro, dava uma batida, digitava, uma batida, e esse gesto era repetido de uma maneira ritmada, como se ele estivesse inserindo pontos parágrafos no final de frases longas.

— Cara, estou ficando velho.

Caí na risada com esse desabafo existencial aleatório.

— Como assim?

— Acabei de me inscrever nesse site de namoro aqui. Olha — ele disse, e me mostrou o computador por um instante, mas não o suficiente para eu conseguir entender a situação. — É um site para muçulmanos solteiros encontrarem uma esposa.

— Você quer se casar? Você quer transformar uma hijabi em uma dona de casa?

— Rá, exato, alguma coisa nesse sentido. Está na hora de levar a vida a sério. Já estou com quase trinta anos, cara.

— Tem certeza que esse é o único motivo?

— Bom, isso e o fato de Baba não parar de me encher o saco. Ele anda dizendo que, se eu não encontrar alguém logo, ele vai me arrumar uma mulher da aldeia.

— Talvez não seja uma má ideia. E se ela for melhor do que você imagina?

— Ele me mostrou umas fotos... — ele me disse, e eu o olhei de volta, à espera de uma reação. Jalil, no entanto, esperava uma resposta minha.

— A beleza está nos olhos de quem vê.

— Certo, mas eu não quero ficar vendo nenhuma das mulheres das fotos, não — ele respondeu e deu uma risada desconfortável, com uma respiração irregular.

— Mas com certeza você encontrou algumas mulheres bonitas na aldeia, não encontrou?

— Cara, eu não conseguia parar de olhar para elas.

— Imagino.

— Não, sério. Elas são lindas, só que é um tipo diferente de beleza. Seus olhos precisam de um ajuste, você olha através de uma lente diferente. É um paradigma de beleza não eurocêntrico... Decolonial, eu acho.

— E por que você não foi dar um oi, por que não chegou lá e falou com alguém?

— Não funciona assim — Jalil gargalhou com a minha ingenuidade. — Não é como se eu pudesse chegar lá e dizer "e aí, gatinha, quais são as novidades?". Existe uma tradição, um ritual a ser seguido. Eu preciso primeiro falar com meu Baba e meu Baba vai e fala com o Baba delas. Imagine seu pai sendo seu copiloto na balada.

— Olha, você precisa tomar alguma atitude, ou seu pai vai continuar escolhendo por você.

— Mas encontrar alguém legal é difícil. Namorar, então, é um troço impossível. Você conhece a pessoa e aí precisa fazer todas essas coisinhas legais e ir nesses lugares que, na verdade, ninguém está a fim de ir e aí, se você tiver sorte, você cria uma conexão com a pessoa e, pronto, a pessoa de repente desaparece da sua vida.

— Ou é você quem desaparece da vida dela. Parece mais é que você está com medo de se comprometer... Com um apego evitativo.

— Beleza, relaxe com sua análise freudiana aí, viu, eu fui abraçado o suficiente na minha infância. A única coisa que me assusta é me comprometer com a pessoa errada — Jalil parou por um segundo, como se olhasse para um futuro aterrorizante. — Por isso estou criando esse perfil aqui — ele continuou. — Elimina metade da bagunça. Só não sei direito o que escrever. Vale a pena dizer que eu tenho uma moto?

— Você vai arranjar uma esposa na mesma hora.

— Sério? — ele começou a digitar freneticamente.

— Não, ô! — eu respondi, gesticulando. — Acho que as mulheres procuram um pouco mais de conteúdo em um marido do que saber se ele tem uma moto ou não.

— É o tamanho da moto que faz a diferença, né?

— Não. Para. Olha, que tal eu preencher esse perfil para você?

— Como é que é? — ele disse, com uma voz aguda e apavorada.

— Faz todo o sentido, se você parar para pensar. Nós somos melhores amigos. Eu te conheço melhor do que qualquer pessoa, às vezes melhor do que você mesmo. Hein, que tal?

— Você nunca vai deixar passar aquele negócio, né?

— Nunca, jamais.

— Certo, resolve aqui.

Ele arremessou o computador e eu observei o notebook flutuar e cair confortavelmente bem ao meu lado no pufe. Abri o aparelho e, da maneira mais teatral possível, estiquei meus dedos. Na mesma hora, levantei o olhar e lá estava ele, me encarando com expectativa e com uma curiosidade nervosa. Ao terminar, fechei o computador e arremessei de volta para ele, que, ansioso, agarrou o notebook ainda no ar.

— "Olá, meu nome é Jalil, eu sou um viajante de quase trinta anos, aventureiro e arrebatado pela vida. Sou apaixonado por política e por filosofia, por conhecer diferentes culturas, idiomas (eu posso pedir comida em cinco línguas e sei dar risada em todos os idiomas possíveis) e pessoas. Gosto de pintar e de longas caminhadas. Estou apenas procurando por uma pessoa para me acompanhar nesta grande jornada chamada existência". Cara, até que não está ruim, não, bom trabalho... Opa, faltou ler uma parte. "Se nada disso te interessar, eu também tenho uma moto maravilhosa. Motor gigante". Rá. Que foi que aconteceu com aquela história de "as mulheres procuram mais em um marido"?

— Só estou tentando aumentar as suas possibilidades. Não é como se você tivesse um grande material para oferecer para sua pretendente.

Jalil me respondeu com uma careta parecida com a de um certo meme. O relógio bateu meia-noite.

— Preciso ir embora, cara, vou trabalhar amanhã de manhã — eu disse, já quase dormindo.

ASSIM QUE O ALARME TOCOU, eu já sabia que estava atrasado. Corri direto para o banheiro. Escovei os dentes e tomei um banho rápido. Saí batendo a porta da frente, quase uma corrida pela minha salvação; camisa tremulando por causa do vento, a gravata como uma bandeira presa no pescoço, a mochila pulando de um lado para o outro nas minhas costas. Uma imitação barata de Clark Kent saindo da cabine telefônica já vestido de Super-Homem, só que sem os poderes; será que o Professor não poderia ser classificado como algum tipo de super-herói? Aquele que salva todo mundo, menos a si mesmo. Deus do céu, eu odeio meu trabalho.

8h. Mandei uma mensagem para Sandra, mas não esperei a resposta. Voei pelas escadas rolantes, meus pés mal tocavam os degraus. Em algum momento, uma pessoa em pé na esquerda acabou bloqueando minha passagem — definitivamente um turista, a desgraça de um turista que deveria aprender a evitar a hora do rush. Consegui dar a volta no obstáculo. Próximo trem em quatro minutos. "Arghhh!", eu berrei, e todo mundo ao meu redor paralisou e me olhou em silêncio, com aquela atitude de quem finge não te ver ou não te ouvir. O trem chegou e eu forcei meu caminho até entrar no vagão, rodeado de mau hálito, manchas de suor e barrigas tocando no meu corpo de um jeito nada aceitável.

— ACABOU A BAGUNÇA — eu gritei, e a turma imediatamente se calou assim que eu entrei na sala. Alunos sentados nas mesas voltaram para suas cadeiras; um deles desistiu em câmera lenta de um arremesso e se viu obrigado a amassar a bolinha de papel na mão. A expressão no rosto da professora substituta, cujo nome nunca me importei em decorar, era de alívio. — Obrigado, meu bem. Eu assumo a partir daqui — ela sorriu. — Hormônios em ebulição — sussurrei no seu ouvido enquanto a mulher saía da sala cheia de gratidão. — Não é possível que a única resposta de vocês a uma professora substituta seja ficar aqui bagunçando a sala. Vocês são melhores do que isso. Sem falar que eu descubro tudo depois, não descubro? Hein, Marlon? Ruby? Jazvinder?

— Pô, professor, não dá para controlar os impulsos do homem, né. E é Jazz que fala, tá?

— Eu descubro tudo depois, não descubro... Jazvinder? — eu repeti, apertando os olhos.

— Desculpe, professor — ele respondeu, aceitando a derrota.

— Beleza, agora abram os livros, nós vamos fazer uma leitura silenciosa do restante da lição — ordenei, o que fez a turma resmungar em conjunto.

— Eu disse silenciosa!

Descanse em paz, Michael Kabongo
Hora da morte: 11h35
Causa da morte: desconhecida — pode estar relacionada com crianças barulhentas e mal-educadas e estresse
O que se lê na lápide: Aqui descansa um homem que morreu como viveu — cansado
Ha! Que gracinha. Onde você está?
Eu morri e você acha isso engraçado? Que insensível
Onde você está?
Nem sei por que estou tão surpreso. Eu nunca deveria ter criado expectativa em relação a você
Onde você está??!!!
Estou na minha cova
Beleza, essa piada de morte já morreu agora. Onde você está?
Dentro da sala de aula
Ah, então você conseguiu chegar
Sim. Atrasado. Você não recebeu minha mensagem?

Não
Ué, que estranho
Você não vai sair para o intervalo? Venha para a sala dos professores
Por quê?
Porque eu estou aqui
...
Beleza então
Estou exausto. Vai ser um milagre se eu conseguir sair dessa cadeira, quanto mais andar até a sala dos professores. E eu sou o encarregado de hoje
Você quer que eu te cubra?
Deus do céu, você faria isso?
Não
Oh
Ah, ótimo! Olha o sino! Boa sorte!

OS GRITOS E RUGIDOS de alunos ansiosos rapidamente preencheram os corredores. 10h50. O dia mal tinha começado e eu já estava desesperado pelo encerramento do expediente. Arrastei minha cadeira até a porta.

— É o seguinte, décimo primeiro ano, a ideia é que vocês entrem na sala em fila e em silêncio — eu disse, erguendo a voz acima da deles. Aos poucos, eles formaram uma fila.

— Professor, por que o senhor está sentado? — perguntou Alex Nota Máxima.

— Eu... Eu machuquei minha perna.

Ele me olhou como se dissesse "sim, claro, claro", só que de um jeito tão intenso que eu quase consegui enxergar o veredicto nos olhos dele. Eles se sentaram.

É isso o que chamam de vida?

Eventualmente, a aula terminou. Os alunos do décimo primeiro ano arrumaram suas coisas e saíram para almoçar. A porta ficou aberta. Murmurei uma série de lamúrias, em um volume mais baixo do que minha própria respiração, e, ainda na cadeira, deslizei para fechar a porta. Sandra apareceu e começou a rir de mim. E, apesar de me sentir tentado a bater a porta na cara dela, deixei que ela entrasse.

— Você não respondeu minha mensagem.

Ela colocou um sanduíche na minha mesa.

— Você me trouxe comida?

— Bom, pelo que você me falou hoje, e depois da sua última mensagem, imaginei que você precisava de uma animada.

— Oh, muito obrigado, esposa do trabalho. Atum e milho doce... Meu prato favorito.

— E maionese. Ou seja, realmente seu prato favorito. Como você está se sentindo?

— Minhas pernas parecem estar sendo picadas por um milhão de agulhas. Ainda não me levantei desta cadeira desde que sentei, no primeiro período. E me recuso a me levantar até o final do dia.

Sandra riu desse meu novo caso de "absurdo dramático", o que, em todas as ocasiões em que fui acusado de agir assim, nunca considerei ser dramático nem absurdo. Fiquei ali observando o quanto seu rosto parecia gentil quando ela dava risada, como suas maçãs do rosto se erguiam, como seu queixo relaxava, como as covinhas se aprofundavam, como seus olhos fechados formavam vincos nos cantos.

— Espera aí! Você não era o encarregado de hoje?

— Aiiiiiiiii... — eu resmunguei e segurei a palavra seguinte dentro de mim. Sempre digo às crianças que xingar é uma limitação do vocabulário, mas às vezes é mesmo a síntese perfeita de uma emoção, porque, quando você está no trabalho e sua única vontade é jogar tudo para o alto, nenhuma frase é tão adequada quanto "que se foda essa merda". Era como eu me sentia naquele momento. Então eu tentei me arrastar para fora da sala, ainda na minha cadeira, enquanto Sandra continuava gargalhando atrás de mim.

— Já se passaram quinze minutos. Se eu não for, será que alguém vai mesmo notar minha ausência?

Sandra ergueu os ombros e me deu uma resposta que não foi exatamente uma resposta. E rolei minha cadeira para trás da mesa outra vez.

CAPÍTULO 7

Escola Federal Grace Heart, Londres, 14h45

Os alunos do décimo primeiro ano liam em silêncio. Eu precisava me esforçar para não conferir o horário a cada dois minutos. Observei os braços do relógio na parede ficarem na mesma posição por quinze minutos, ou o que me pareceu serem quinze minutos. Me transformei em uma mula teimosa em negação eterna. Pontadas de fome atingiam meu estômago em ondas crescentes, e minha cabeça começou a latejar como se fosse um saco de pancadas na frente de um boxeador amador com problemas de agressividade reprimida. Minhas pernas tremiam, e meu principal pensamento era tentar imaginar quanto tempo mais eu precisava aguentar no meio daquela fábrica de insanidades.

No fundo da sala, Duwayne se esparramava na cadeira, encarando a janela. Ele mantinha uma das mãos dentro da sua calça escolar, que ele usava bem lá embaixo, deixando à mostra uma calça térmica adicional. Nossos olhos se encontraram. Ele estava tão acostumado a não ser observado por ninguém, muito menos encarado, que foi obrigado a tentar esconder sua surpresa. Eu fiz um gesto em direção ao seu braço, e Duwayne retirou a mão do bolso. De imediato me perguntei de onde é que surgem essas modinhas, e por quais motivos os estudantes continuam a segui-las, mas então me lembrei da minha adolescência e de como nós usávamos as calças muito abaixo da linha da cintura, além de enrolarmos uma perna até em cima e deixarmos a outra esticada normal, com aquele caminhar gingado de quem acha que está colocando fogo no mundo.

— Você está bem? — eu sussurrei. Duwayne balançou a cabeça para cima e para baixo, bem suave, só que desta vez olhando para o chão ao invés de olhar para mim. — Quanto foi que você leu até agora? — perguntei, sabendo que ele não tinha lido nada. O livro estava de cabeça para baixo na mesa. Peguei o exemplar, era *Os londrinos solitários*. — É um livro interessante — eu disse, e o deixei aberto na mesa.

— Não se incomode, não, que nem é meu — ele respondeu enquanto eu voltava para a frente da sala.

— Pois você deveria se incomodar. Não seria uma má ideia aprender sobre o Windrush e sobre como nosso povo veio parar neste país — eu disse, e Duwayne se encolheu. — Fique um pouco aqui depois da aula, quero ter uma conversa rápida contigo — seu corpo permaneceu imóvel, sua alma afundou um pouco mais na cadeira.

O sino tocou assim que eu voltei para minha mesa. Os estudantes se arrumaram correndo e esperaram minha autorização antes de fugirem para o corredor.

— Chega aqui — eu disse a Duwayne, que continuava parado. Ele, então, como se estivesse fazendo um grande esforço, se levantou e se aproximou, arrastando seus tênis da moda, aparentemente caros e personalizados. — Está tudo bem? — eu perguntei, e ele acenou que sim. — Você conseguiu terminar alguma das leituras? — eu perguntei, e ele balançou a cabeça. — Por que não? Você não gostou do texto? — eu perguntei, e ele encolheu os ombros. — Olha, você já está no décimo primeiro ano, Duwayne, e você vai precisar do diploma. São as últimas provas. Eu sei que o ano está apenas começando, mas você precisa acelerar o passo. Não quero ficar aqui assistindo você jogar essa oportunidade fora — de novo, ele apenas encolheu os ombros. — Em algum momento, você vai precisar falar comigo — eu acrescentei, frustrado.

— Posso ir embora? — ele me perguntou, bem direto, cortante, um staccato. De saco cheio, devolvi um aceno como resposta. Ele saiu pisando forte e deixou a porta aberta. Eu bufei e fui checar meus e-mails.

De: Recursos Humanos
Assunto: Monitoria do almoço

Envie, por favor, uma justificativa para sua ausência na monitoria do almoço de hoje.
Se não for possível enviar uma justificativa aceitável, o seu salário será descontado.

Atenciosamente,
Recursos Humanos

Encarei a mensagem com uma intensidade feroz. Logo depois, a luz do meu telefone acendeu sobre a mesa; uma mensagem de Sandra.

Você continua morto?
Acho que já ressuscitei
Sem piadas religiosas, por favor
Relaxe, eu nunca faria isso... por mensagem
Um dia eu vou surtar e você nunca vai entender por quê
O surpreendente é você não ter surtado ainda. Talvez não seja corajosa o suficiente. #BalançaMasNãoCai
Vou ignorar esse seu comentário (por enquanto). Como você está?

Parece que é quinta-feira, mas ainda estamos na segunda
Bom, melhor você fabricar alguma energia aí porque a gente tem reunião dos professores
COMO É? De jeito nenhum!
Não é hoje, calma. Amanhã. Você levou duas rasteiras minhas no mesmo dia. Nem parece que é você mesmo. Eu pagaria uma bela fortuna para ver a expressão no seu rosto. Você está fora do jogo, meu garoto
Não venha me chamar de garoto! Tá, então não temos reunião? Deus do céu. Um dia eu vou surtar e...
E eu não vou ter nada a ver com essa história!

Dei risada e voltei para meu computador, para meus e-mails. Clique. Delete.

MERGULHEI NAQUELA CACOFONIA e saí à procura de um lugar para me sentar. Por mais que eu tentasse ignorá-lo, com uma boa dose de fingimento, acabei me sentando ao lado do professor Barnes, que estava bem abaixo do meu campo de visão, acenando, puxando uma cadeira para mim.

— Ei, muito obrigado, meu velho. Não tinha te visto.

— Espero que você esteja se sentindo bem hoje — ele me respondeu enquanto eu, sem parar, assentia com a cabeça.
— Eu estava pensando que... — e, antes que ele pudesse continuar, a Sra. Sundermeyer entrou e todo mundo ficou em silêncio. Seus saltos martelaram o chão de madeira até ela chegar no centro da sala.

— Bom dia a todos — a Sra. Sundermeyer disse, em um tom de voz firme, confiante, certa de que obteria uma resposta do seu público.

— Bom dia — eles responderam em uníssono. Eu continuei quieto, meu silêncio acobertado pelo coro.

— Estamos com apenas algumas semanas de ano letivo, e ele tem sido um ótimo ano até agora. Mas, vocês sabem, precisamos permanecer motivados e, acima de tudo, precisamos incentivar aqueles que estão indo bem a buscarem a excelência, precisamos encorajar aqueles que estão pedindo por um pequeno empurrão da nossa parte e precisamos eliminar qualquer obstáculo ou problemas de comportamento imediatamente pela raiz — ela falava como se estivesse em um show, como se a audiência não se resumisse a apenas aquelas pessoas na sala. Eu admirava seu entusiasmo e sua paixão, mas eu também a desprezava pelos mesmos motivos, porque me deixava exausto, porque me forçava a questionar as razões pelas quais esse entusiasmo e essa paixão não se encontravam dentro de mim. O professor Barnes ao meu lado, por exemplo, escrevia uma série de anotações. Observei meu colega por um instante e, por fim, desviei o olhar. Depois de alguns comunicados apresentados por outros membros da direção, ou seja, por aqueles funcionários que tentam demonstrar uma autoridade não respaldada pelas suas atribuições, o sino tocou e cada professor saiu para sua sala de aula.

Eu tinha a manhã de folga, então caminhei pelos corredores e assisti às crianças animadas seguindo para suas aulas. Fui atacado por uma onda arrebatadora de nostalgia; todo e qualquer detalhe que me surgia à frente acabava me lembrando de certa época no passado. Era como se a mesma escola que falhou comigo estivesse falhando com essas crianças. Até que, aparecendo no alto da escada e preenchendo todo o corredor, veio o professor Black. Seu corpo se agigantou quando ele chegou mais perto e eu olhei para cima, sendo obrigado a inclinar meu pescoço para poder cumprimentá-lo. Ele tinha no mínimo um metro e noventa e cinco, e era quase tão largo quanto alto. Estava vestindo uma imaculada camisa branca de mangas curtas, bastante justa nos bíceps, e uma gravata vermelha em conjunto com as calças cinzas do uniforme. Sempre imaginei seu armário meio abarrotado com o mesmo figurino, uma série de conjuntos preparados para as eventualidades da vida.

— Bom dia, professor — Black me disse, com uma voz realmente grave, que reverberava nas paredes. Ele era o tipo de pessoa cuja presença fazia você se sentir seguro, independente da situação: se o prédio de repente começasse a desabar, os tijolos com certeza iriam cair longe dele por medo de se machucarem. Ficamos um pouco por ali, conversando sobre as últimas finais da NBA, se o Golden State teria vencido se Kyrie Irving e Kevin Love não tivessem se machucado, e também sobre a próxima temporada, sobre o time do colégio e sobre o campeonato das escolas londrinas, que ele estava bastante determinado a ganhar — assuntos com os quais eu tinha pouquíssima familiaridade, embora me esforçasse para manter um bom nível de conversa. Por um segundo, parecia mesmo que éramos apenas dois caras batendo papo em um bar depois do trabalho. Para mim, a imagem do professor Black nunca deixou de ser a imagem de um marido fiel, um sujeito que desejava aos outros os mesmos privilégios da sua própria vida: uma paz eterna, a felicidade. Ele me lembrava, de diversas maneiras, a pessoa que eu imaginava ser meu pai, um homem que eu nunca conheci. E, bom, é assim que uma crise de introspecção cai em cima de você de uma hora para outra, através de um pequeno gatilho disparado pela memória.

Quando a conversa acabou, o professor Black apenas me deu um tapinha no ombro, com aquela sua mão tão grande quanto a garra de um gigante, e me puxou para fora de meu devaneio, de volta para a realidade.

— Beleza, hora do trabalho — ele me disse antes de se afastar.

Retornei para minha sala de aula e estava sentado na minha mesa, escutando música clássica — *As quatro estações*, de Vivaldi —, quando ouvi vozes abafadas vindas da sala ao lado da minha. Era uma professora nova, a Sra. Kaptch... Sra.

Kap... O nome me fugiu da cabeça, mas sei que, para facilitar, eu a chamava de Sra. K e ela me respondia com um sorriso que eu entendi como permissão para que eu continuasse com aquele grau de intimidade. Ela ensinava alguma coisa envolvendo ciências sociais ou algo assim — uma disciplina que nunca me importei em descobrir qual era.

De repente a gritaria ecoou por todos os lados, como dois cachorros latindo, como água prestes a ferver. A Sra. K gritou uma palavra que não consegui decifrar, e eu pulei da cadeira, correndo até sua sala. Abri a porta e lá estava ela, na frente da turma, paralisada, com as mãos tremendo de pânico. Em um coro extasiado, os estudantes gritavam "Briga! Briga! Briga", todos amontoados e formando um octógono ao redor de dois corpos lutando no chão, com vários "ôôôs" e vários "aaas" a cada soco, a cada chute, a cada mata-leão. Não sei como, mas consegui atravessar a barreira de cadeiras, berrando "SAI DA FRENTE" no meio do caos.

— Duwayne! Alex! — eu gritei, em choque, ao ver Duwayne aplicar um estrangulamento em Alex, seus braços parecendo os de um polvo em volta do pescoço e da cabeça do colega, as pernas enroladas ao redor do tronco do adversário. Alex começou a engasgar, perdendo o fôlego. Pulei no chão com eles e tentei desatar os braços de Duwayne da cabeça de Alex, mas sem sucesso nenhum. Os braços do garoto estavam mais travados do que uma bicicleta de rico no meio de uma cidade cheia de ladrões. Então, guiado por uma força invisível, Alex rolou de bruços, dobrou os joelhos e se levantou do chão com Duwayne grudado nas suas costas, inclinando o corpo para trás e se jogando, como alguém que quer achatar seu oponente no chão. A cabeça de Duwayne chicoteou a lajota com um estrondo, o que o obrigou a abandonar o estrangulamento e girar para o outro lado. Alex logo ficou em pé em cima dele e, antes que a coisa ficasse ainda pior, eu me atirei entre os dois. Na mesma hora, uma longa sombra surgiu por cima de mim como se fosse uma nuvem escura, uma nuvem que imediatamente bloqueou a opaca luz do sol que se infiltrava pela janela. Era o professor Black. Ele levantou Duwayne do chão com uma mão só, do mesmo jeito que você faz com uma boneca ou uma marionete.

— Beleza, meu jovem. Você vem comigo — ele disse e esmagou o chão em direção à porta, com Duwayne a tiracolo. Fiquei em pé e, com uma autoridade mimética, acenei para que Alex seguisse pelo mesmo caminho.

— E vocês aqui — eu gritei —, vocês precisam sentar e calar a boca! Não quero ouvir nem mais um som saindo dessa sala — e eles depressa e silenciosamente se misturaram, retornando para suas cadeiras. Nem eu mesmo esperava por essa minha explosão, mas funcionou. — Sra. K, se você precisar, estou ali na sala ao lado — eu disse, por fim, e ela me olhou de volta, pálida, com uma expressão de quem acabou de ver um ex-namorado, um parente morto, um sonho frustrado, uma expressão de quem acabou de estabelecer contato com um dos seus esqueletos no armário.

Segurei a porta aberta para Alex quando entramos na minha sala. Olhei para ele. Alex encarava o chão: ombros arriados, costas curvadas, braços largados ao lado do tronco. Ele se sentou na penúltima fileira, próximo da janela, aéreo.

— Alex... Alex Nota Máxima... — ele não me respondeu, não se mexeu, nem sequer piscou o olho. Loguei no meu computador e digitei com toda a raiva do mundo, amassando o teclado, tão rápido que minhas mãos começaram a formigar. — Eu esperava mais de você — eu disse, e ficamos em um silêncio pesado até o sino tocar. Alex na verdade autorizou sua própria saída, ficando em pé menos de um segundo depois do sinal, arrastando sua mochila pelo chão enquanto fugia pelo corredor.

O DIA TERMINOU. Eu estava mais uma vez na minha mesa, me sentindo esvaziado de mim mesmo; energia, paixão, entusiasmo, todas as minhas emoções cuspidas no chão, uma sensação de ter sido esfaqueado e não conseguir parar de chorar, de se descobrir cansado demais para tentar estancar a ferida. Ainda estávamos no meio da semana e eu me debatia querendo descobrir como sobreviver ao resto das aulas. Em geral, eis o nosso objetivo de vida: as sextas-feiras, os finais de semana, a oportunidade de relaxar e ser quem você é enquanto você não é obrigado a ser quem você precisa ser. Mas e se você mal consegue enxergar o amanhã, muito menos o sábado e o domingo? Então o que surge é este sentimento pesado, sutil mas pesado, que não está lá e de repente está e de uma vez só. Eu sentia minha respiração falhar e meu peito apertado quanto mais eu pensava no assunto: continuar ali, de novo, naquela cadeira, naquela sala de aula. Chovia lá fora, e de algum modo enxerguei até a textura do ar se transformar: uma atmosfera mais espessa, mais lúgubre, mais nebulosa. Respirei fundo. Percebi que tinha desligado o cérebro e estava apenas encarando o fundo da sala. Foi quando o professor Barnes apareceu.

— Olá, comandante — ele disse, enfiando a cabeça pela porta, meio que pedindo permissão para atrapalhar meus pensamentos.

— Tudo tranquilo? Pode entrar — eu respondi, sugerindo, com relutância, que estava tudo bem avançar pela sala.

— Como foi o dia? — ele perguntou, com boas intenções. Eu queria dizer a ele que, olha, foi ruim, foi muito ruim; queria contar o quanto eu estava cansado, queria falar sobre como precisei interromper uma briga ainda antes de iniciar minhas aulas, sobre como, no último horário, precisei expulsar tantos alunos da sala que quase dei aula para mim mesmo, sobre como eu queria me encolher e dormir por muito, muito tempo.

— Foi um dia agradável — eu disse. — E o seu?

— Um pouco difícil — ele disse, e deixou escapar um breve suspiro antes de se sentar na cadeira do outro lado da mesa, à minha frente. — Talvez alguma configuração diferente na atmosfera hoje.

Concordei e permaneci no meu reino de silêncio.

— Pensei em tomar um drinque rápido na saída do trabalho. Me acompanha? — ele perguntou, sorrindo, com as sobrancelhas levantadas, suas rugas aparecendo na testa.

— Acho que vou ser obrigado a recusar... Vai ficar tarde para mim, ainda tenho muito trabalho para corrigir — eu disse, pensando que, independente dos meus nãos, ele continuava a me convidar, de um jeito que, embora uma parte de mim o admirasse pela insistência, outra parte o odiava.

— Sem problemas, comandante — ele parecia abatido, quase derrotado. — Quem sabe na próxima, então.

— Você vai pedalando para casa? — eu perguntei, tentando amenizar seu sentimento de rejeição.

— Isso — ele respondeu.

— Cuidado. Parece que começou a chover.

CAPÍTULO 8

São Francisco, Califórnia, 21h39

Michael continua sentado, encarando o fundo do copo. É o seu quarto drinque. A bebida aquece seus ossos e o deixa mais relaxado. Ainda assim, ele não consegue se soltar a ponto de conversar com alguém. O bartender entrega a conta para ele — cinquenta dólares — e fica à espera com olhos desconfiados. No bar, a música é alta e abundante, vários corpos se chocam no ritmo das batidas, e ele está sentado, bem no meio do lugar, no olho do furacão, no núcleo da célula, afundando. As pessoas entram e passam por ele como se passassem por um fantasma. Ele pensa em ir embora, mas é mais difícil sair do que ficar e esperar. Portanto, Michael continua sentado, em silêncio, imóvel, em dúvida sobre os motivos que o fizeram vir, pensando em como somos vistos e em como somos ignorados, as conjunturas que nos fazem invisíveis para o mundo, os caminhos que nos fazem desejar a atenção do outro, até que, eventualmente, não desejamos mais. Nós lutamos para sermos vistos, lutamos para que o mundo reconheça a nossa existência, e então somos esquecidos, voltamos à invisibilidade; a diferença está na nossa escolha, independente de sermos vistos ou não, em como devolvemos esse poder para nós mesmos. Porque, na nossa ausência, o mundo segue em frente. O mundo sempre segue em frente. *E vai seguir em frente sem a minha presença.*

O pensamento de Michael divaga. Ele olha para o telefone, passeando pelas fotos que tirou mais cedo, em pé ao lado de coisa depois de coisa depois de coisa. *Eu nunca vi um turista infeliz. Se existe tanta alegria em viajar, por que permanecemos sempre no mesmo lugar?* Michael está aprendendo a relaxar, a ser alguém que, em outras circunstâncias, ele não seria.

— Ei, essas fotos são muito boas — ele levanta a cabeça e vê um par de olhos verdes levemente amarronzados, cachinhos dourados saltitantes e um sorriso luminoso. Michael chega a engasgar, impressionado com a beleza da mulher; sua boca pende entreaberta, sua garganta transborda desejo.

— Você não deve ser daqui, né — ela dá uma risada, gentil. — Meu nome é Sara — ela olha para a cadeira ao lado dele e se convida para sentar. — Como é que você veio parar na Baía, hein? — ela pergunta, gesticulando.

— Ah — ele se sente agitado, assustado, despreparado —, é só uma viagem rápida.

— Negócios ou lazer? — ela continua, provocante. Ele não responde. — Bom, não sei o que é, mas você não parece muito animado a respeito.

Michael olha para ela, vazio de palavras. Ou melhor, comedido, com medo de se entregar. Eles continuam a conversa e ela percebe o sotaque, percebe como as palavras dele envergam de um jeito diferente das dela, como elas carregam um peso. Em algum momento, Sara coloca sua mão em cima do ombro de Michael com certo carinho e cumpre todos os protocolos que as pessoas supostamente devem cumprir em um encontro: presta atenção, escuta, abre seu coração e oferece ao outro um lugar para ficar; mostra o quanto eles estão seguros dentro daquela redoma.

— Parece que estamos em um... encontro? — ele pergunta.

— Sério? — ela responde, com uma risada nervosa, como uma adolescente que teve seu diário lido em voz alta. — É esse seu jeito de me convidar? — ela acrescenta, e então pega um guardanapo do bar e escreve seu número de telefone. Ele olha para o papel com cautela e curiosidade. Ela, na sequência, dá um beijo no rosto de Michael e desaparece de volta na sala escura cheia de corpos amarrotados e música imponente. Ele dobra o papel e guarda no bolso.

MICHAEL PEGA O TREM para casa: estação Montgomery, estação Embarcadero. Ele olha para o assento ao lado e vê um homem que compartilha a mesma expressão que ele: cansado, exausto, fatigado, sem querer estar ali, mas sem outra opção a não ser estar ali. Michael conhece bem esse sentimento. Ele olha para o homem e seus olhos dividem as mesmas lágrimas invisíveis, mas, incapazes de encararem por muito tempo o espelho um do outro, os dois desviam o olhar. O trem continua sua viagem: estação de West Oakland, rua 19, estação MacArthur.

Michael desce e anda na direção do ônibus que vai levá-lo de volta ao apartamento. Algumas pessoas esperam no ponto, e ele escuta, por cima da música que toca nos seus fones de ouvido, a frustração do grupo surgir na forma de grunhidos e palavrões leves quando eles descobrem que aquela linha já encerrou as viagens do dia. Michael, então, segue em frente, caminhando como se a ideia de pegar o ônibus nunca tivesse passado pela sua cabeça. Ele dobra à direita e depois à direita de novo, e se vê em uma rua inesperadamente silenciosa e mal iluminada; as sombras dos postes se esticam como braços, os capôs dos carros contemplam a rua com rostos inflexíveis. Meia-noite. Ele desliga a música dos fones de ouvido e, meticuloso, observa as formas que se erguem e desaparecem ao seu redor. É o momento em que seu coração dispara, o momento em que ele escuta passos vindos de trás, passos cada vez mais próximos, cada vez mais intensos, é o momento em que não consegue sequer identificar que som é aquele que bate com tanta força no seu corpo, se são os passos ou se é seu coração em desespero. De repente, uma sombra paira sobre ele. Michael diminui o ritmo e aperta os punhos, preparado para deixar o medo escorrer pelo chão. *Vai ser ele ou eu*. E aí Michael vê um jovem passar por ele pela calçada, um jovem alto como ele, negro como ele, de cabeça baixa, cabelo coberto por um durag, camiseta folgada, uma bermuda esportiva e basqueteiras nos pés.

— E aí, meu irmão? — o jovem o cumprimenta.

Por que fiquei com tanto medo?, Michael se pergunta, depois de responder o cumprimento do rapaz. *Era eu mesmo passando por mim*. Ele sente seu coração desacelerar e voltar a um estado de repouso. Seus passos ficam cada vez mais lentos e o jovem vai embora. Michael para na frente de uma vitrine. Um pôster chama sua atenção: um Malcolm X sorridente, junto com outros pôsteres de Marcus Garvey, Harriet Tubman e vários outros ícones históricos em seus momentos de glória, incluindo alguns nomes que ele ainda vai conhecer um dia. As imagens não são exatamente realistas, são mais como pinturas; arte transformada em vida. Ele coloca as mãos na vitrine e se sente encorajado a entrar, mas a porta está trancada. Pelo vidro, Michael enxerga apenas fileiras e fileiras de livros: *A civilização do Vale do Nilo*, *Antes do tráfico de escravos*, *Civilização ou barbárie*, para não falar nas outras exotéricas obras de arte e ornamentos pendurados na parede, imagens de divindades e deuses de um passado distante. Ele recua um passo, olha para a fachada da loja e deixa para trás a história que vive em seus ossos.

DESCENDO A RUA 40 debaixo de um céu estonteante, Michael vasculha o bolso esquerdo da sua calça, a mesma que ele usou na noite anterior para ir ao bar. O guardanapo ainda está lá. Depois de um longo período de contemplação, ele pega seu telefone e disca o número. Está chamando. Quando Michael está prestes a desligar, alguém atende.

— Alô?

— Oi, é a Sara? — ele pergunta, nervoso.

— Sim...

— Oi, a gente se conheceu no bar ontem à noite. Você me deu seu...

— Eu sei quem você é. Eu me lembro. Sem falar que você é o único cara que eu conheço com esse sotaque britânico fofo.

Ele solta uma risada, acrescentando mais uma camada de drama à voz.

— Bom, eu estava pensando se a gente não podia se encontrar alguma hora.

— Claro, você já me convenceu — ela responde com um entusiasmo que é desconhecido para ele. — No que você pensou?

— Que tal a gente sair para comer alguma coisa e depois quem sabe pegar um show?

— Me parece ótimo.

— Em Los Angeles?

— Oi? — ela grita em resposta.

— Isso, na Cidade dos Anjos.

— Los Angeles?

— Exato.

— Mas eu tenho aula... E trabalho.

— É só você faltar uns dias por motivo de saúde. Por que esse espanto?

— É que o trânsito é uma loucura, e a viagem é realmente longa, e eu na verdade não tenho esse dinheiro todo para...

— Que trânsito? Não tem trânsito no céu. E não se preocupe com dinheiro, pode deixar que eu resolvo.

Ela dá uma leve tossida.

— É, acho que você tem razão. Tem alguma coisa acontecendo comigo mesmo — e então ela tosse outra vez. — Talvez eu esteja ficando meio doente — ela acrescenta.

— Ótimo! Eu te ligo de novo quando voltar para meu apartamento e a gente acerta os detalhes — ele desliga o telefone e começa a pular, socando o ar do mesmo jeito que Michael Jordan socava o ar ao comemorar a cesta decisiva em um jogo. Os espectadores e pedestres reagem animados à cena, alguns inclusive gritando e vibrando: "Se joga, meu garoto!".

— **NÃO CONSIGO ACREDITAR** que a gente está em Los Angeles.

— Huuuum, essa fala não deveria ser minha, não? É minha primeira vez aqui, você já vive na Califórnia.

— Eu sei, mas estou dizendo no sentido de que não consigo acreditar que estamos em Los Angeles *agora* — ela ri, seus olhos piscam, o canto da sua boca levemente se ergue, revelando uma fileira de dentes perfeitos. — Eu deveria estar na minha mesa, atendendo o telefone e respondendo e-mails. "Olá, Seguradora Bright, em que posso te ajudar?". E fugindo das cantadas do meu chefe bizarro.

— Tudo isso em um dia normal de trabalho?

— Sim, se você conseguir aguentar.

— Então você não odeia seu trabalho?

— Nem um minutinho sequer.

— Conheço esse sentimento.

A conversa é interrompida para que eles possam se concentrar no almoço. O dia está bastante quente; música pop dançante toca no ambiente enquanto a tela gigante na parede exibe um jogo do Lakers.

— De qualquer jeito, obrigado por ter vindo.

— Não deveria ser eu a agradecer pelo convite, não? Você não só pagou as passagens como também pagou aquele apartamento minúsculo e levemente esquisito onde estamos hospedados...

— Ok, beleza, esquisito, mas também excêntrico e especial?

— O chuveiro e a cozinha ficam no mesmo lugar.

— O que não deixa de ser especial. Você pode salvar o planeta se usar sua água do banho para cozinhar também.

— Eca. Nossa, não, não, não. Você deveria ter me deixado escolher o apartamento. Eu conheço Los Angeles melhor do que você.

— Ei, o que foi que aconteceu com aquela história de "meu deus, não acredito que nós estamos em Los Angeles"?

— E o que aconteceu com aquela história de "meu deus, eu não gosto muito de falar, eu prefiro escutar as pessoas"?

— Touché.

— Acho que eu precisava dar essa fugida, ando meio abatida com algumas questões. Eu sei que somos praticamente dois desconhecidos... Ou melhor... Somos dois desconhecidos — ela sorri —, mas eu consigo confiar em você. Tem alguma coisa no seu jeito que faz com que eu me sinta segura. Gosto dessa sensação — Sara diz, e seu sorriso muda dos lábios para os olhos.

O garçom se aproxima. Ele é alto, magro, bronzeado, com um cabelo escuro e um bigode volumoso.

— Tudo certo com o almoço? — ele pergunta, com um sotaque mexicano fortíssimo. Com um gesto de cabeça, os dois respondem que sim.

— Também ajuda o fato de que — Sara continua — a gente conseguiu sair alguns dias antes e você me deixou vasculhar todos seus amigos do Facebook e todas as suas fotos e publicações. Fiquei meio surpresa, aliás, por aquele tom meio filosófico. Você não parece o tipo de pessoa que fica cheio de por-que-nós-estamos-aqui e oh-meu-deus-qual-é--o-significado-da-vida. Achei ótimo.

Eu preciso deletar essa merda toda.

— Mas nada tão legal quanto essa atualização aqui, ó — Michael levanta a cabeça e mostra o telefone para ela. — "Dançando miudinho na aldeia dos anjinhos".

— Sério? Você tem certeza do que você está fazendo?

— Claro, se tem a aldeia global, então tem a aldeia dos anjinhos.

— Ninguém, absolutamente ninguém chama a cidade assim — ela tenta pegar o telefone. — Me dá esse negócio aqui. Você precisa apagar essa postagem antes de passar vergonha — mas ele se esquiva e coloca o aparelho de cabeça para baixo na mesa, fazendo um sinal de negativo com o dedo.

Michael pede a conta e, quando ela chega, ele coloca quarenta dólares em cima do papel. Sara e ele têm uma rápida discussão sobre a obrigatoriedade ou não da gorjeta, uma discussão que ele perde e que o obriga a colocar mais uma nota de cinco dólares na mesa, segundos antes dela colocar uma segunda nota de cinco dólares e dizer:

— Estou melhorando a sua imagem. Obrigada pelo almoço.

SARA ENTÃO ESTENDE a mão e faz um carinho delicado com a palma no antebraço dele, eriçando todos os pequenos pelos da pele de Michael. O toque dela provoca uma onda no corpo dele, um corpo que começa a voltar à vida.

Eles agora estão em um carro alugado, no meio da pista, dirigindo por uma parte de Los Angeles que nenhum dos dois conhece muito bem, ou melhor, que nenhum dos dois conhece absolutamente nada.

— Porra, então é isso. Piloto de Fórmula 1, né? — ela comenta a respeito da velocidade do carro e os dois caem na risada. Sara se remexe no banco e, delicada, coloca sua mão em cima da mão de Michael, seguindo pelo braço até o cabelo, onde faz um pequeno cafuné. Michael acha que esse não é o melhor jeito de se concentrar no trânsito.

Venice Beach, Hollywood, Calçada da Fama, Beverly Hills — eles cumpriram todos os itens da agenda, exceto assistir a um jogo do Lakers no Staples Center. O banco de trás está recheado de sacolas, os da frente tomados de desejo, mas, ainda assim, Michael não se sente satisfeito. *Eu quero ver a Los Angeles que se parece comigo, que anda como eu ando, que fala como eu falaria se eu tivesse nascido na cidade.*

A noite já não é mais nenhuma criança. A lua aparece tímida por trás de nuvens lentas. Eles são obrigados a parar, presos em um engarrafamento no meio de uma ponte, com a silhueta da cidade se afastando lá atrás. Um repórter interrompe a música no rádio com as últimas informações a respeito do trânsito.

— Trânsito! — Sara diz, enquanto afunda no seu assento e desliga o rádio. — Bom, eles dizem que você não esteve em Los Angeles se você não tiver experimentado o trânsito da cidade.

— Quem diz isso? — Michael pergunta.

— Como assim "quem diz isso"?

— Isso, quem? Você disse "eles". Quem são "eles"?

— Bom, "eles" não se refere a nenhuma pessoa em especial, é só o que as pessoas falam.

— Então não existe esse "eles", o que quer dizer que ninguém disse essa frase.

— Não é como se as pessoas estivessem trancadas em uma sala, pensando em coisas para dizer e anunciar ao mundo. Caralho, Michael. Esse não é exatamente o meu conceito de uma viagem de lazer — ela diz, irritada e frustrada no banco do passageiro.

Uma saída surge à frente e de imediato Michael joga o carro para poder se livrar do engarrafamento.

— Você pelo menos sabe para onde você está indo?

— Não deve ser tão difícil assim achar o caminho para casa. Melhor se mexer do que ficar parado no trânsito, eles dizem...

Sara devolve um sorriso irônico para o rosto arrogante de Michael. O carro segue por uma rodovia comprida e escura, onde as árvores se inclinam em direção à pista, amaldiçoando o asfalto.

— Estou ansiosa para chegar em casa e provar todas essas roupas que nós compramos. E, né, quem sabe, talvez, tirar todas elas também... — Sara olha para Michael e sorri. Em seguida, a atenção dela se volta para a tatuagem de borboleta no seu próprio pulso. — Você não vai me mostrar sua tatuagem?

— Não.

— Olha, meio mal-educado isso, hein. A ideia foi sua. Eu te mostrei a minha.

Eles param em um sinal vermelho. O motor emite um ruído baixo.

— A sua é uma borboleta. Não tem nenhum significado especial.

— Ela tem significado para mim.

— Tá, beleza. Qual que é o significado então?

— Quando eu era criança...

E aí eles sentem um choque violento na traseira do carro e são arremessados para frente. Michael, segurando o volante, consegue evitar o impacto. Sara, no entanto, é jogada na direção do painel e, assustada, protege seu pescoço de qualquer jeito. O carro se arrasta pela pista gemendo bem alto até parar por completo.

— Que porra foi essa? — Michael sente seu coração se injetar de medo. Alguém dá uma batida na janela, aquele som característico de metal em contato com o vidro.

CAPÍTULO 9

Los Angeles, Califórnia, 0h23

— Sai da porra do carro, caralho — uma voz abafada surge da rua, o rosto escondido por trás de uma bandana e de um capuz. A porta se abre e Michael é arrancado do carro. Em seguida, do outro lado, Sara também é puxada para fora. Eles são empurrados para a calçada e obrigados a sentarem no chão. Alguém acelera para ver se o motor do carro ainda funciona. São dois caras — dois meninos, na verdade —, bem jovens, lembrando muito seus antigos alunos. Michael pensa neles, pensa em Duwayne. Ele percebe, na cintura de um dos assaltantes, um brilho escuro metalizado, sem conseguir identificar muito bem o que é.

— Dá tudo que cê tem, filhodaputa. Depressa.

Michael nota o pânico no rosto de Sara, como as lágrimas dela formam pequenos lagos embaixo dos olhos. Ele hesita.

— Você é surdo, desgraça? — o menino rosna. Michael suspira e, a contragosto, esvazia os bolsos: carteira, telefone e dinheiro, as várias notas de cem dólares. *Caralho*. O segundo menino recolhe os objetos do chão e conta o dinheiro. Eles gesticulam um para o outro. Missão cumprida. Um deles volta para o carro do assalto e sai dirigindo apressado enquanto o parceiro entra no carro alugado.

— É isso, então? — Michael berra. O sujeito para, olha para ele, depois olha para Sara, e então olha para Michael de novo. Até Sara reage com uma careta àquela explosão aleatória, mas Michael a ignora.

— Que foi que você disse?

— Você me ouviu, seu escroto. Eu disse "é isso, então?".

— De que porra você tá falando, caralho?

— Sim, que porra você tá falando? Cala a boca — Sara diz, já com o choro mais controlado. Ela dá um tapa no braço de Michael como se estivesse injetando sentido dentro do corpo dele. O homem com o metal brilhante na cintura sai do carro. Michael agora consegue identificar de onde vem aquele brilho. O sujeito vai na direção de Michael e acerta um chute bem no meio do seu rosto, com toda a força possível, um nocaute imediato. Sara abafa um grito.

— Você é maluco, é? — o cara diz.

Michael levanta o tronco do chão e, sentado, verifica se seu rosto está sangrando. Ele solta um suspiro profundo, como se alguém, no meio de uma situação comum, estivesse sendo inoportuno — meio como uma pessoa furando a fila ou pisando no seu pé sem nem pedir desculpas.

— Escuta só, eu estou tentando te ajudar aqui — Michael diz, com uma voz professoral. — Quando você tentar usar esses cartões, eles já vão estar cancelados. E esse dinheiro vai acabar rapidinho, você vai gastar tudo em umas compras idiotas e nesse seu cabelo horrível. Aliás, você acha mesmo que essa merda aí é um degradê? E aí, veja, antes de você se dar conta, você vai ter que voltar para a rua, vai ter que ficar esperando no escuro, de madrugada, na esperança de roubar um carro. Me parece um desperdício de vida. Você consegue ser melhor do que isso.

— Cara, você tá tentando me passar mensagem motivacional? No meio da rua? — o ladrão dá risada. — Entenda uma coisa, cara, você está com sorte de continuar vivo. Eu poderia te matar, porra — o sujeito diz, e mostra o metal na cintura.

— Então vai lá — Michael grita. Ele se levanta e abre os braços, estica o corpo todo, parece que o que ele quer é ser um alvo mais fácil de se acertar. — Vai lá. Eu tô pouco me fodendo. Acaba logo com essa minha desgraça — Michael vocifera, impaciente. Ele acaba assustando o menino, como se a arma tivesse mudado de mãos. — Você não pode matar um homem que já morreu — Michael sussurra. — Olha... — ele diz, e mete a mão por dentro da meia — tem quinhentos dólares aqui, pega esse dinheiro e me devolve minha carteira. Você não vai conseguir usar os cartões de qualquer jeito, é inútil para você. Mas eu preciso da carteira.

O menino abre a carteira e, de fato, não encontra nada de valor.

— Nah, você é maluco, cara. Não tem porra nenhuma aqui, só umas merdas de uns trocados — ele diz, e os três escutam um barulho vindo de longe, se aproximando. O ladrão joga a carteira na direção de Michael, pega o dinheiro da mão dele e então corre para o carro, entra e acelera a toda, cantando pneu e disparando pela rua, deixando os dois lá no escuro, no frio da noite. Sara apenas olha para Michael, incrédula.

MICHAEL ESTÁ DEITADO observando o teto. O quarto é pura escuridão. Já se passaram algumas horas desde que eles chegaram em casa. No entanto, a inquietação rasteja sob sua pele e se espalha pelos seus ossos, com uma intensidade que o mantém acordado. Sara está dormindo no sofá, na sala do apartamento que os dois alugaram. Ela não disse mais nenhuma palavra a Michael, ela quase nem o olhou mais nos olhos. Assim que os dois chegaram, Sara deitou a cabeça no sofá e apagou. Michael passou um tempo só olhando para ela, tentando imaginar o que é que ela estaria pensando, antes de entrar no quarto. É o mais perto que ele consegue chegar da tranquilidade, ali deitado na cama. O barulho do trem soa distante e ele se pergunta se a locomotiva está indo ou voltando. Seu sono vai embora. Os pensamentos inundam sua cabeça.

Não existe saída, então? É impossível sair da própria mente? Para fora desta prisão, deste inferno, ou melhor, deste purgatório — desta terra devastada pelo grande nada, onde nenhuma coisa vive, onde nenhuma coisa respira. E pensar que o único jeito de escapar da mente é escapar do corpo. E eu agora, tanto no meu corpo quanto na minha mente, não vou mais fugir da destruição. Não vou fugir da morte. Eu vou andar em direção a ela, vou correr até ela, se for possível. Eu quero caminhar até a ausência do meu ser, até o extermínio da minha existência no mundo. Como poeira, quero ser varrido pelo vento, flutuar pelo ar, dentro de um tornado, de um furacão, de uma tempestade. São essas as minhas palavras, eu quero morrer, mas, ainda assim, falo não como um homem que quer morrer, e sim como um homem que quer viver, e a morte é o único caminho que eu conheço para que isso possa acontecer.

De repente, passos fazem ranger a madeira do chão, deixando Michael em alerta. Seus olhos permanecem atentos, ainda que o cenário à frente seja completamente escuro, independente de quão acordado ele esteja. O som se aproxima. A porta se abre com cuidado e é fechada outra vez. A movimentação é silenciosa, calma, emprestando ao quarto uma atmosfera de biblioteca ou de templo. É Sara. Michael sente o peso dela se aconchegar no colchão. Nenhuma incerteza naqueles gestos. Ele sente o toque da pele dela quando Sara se deita ao seu lado. O calor do corpo dela se espalha pelo corpo de Michael. Ele começa a tremer. Os dois ficam em silêncio por um tempo.

— Você está dormindo? — ela sussurra. Michael balança sua cabeça. Ela olha para ele, no escuro, tentando encontrar o rosto do ex-professor. — O que está acontecendo contigo, Michael? O que foi que aconteceu hoje? — Michael exala um suspiro cansado. — Você sabe muito bem, você não precisa fazer isso.

— Fazer o quê?
— Bancar o herói.
— Não foi isso que aconteceu.
— E o que foi que aconteceu, então?
— Como assim?
— Você poderia ter nos matado.
— Eu poderia ter me matado.
— Mas por quê, Michael? Por que você faria isso? Não é um jogo.
— Porque eu quero.
— Você quer o quê?
— Eu quero morrer. Eu não me importo mais com a minha vida, nem com o mundo, nem com nada.
— Ah, Michael — ela diz, com uma voz abatida.
— Seria melhor para todo mundo se eu não estivesse mais aqui.

Sara se aproxima, apertando o corpo dele com um pouco mais de força, como se ela pudesse inspirar um pouco de vida dentro do corpo do outro. Michael permanece tenso, imóvel.

— Só estou te dizendo essas coisas porque, de verdade, eu não te conheço. E eu sei que não vamos mais nos conhecer depois do que aconteceu — ele diz.
— Mas a gente poderia...
— Não. Não é essa a resposta.
— Então qual que é?
— Não sei. Só estou tentando viver, tentando experimentar os últimos momentos da minha vida antes de... — Michael para e deixa escapar outro suspiro cansado. Sara se inclina para dar um beijo nele. Seus lábios tocam as bochechas de Michael de uma forma delicada. Suas mãos começam a fazer um carinho no corpo dele, começam a explorar a superfície macia do seu universo. Ele interrompe o movimento.

— Não posso fazer isso. Não consigo... Já faz algum tempo. Olha, eu sempre mantive qualquer pessoa à distância, a um braço de distância, nunca me abri, nunca deixei ninguém entrar. E não é porque eu tenho medo dos meus sentimentos ou medo de me machucar ou medo de me sentir vulnerável, e sim porque, lá no fundo, bem lá no fundo, eu sempre soube que a minha vontade era morrer, e me manter distante é o meu jeito de evitar que as pessoas sofram e se machuquem quando isso finalmente acontecer.

Sara está em silêncio, mas Michael percebe que ela está chorando. Eles ficam ali deitados na escuridão, afetuosos um com o outro, até o dia amanhecer. *Eu cometi um erro. Não posso deixar ninguém se aproximar assim. Não posso deixar ninguém saber. Só reforça a violência e a dor, e eu quase sempre sinto o sentimento deles como se fosse o meu. Não importa o quanto eu deseje intimidade, ser tocado, receber um abraço, eu pretendo continuar neste mundo do mesmo jeito que eu pretendo deixá-lo: sozinho.*

No dia seguinte, eles vão pegar o caminho de volta, em silêncio, em uma espécie de luto. Não vão conversar absolutamente nada um com o outro, a não ser banalidades. Você já arrumou a mala, o táxi acabou de chegar, você está com fome, posso me sentar na janela? Eles vão retomar a normalidade de suas vidas, vão viver cada um sua própria insignificância relativa. Eles vão se abraçar e se despedir no saguão do aeroporto depois do pouso e vão voltar a ser os desconhecidos que sempre foram.

6.621$

CAPÍTULO 10

Escola Federal Grace Heart, Londres, 10h23

Mesmo sabendo que o término era inevitável, você já amou alguém a ponto de entregar seu coração de uma maneira absolutamente incondicional?

Christelle entrou na minha vida como a correnteza de um rio, na última hora, aquele tipo de pessoa que provoca uma verdadeira expansão de vida, uma pessoa que surgiu e injetou ar dentro dos meus pulmões. Não é à toa que, no exato instante em que meus olhos a enxergaram pela primeira vez, eu já sabia que minha vontade era ter seu rosto como meu único horizonte até a morte, ou até uma eventual perda de visão, sem nem me importar com qual opção podia me ocorrer antes. Era um rosto imponente, elevado, uma exposição de arte, uma obra que pertencia a uma galeria ou a um santuário. Nós começamos como todo mundo começa, através de mensagens: eu tentava me mostrar espirituoso, ela correspondia, nenhum dos dois deixava o outro à espera. Depois seguimos para as ligações de telefone e eu logo percebi seu sotaque, a forma como sua voz mimetizava as diferentes partes do mundo que Christelle algum dia chamou de casa.

Eu queria conhecer sua jornada, saber se sua viagem já tinha chegado ao final ou se eu poderia acompanhá-la pelo resto do caminho. Nós conversávamos por horas, muitas vezes até não sobrar mais nada a não ser uma respiração silenciosa.

No nosso primeiro encontro, marcamos à beira do rio. Cheguei trinta minutos antes para tentar acalmar os nervos. E foi uma ótima estratégia, até ela aparecer na minha frente: meus nervos então explodiram como se alguém tivesse acendido fogos de artifício dentro das minhas veias. Andamos invisíveis pela multidão, pois, no nosso mundo recém-descoberto, nós dois éramos os únicos habitantes. Do rio, fomos a uma livraria, e lá criamos um novo templo, um lugar onde podíamos nos refugiar. Ela gostava de livros de um jeito diferente do meu: para Christelle, era o elemento perfeito para trazê-la de volta ao mundo; para mim, era uma rota de fuga. Eu apenas navegava ao seu lado, apreciando o quanto seus olhos se iluminavam com aquele brilho nos cantos quando ela falava de seu livro favorito, *O pequeno príncipe*, que eu ainda não tinha lido, mas já amava, porque, se esse livro era capaz de deixá-la tão radiante, então ele merecia ser amado. Eu queria ser aquele livro, eu queria descobrir um jeito de produzir nela aquele mesmo brilho.

Mais tarde, sentamos para jantar: de um lado, eu, estático, observando a galáxia dos seus olhos; do outro, ela, uma flor desabrochando. Falamos de tudo: de arte, de cultura, de música, de tradição, de futuro, de onde nos imaginávamos lá na frente. O restaurante se transformou, deixou de ecoar aquela gargalhada rouca das outras mesas para se resumir a nós dois, que mergulhávamos no nosso oceano particular. Na sequência, caminhamos pela penumbra, à margem do rio, acompanhados por um artista de rua que tocava músicas para corações apaixonados. Por duas vezes nossas mãos se tocaram: primeiro por acidente, provocando uma faísca; depois de propósito, com nossos dedos se entrelaçando. O tempo entrou em suspensão e o mundo ao redor começou a se mover em câmera lenta, enquanto nós continuávamos a caminhar na velocidade da luz. Então eu confessei para ela meu desejo de lhe dar um beijo. E ela me disse não entender o porquê de tanta demora. Assim que nossos lábios se tocaram, com nossas bocas se acomodando confortavelmente uma na outra, planamos até outra dimensão. O peso do nosso corpo deixou de existir, flutuamos pelo espaço.

Com ela, a vida se tornou uma promessa cumprida. Passávamos horas deitados nos braços um do outro, em silêncio, imóveis na nossa solidão compartilhada; um mundo que criamos e ao qual autorizamos somente a nossa entrada. Eu me lembro bem da primeira vez que vi Christelle chorar. Não foi por tristeza, angústia ou desamparo, e sim porque as palavras que eu disse foram as mesmas que seu coração queria há muito tempo escutar. Enquanto nos sentávamos na escuridão, sob a luz do luar, ela me abraçou e eu soube que o momento havia chegado. Era ela. Christelle desfez toda a tensão que, sem piedade, me esmagava os ombros. Seu toque significava que um incômodo, um desconforto me abandonava o corpo. Era ela. Eu sabia que era ela. Seus braços, suas mãos, sua pele, sua respiração suave durante o sono, quando seu olho esquerdo ficava levemente aberto como se me vigiasse, seu jeito de me perguntar "por que você demorou tanto para voltar pra mim?," ou quando ela me sussurrava um "senti sua falta, era só o que eu queria te dizer", seus medos e seus sonhos mais selvagens, que eu queria carregar nas costas como uma cruz ou como um par de asas. Encontrei, de fato, a definição de amor: estar sobrecarregado e, ao mesmo tempo, sem peso; conectar-se ao outro ao mesmo tempo em que se é livre.

Aos poucos, meus amigos começaram a perceber que alguma coisa estava acontecendo, começaram a perceber minha discrição e indisponibilidade, a entender o porquê de meu tempo não ser mais apenas meu, e eu adorei essa sensação. Sempre que possível, eu descobria um jeito de incluir o nome dela nas conversas mais aleatórias. Eu me tornei, de uma hora para outra, o tipo de pessoa que eu mais desprezava, entrei no grupo dos românticos, dos que amam sem limites, dos apaixonados, dos obsessivos. Se o amor é uma plantação, então o romance é a chuva que alimenta as flores.

Com frequência, eu pensava no dia que iria apresentá-la a Mami. Ela seria a primeira garota a ser apresentada — a primeira e única. E Mami diria: "Só traga para casa uma boa mulher da sua pátria, alguém com quem você possa retornar para lá um dia". Mas como se diz para sua mãe que você é uma pessoa sem pátria? Que você é um homem sem fronteiras, que não se lembra bem de onde você veio e nem sabe para onde você vai? Que você é a estrada, o caminho, a jornada, que você não tem uma terra, não tem uma casa? Que você não pertence a nenhum lugar e, em paralelo, pertence a todos os lugares? Era a conversa que eu imaginava, mas que, por algum motivo indecifrável, não chegou nem perto de acontecer. Os pés ficam cansados, a alma perde o entusiasmo. E Mami me deu uma colher de chá: quando elas se conheceram, minha mãe leu tudo o que tinha para ler em Christelle, percebeu a mudança em mim e simplesmente aprovou essa transformação. Estava sacramentado, aquele seria o nosso caminho, a nossa jornada. Mas não durou muito.

O detalhe crucial de todas as tragédias é que você não percebe quando elas estão se aproximando. A tragédia se espalha pelo seu corpo; são sombras em uma escuridão inabalável, a noite cuja fome é insaciável, como a morte e o extermínio. E o motivo do nosso término foi o mesmo do nosso início: a fé. A minha em relação a ela, a dela em relação ao sobrenatural. Eu acreditava em Christelle a ponto da idolatria. Eu poderia me ajoelhar, com as mãos obedecendo os gestos litúrgicos, de olhos fechados, e rezar para uma deusa com o rosto de Christelle, uma súplica para que ela nunca me abandonasse. E parecia que minhas orações estavam, sim, sendo atendidas, até o dia em que, como uma tempestade de verão, ela foi embora. Nós estávamos jantando.

O mistério esotérico de sua presença, o ar atravessado pela magia, estava tão perceptível quanto em qualquer outro dia. Mas no fim ela disse, em uma voz de absoluta normalidade mundana, como se estivesse conversando sobre o clima ou me perguntando sobre as horas, que nossa relação não podia mais continuar. Foi uma queda vertiginosa, um corte abrupto realmente inesperado.

Eu pedi, implorei. Nem o orgulho, nem a dignidade me impediram de abraçar a humilhação. Mas qual é a serventia das súplicas se seu deus não abre os ouvidos para escutar? O que me restou foi a dúvida, aquele interrogatório mental em que você tenta descobrir indícios do momento em que ela se deu conta de que precisava ir embora; talvez ela já tivesse essa certeza durante nosso último beijo ou na última vez em que seguramos as mãos ou na última noite em que nos deitamos um do lado do outro. No fim, todo mundo vai embora, nós mesmos acabamos nos abandonando. Em um campo de eternidades, ela plantou sementes de impermanência. E a grande questão, quando se perde um amor, é a seguinte: você se sente como se nunca mais pudesse amar de novo, como se você não possuísse valor nenhum.

Mais tarde, naquela noite, cheguei em casa, caminhei no escuro e me deitei, afundando. Chorei. Pensei na morte. Imaginei como seria se eu pudesse não existir, algo como morrer, mas não morrer; nada de luto, de velório, nada de funeral e procissão, nada de sepultamento ou missa. Um ato dessa magnitude só pode ser concebido no silêncio do coração. Dissolver-se no éter, ser apagado da eterna memória da terra, preencher todos os espaços antes ocupados por mim com um vazio, uma lacuna. Era o que eu queria, o que eu desejava, o que eu mais cobiçava, essa ausência, idêntica à provocada pela perda do amor. Aquele sentimento que eu imaginava extinto agora estava de volta, mostrando que, na verdade, ele sempre esteve lá, adormecido, à espera. Eu percebi que não era a primeira vez que aquela sensação me atacava, mas era uma presença crescente, que vinha desde a minha infância: era a poeira no canto da sala, o mofo tomando conta de uma bela casa, milhares de minúsculas aranhas rastejando pela sua pele descoberta. Eu morri naquela noite, do mesmo jeito que morri em várias outras noites do passado, do mesmo jeito que vou morrer de novo no meu futuro. Minha alma sempre foi muito mais propensa à solidão. Nem todos buscam o amor; alguns buscam o silêncio, alguns buscam somente a paz. Lentamente, então, me afastei de todas as pessoas ao redor e voltei à afasia que me era tão familiar, o lugar onde eu mais desejava estar.

ACORDEI DO DEVANEIO, os olhos voltaram a focalizar os alunos na minha frente, as cabeças baixas, todos escrevendo nos seus cadernos. Fiquei ali, na minha mesa, tentando descobrir por quanto tempo me perdi distraído, por quanto tempo flutuei dentro de mais um devaneio, notando como cada delírio parecia mais longo do que o anterior. Alguns estudantes tentaram levantar a cabeça, mas deram de cara com meu incisivo olhar na direção do nada e logo voltaram ao trabalho, especialmente Jazvinder. Ele não conseguia sentar quieto por mais de trinta segundos, e encontrou conforto dentro de si mesmo ao abraçar o papel de engraçadinho, tanto que bastava observá-lo por um instante para perceber como seu pequeno cérebro processava todas as informações enquanto ele vasculhava a mente em busca da próxima piada a ser disparada na conversa. Eu, na verdade, admirava suas habilidades camaleônicas, sua capacidade de adaptação: ser malaco e nerd ao mesmo tempo é um sofisticado ato de dualismo. Claro, ele não tinha qualquer consciência dessa divisão, ele apenas tentava se equilibrar entre a sólida pressão conformista dos amigos e a dura expectativa dos pais; ele arriava as calças lá embaixo e cortava um talho na sobrancelha, mas abandonava esse disfarce muito antes de entrar em casa. Uma vez, vi Jazvinder no supermercado com a mãe. Ela era uma mulher bem baixa e, como ele já a tinha ultrapassado em altura, acabava parecendo mais velho do que realmente era. Ele me olhou com uma expressão neutra, tentando esconder sua surpresa. Assim como a mãe, estava vestido em um traje típico. Eu nunca soube se eles estavam chegando ou saindo, minha única percepção do momento foi que, mesmo em silêncio, Jazvinder tentou deixar evidente que eu tinha visto uma faceta que ele ainda não estava preparado para mostrar ao mundo, como se uma camada muito íntima da sua personalidade tivesse sido exposta, como se sua identidade secreta tivesse sido revelada, sem que ele soubesse direito se essa característica se tratava de um superpoder ou de um segredo sórdido. Eu sorri e continuei minhas compras. E, desde aquele momento, ele nunca mais cruzou o tradicional limite da subversão. Como naquele dia: Jazvinder levantou a cabeça outra vez, bastante desligado, e, ao me ver olhando para ele com as sobrancelhas erguidas, voltou ao trabalho o mais rápido possível.

Então o sino tocou e liberei os alunos, ainda me arrastando pela sala com uma sensação de naufrágio, mesmo que já estivéssemos no final do mês. Recebi um salário um pouco menor, no final das contas, já que minha fictícia rebelião contra as monitorias de almoço, inicialmente provocada pelo cansaço, se transformou em flagrante animosidade, ou, como eu disse para Sandra quando ela me acusou de ser um preguiçoso, em uma "realocação mais eficiente de recursos energéticos". O que, na prática, só evidenciava o tamanho do meu abismo. Quando entrei na escola, eu exalava entusiasmo e estava sempre atento ao horário. Eu me sentava bem na frente durante as reuniões de professores, com meu caderno a postos e meus ouvidos abertos como flores debaixo do sol. Aos poucos, no entanto, eu murchei; comecei com pequenos atrasos, que se tornaram um pouco maiores, e logo deixei de responder e-mails não urgentes, passei a faltar às reuniões e a não aparecer nas monitorias. E todo mundo sabe como é: se você cumpre as expectativas que lhe são atribuídas, não existe nenhuma recompensa ou reconhecimento, mas, se você estabelece um regime de vacilos, as consequências aparecem de imediato. As pessoas só te amam enquanto você satisfaz o que elas precisam que você satisfaça; quando você decide prestar um pouco mais de atenção em você mesmo, ao invés de na necessidade dos outros, eles somem, viram sombras na escuridão.

Reunião de funcionários — apagar.
Barzinho — apagar.
Futebol depois do trabalho — apagar.
Gerenciamento de pessoal — acho que este eu preciso ler.
Atualize suas metas de progressão — apagar.
Suspensão de aluno: DHB — quase apaguei este aqui, mas voltei atrás e abri a mensagem:

> O propósito desta mensagem é te informar sobre a suspensão do aluno Duwayne Harvey Brown, do décimo primeiro ano, por um período de três dias. Por favor, envie material didático para que o aluno possa realizar as...

Expirei uma lufada de ar e meus ombros desabaram. Não era nenhuma surpresa. Eu estava desapontado, mas não surpreso. E mais desapontado comigo, para falar a verdade, por ter criado expectativas, por desejar para Duwayne mais do que ele desejava para si mesmo. Bom, mas essa não é a essência da vida? De imediato, comecei a me perguntar quantas pessoas já tinham desistido de Duwayne por ele não atender as expectativas que os outros despejavam em cima da sua cabeça. E terminei me questionando: nós não somos justamente a soma das pessoas que não desistiram da gente? Foi quando eu decidi que não deixaria Duwayne ser somente mais um menino desencaminhado na vida.

CAPÍTULO 11

Ed. Peckriver, Londres, 7h23

Fui acordado por uma música gospel estridente e canções de louvor em estilo folk. Era normal: Mami escutava música alta o suficiente para me fazer pensar que sua intenção era obrigar o som a atravessar todas as paredes do mundo até encontrar almas perdidas que pudessem ser guiadas pelo caminho da salvação. Como acompanhamento, o que também era rotina, um barulho de panelas reviradas. Mami marchava pela casa com passos mais altos e mais apressados do que de costume, batendo portas e armários, limpando freneticamente e espanando e varrendo e correndo como se o tempo estivesse todo contra ela. Para piorar, se eu dormisse até muito tarde — como neste dia —, ela ainda ligava o aspirador de pó cada vez mais alto, tão colado na porta do meu quarto que a minha impressão era de que um vulcão de poeira tinha acabado de entrar em erupção e ela se via constrangida a limpar os destroços da casa. Enfim, em algum momento, ela desligou o aspirador e bateu na minha porta.

— Lamuka! Lamuka! Lelo mukolo ya yenga.
— Sim, eu sei que dia é hoje — resmunguei.

Domingos não eram nada diferentes dos outros dias, pelo menos para mim, mas, mesmo medindo um metro e oitenta e cinco de altura e pesando noventa e cinco quilos (em uma semana saudável), eu não conseguia reunir a coragem para dizer essa verdade para minha mãe, que mal passava de um metro e cinquenta e cinco.

— Olali?
— Não, já acordei.
— Kasi, bima te.
— Já vou, já vou.

E aí, em um gesto de obediência, saí da cama, me arrumei e fui para a cozinha, onde minha mãe agora falava ao telefone, jurando para a pessoa do outro lado da linha que, sim, ela estava escutando e que, sim, tudo ia ficar bem. Aproveitei para me servir uma tigela de cereais e me sentei na sala para assistir um pouco de televisão. Ela veio logo atrás de mim, ainda no telefone, mas fez uma pausa na ligação e perguntou se eu iria para a igreja.

— Não, hoje eu não posso. Estou realmente ocupado... — eu disse, e ela se irritou com minha resposta. — Tenho coisas do trabalho — acrescentei, tentando validar minha ausência.

— Mais, comment chaque fois c'est "estou ocupado, estou ocupado", hein! — ela explodiu em uma reprimenda esganiçada. — Il faut que tu viens! Pastor Baptiste te cherche tout le temps, qu'est-ce que je vais dire?

— Não é problema meu se ele quer falar comigo.

— Alors?! — ela gritou, cobrindo o telefone com a mão.

— Estou ocupado. Hoje não posso ir — eu respondi, tentando impor algum nível de autoridade. Eu realmente queria gritar, berrar, do mesmo jeito que eu berrava com meus estudantes, injetando medo na corrente sanguínea deles. Mas eu não podia; eu mal conseguia balbuciar uma resposta para ela.

— Sabe o que é? Às vezes você é mesmo um menino muito estúpido — Mami disse e me deu um tapa na nuca, forte o suficiente para eu saber que ela ainda podia tomar esse tipo de liberdade comigo, o que me fez derrubar o leite e o cereal que eu, com toda a delicadeza, carregava no ar em direção à boca.

    Mami apenas seguiu a vida, de volta ao telefone, caminhando sem nem se importar com a minha existência, me colocando de novo na posição de filho invisível. Meu coração de repente se transformou em um saco de pancadas sendo esmurrado por dois punhos gigantes. Saí da cozinha e voltei para o meu quarto com passos tão pesados quanto chumbo. Abri e bati a porta com força, nada muito exagerado, só para ela ter consciência do que tinha acontecido.

    Depois de mais alguns momentos daquela vibrante música gospel e de outras cacofonias, a casa ficou em silêncio e eu ouvi a porta da frente ser aberta e ser fechada. Continuei no meu quarto, deitado na cama, encarando o teto e me perguntando se meus amigos precisavam passar por aquelas mesmas provações. Provavelmente não, a maioria não vivia mais na casa dos pais. Só que a grande questão, para mim, era que guardar dinheiro para uma mudança parecia um gesto cada vez mais inútil, ainda mais em Londres. Talvez, quem sabe, dali a alguns anos, eu não conseguiria dar uma entrada em uma barraca e me mudar para morar com alguém que também não se importasse de dormir em pé? Nem sempre foi assim, claro, essa pressão, essa gravidade. Quando meu pai estava por perto, a sensação era outra, mas são décadas de distância, apesar da sua presença permanecer de algum modo em fotos emolduradas e conversas passageiras. Na verdade, meu pai não nos abandonou; eu falo em abandono porque me parece mais fácil do que falar em morte, já que morte desperta um certo estranhamento, nos força a encarar o fato de que, sim, existe um fim. Que um dia tudo se acaba. Por isso, quando eu digo que ele foi embora, eu sinto como se ele ainda estivesse por aí no mundo, vivo, um homem, tanto faz se justo ou imperfeito. Ele era um sujeito popular, pelo que eu sei. Foi o que as pessoas me contaram, já que Mami nunca quis falar muito sobre ele. Sempre aparecia alguém para me dizer "seu pai era um homem altíssimo e largo, ele parecia um urso, mas era gentil e tinha uma voz suave", "seu pai me ajudou de um jeito que nunca pude retribuir" ou "vejo seu pai toda vez que eu olho para você", uma referência a essa outra metade do meu rosto, à metade que eu nunca conheci. Não é difícil esquecer que você carrega metade do rosto de outra pessoa, que, para os outros, você não é sequer você mesmo.

Talvez o melhor seria ir embora deste lugar, eu pensava, querendo descobrir algum jeito de me mandar para bem longe, mas eu me preocupava com Mami e com o que aconteceria com ela se eu não estivesse mais ali. Talvez, no final das contas, todas as partidas sejam iguais, independente de serem provocadas por morte ou por fuga. Todo mundo vai embora. E, no fim, que salvação é essa que a gente busca? O que é a fé, senão a crença de que, em algum lugar, existe alguém que nunca vai nos abandonar? Qual é o significado da salvação, e de quem a gente é salvo, senão de nós mesmos, de nossos demônios, de nossos medos? Que, na verdade, são elementos constituintes do nosso próprio organismo. Monstros, dentro e fora da gente, essas figuras disformes à espera no escuro. Seguramos espelhos na nossa direção e corremos diante do que vemos, mas os monstros continuam a correr ao nosso lado, passo a passo, sem descanso, porque eles moram no nosso interior, no nosso mundo mais profundo.

ANOITECEU. Saí para dar uma volta. Estava um frio terrível. O vento arranhava meu rosto e uma lágrima solitária escorreu pela minha bochecha. Eu sentia como se o choro pudesse vir a qualquer momento, ali mesmo, na rua, na frente de todas aquelas pessoas, na frente de todos aqueles indivíduos grogues e cambaleantes em seus universos desbotados e cômodos. Esse meu desalento, como o vento, vinha de um lugar completamente desconhecido.

Segui pela avenida principal, atulhada de lojas fechadas, com exceção dos pubs e dos bares, até chegar no canal através de um atalho escondido logo depois da ponte. O vento parecia muito mais forte ali, mas, de uma maneira meio estranha, minha sensação era de conforto. Às vezes uma dor com a qual você já está acostumado consegue mesmo te servir de consolo, se você não tem mais nada no que se apoiar, pois o que você conhece do mundo é o que te sustenta, e esse conhecimento pode ser dominado tanto pela tristeza quanto pela felicidade; é um lembrete de que seus sentimentos insistem em existir.

A água do canal tinha um aspecto opaco e lúgubre, como uma coisa prestes a enfrentar um desfecho lento e gradual, ainda que as casas iluminadas acima dele emprestassem um brilho fraco para aquela superfície molhada. Naqueles dias, eu pensava cada vez mais na morte e no ritual da morte. Não no ato em si, mas no ato de não existir, nessa condição abstrata de não se habitar um corpo, de não se ter um nome, uma identidade; no ato de existir em algum lugar do invisível, em algum lugar do imemorável. Qual seria o significado de ser um corpo submerso no canal? Ser um cadáver, boiando em uma água moribunda. Apenas um cadáver, ou até menos do que uma carcaça.

Quando nós éramos crianças, as pessoas nos alertavam de que a região do canal era um território proibido. Várias histórias eram contadas por professores, pais e outras crianças, histórias de braços encontrados nas margens, de assaltos e de sequestros, o que, depois que fiquei mais velho, não fez lá muita diferença, porque o canal se tornou para mim um retiro, um santuário aberto onde eu caminhava em busca de proteção, onde eu esbarrava em outras pessoas que compartilhavam esse meu propósito. Naquele dia, olhei ao redor e vi somente algumas silhuetas melancólicas nas esquinas, um mendigo e seus parceiros de rua, nada que pudesse me assustar, considerando que, para mim, assustador de verdade sempre foram os bêbados, aqueles andarilhos que arrumam confusão na rua dos bares, aqueles indivíduos errantes cujos mundos se aproximam de nós de um jeito que não estamos dispostos a admitir, tanto em termos temporais quanto em termos de transitoriedade, ambos os mundos suspensos na impermanência, para sempre impregnados no agora.

Voltei, então, para a avenida principal e, lá na frente, avistei algumas sombras se arrastando pela ponte, um grupo vestido com calças esportivas e casacos com capuz, meio que à deriva por ali, envoltos em fumaça. Segui na direção deles, já que a ponte era o único caminho possível para eu poder voltar para casa. Meu coração, de imediato, começou a bater mais forte. Era... medo? À medida que eu chegava mais perto, os rostos começavam a surgir, alguns mais visíveis, alguns mais no escuro, alguns ainda escondidos. Eu me aproximei com cuidado. Todos os potenciais cenários me atravessaram o pensamento. E se eles estivessem com uma faca? E se eles não me deixassem passar? E se eles puxassem uma briga comigo? E se eles me roubassem? Eu conhecia a região, eu conhecia muito bem. Sabia o significado de estar ali, tarde da noite. Não era uma congregação religiosa à espera de um sermão ou um encontro de amigos de infância. Eles vendiam drogas. As pessoas naquela ponte sempre vendiam drogas, não era nenhuma novidade, já era assim desde quando eu era apenas uma criança. Os vendedores, no entanto, nunca eram os mesmos. A cada dois ou três anos, parecia surgir um novo círculo de personagens — e eu sempre me perguntava o que acontecia com os traficantes de antes: prisão ou morte? Assim que terminei a escola, eu conhecia aquelas pessoas, eu me vestia como elas, com o capuz levantado, o jeans lá embaixo, eu parava e conversava com aquelas figuras, mas, de repente, esses novos rostos me pareciam alienígenas, e eu também parecia alienígena para eles, com minha calça bem arrumada, meus sapatos, meu sobretudo. Nós vivíamos em mundos distintos, apesar de morarmos no mesmíssimo lugar.

— Que é que você tá falando aí, gigante? — eu escutei no momento em que pedi licença, tentando atravessar o grupo. Olhe para baixo. Continue a andar. Não responda. Não olhe ninguém nos olhos. Mas eu não deveria estar tão assustado. Era a minha casa. Levantei a cabeça, olhei para a direita e encontrei um par de olhos. Um rosto que eu conhecia, ou que pelo menos eu imaginava conhecer, o mesmo rosto desanimado que me encarava de sua cadeira no fundo da sala. E então ele recuou, com os olhos vermelhos e turvos, a boca soprando uma baforada no ar. Duwayne. Eu olhei, não disse nada, abaixei minha cabeça e continuei andando.

DEPOIS DE MAIS uma animada sequência de ôôôôs, nós nos sentamos para tomar um chá de hortelã, uma variedade recém-descoberta por Jalil em outra de suas viagens. Ele estava com o computador no colo, digitando com uma fúria quase idêntica à de quem escreve um complexo artigo a ser entregue na manhã seguinte, e eu me deitei no pufe gigante, só observando, o que eu fazia com cada vez mais frequência. Era mesmo de se admirar o quanto Jalil conseguia apaixonadamente se perder no seu próprio universo, alheio a qualquer coisa ao redor.

No fim, assistimos a um vídeo de um filósofo de nome meio francês discursando sobre o amor, os perigos do romance moderno e o porquê de estarmos destinados a casar com a pessoa errada. Jalil amava esse tipo de vídeo. Toda vez que aprendia uma técnica nova, ele tentava colocá-la em prática, algumas vezes até gravando seus movimentos e seus resultados, trabalhando como um verdadeiro especialista no assunto, cuja única deficiência era não ter paciência suficiente para traçar um gráfico de correspondência.

— Eu já tinha assistido esse negócio outro dia. É um espetáculo, né? — ele disse, ainda no meio do vídeo. Sua empolgação escalava ao observar minha reação, e eu, sem me importar muito com o discurso do filósofo, apenas feliz por estar ali, tentei demonstrar um entusiasmo equivalente. A verdade era a seguinte: eu não me importava com o amor ou com quem eu iria me casar, eu não me importava com quase nada, e esse era o conceito ao redor do qual minha vida se organizava. Mas era importante para ele, e ele era importante para mim, e, portanto, continuei a fingir interesse.

— E aí, e aquela história do site de namoro? — eu perguntei, encontrando um sorriso malicioso do outro lado. — Já conheceu alguém? — acrescentei, bem consciente do fato de que seu sorriso indicava a existência de um terreno a ser explorado.

— Primeiro que não é um site de namoro, é um...
— Um o quê?
— Uma plataforma para pessoas interessadas em casamento.
— Ou seja, um site de namoro?
— Não, estou dizendo que é...
— Tá tudo bem, cara. Você pode dizer site de namoro, já estamos em 2015, é uma coisa normal hoje em dia, todo mundo usa.
— Sério? — ele respondeu, com uma voz aguda, cheia de alívio e confiança. — Assim, quer dizer, é que parece tudo meio estranho.
— Por que estranho?
— Eu entendo que seja normal as pessoas usarem esse tipo de serviço... Só nunca imaginei que eu seria uma dessas pessoas. Não dê risada, você sabe do que eu estou falando.
— Cara, na verdade eu não faço a menor ideia.
— Eu nunca imaginei que seria obrigado a usar um site de namoro.
— Olha aí, você disse o nome, hein, não foi tão ruim assim.
— Acho que eu sempre associei essas coisas com aqueles caras desesperados, aqueles nerds com óculos enormes, o sujeito sentado em um quarto imundo ou em um porão,

escrevendo um e-mail gigante para uma menina que ele diz ser o amor da vida dele, apesar de ter visto só uma foto dela.

— Ou seja... Você?

Ele me olhou com uma imperceptível insatisfação ao me ver cair na risada e jurar para ele que tinha sido somente uma piada.

— Você assistiu muitas comédias românticas dos anos noventa durante sua adolescência — eu continuei.

— Não assisti coisíssima nenhuma.

— Você acabou de literalmente descrever cinco filmes diferentes que se encaixam no gênero.

— Verdade. Mas porque eles eram ótimos — e nós demos outra risada, desta vez os dois mais confortáveis.

— Mas a gente sempre usou sites de namoro, na verdade.

— Como assim? — ele respondeu, em um tom de interrogatório.

— Aquelas salas de bate-papo que a gente usava eram basicamente um site de namoro... E o MSN, então? Um site de namoro gigantesco.

— O MSN? Não, não era.

— Não era? Então você está me dizendo que você se conectava na internet para ter conversas edificantes e se atualizar sobre os conflitos diplomáticos no mundo?

Apenas observei as pupilas de Jalil deslizarem para os cantos dos olhos enquanto ele acessava memórias distantes dos recantos do seu cérebro.

— Exatamente — interrompi sua viagem nostálgica. — Nós éramos adolescentes cheios de tesão implorando para as amigas ligarem as webcams.

— As coisas eram mais simples no passado.

— Mas e aí, quem é essa mulher agora?

A expressão no seu rosto saiu de um sorriso malicioso para um sorriso generoso.

— O nome dela é Aminah. E ela é linda. Quer ver uma foto?

Ele pegou seu computador e, no meio do caminho, resolvi interrompê-lo.

— Não, não, só me fala sobre ela — eu disse, sabendo que a beleza, para ele, sempre se demonstrava através de gestos materiais, sempre uma foto a ser tirada ou a ser exibida.

— Bom, a família dela é do Paquistão, ela é moderada, está à procura de um compromisso sério que leve a um casamento — ele disse, e seu rosto se iluminou como se vaga-lumes estivessem empoleirados debaixo das suas bochechas, ou como se ele fosse uma criança imaginando o futuro depois de ser perguntada sobre o que ela iria ser quando se tornasse adulta; o céu era o limite para ele.

— Estamos conversando há umas duas semanas e ela é ótima. A voz dela é muito sensual e, quando a gente conversa, eu meio que fico de p...

— Opa! Ei! É o quê, rapaz?

Ele gargalhou.

— Informação demais, meu amigo — eu respondi, e ele deu risada, e eu dei risada, e fiquei por ali, observando sua boca explodir de alegria.

PARTE II
O ABSURDO

CAPÍTULO 12

Oakland, Califórnia, 10h04

Michael sobe a rua 64. É uma manhã de domingo bem quieta e serena. Ele está sozinho, acompanhado somente pelo vento frio. Dá para escutar seus passos amassando as folhas de outono no chão, e suas botas amarronzadas se misturam com a vegetação que cai das árvores em linhas paralelas, do início até o final da rua. As casas ao redor são muito bem alinhadas e, em geral, pintadas com cores de diferentes tons: um degradê entre cinza e azul, vermelho, branco, e por aí vai. Michael se sente deslocado, desconectado do próprio corpo. Ele atravessa casa a casa, passa por todas aquelas residências que parecem ganhar vida por causa das memórias que carregam. Lá em cima, uma senhora idosa se aproxima; o cachorro dela, um animal bem fofo, de uma raça de pelo escuro cujo nome Michael não faz a menor ideia de qual é, se sacode na coleira. Ele prepara um sorriso para cumprimentá-la.

Antes, no entanto, à esquerda, ele nota uma casa diferente do resto. Está dilapidada, destruída; seus painéis de madeira perderam a cor, a pintura está descascando como uma pele esfolada. Um arbusto verde brilhoso se espalha pela entrada e pelas paredes externas. É um matagal que chega a cobrir a porta da garagem e envelopa o carro, contrastando com sua lataria enferrujada azul-celeste. Da rua, dá para notar também duas janelas no segundo andar: uma está tampada por madeiras e a outra está quebrada, com vidro pendente nas bordas e coberta por uma espécie de cerca metálica preta, ao lado de uma escada que leva a uma porta lacrada com tábuas. *Esta casa está cansada, cansada da vida. É uma casa que representa exatamente como eu estou me sentindo.*

Michael senta em um degrau na entrada da casa. A senhora idosa aparece logo em seguida, com seu cachorro abrindo caminho pela rua, abanando o rabo. Ela não se assusta com a presença de Michael, embora ele tenha essa expectativa. Os dois se cumprimentam, e o frenético cachorro chega perto dele.

— Ela gosta de você — a idosa diz. — Não é de todo mundo que ela gosta.

— Eu estava andando e dei de cara com essa casa — Michael diz, apontando. — A senhora sabe o que aconteceu com ela?

— Ah, um incêndio terrível — ela responde, e então faz uma pequena pausa. — Acho que uns dois anos atrás...

A senhora idosa relembra o acontecido, contando que a dona da casa vive prometendo reformar o lugar, o que, claro, nunca aconteceu. Michael permanece em silêncio, absorvendo a informação. A mulher hesita, se despede e sai andando com sua cadela. Michael também segue sua caminhada, pensando naquela casa que, um dia, foi o lar de alguém, pensando em como as lembranças se conservam, presentes em cada um dos quartos, pensando nas risadas, nos choros, nos cheiros — o cheiro da comida sendo cozida, dos perfumes, e depois do fogo, do fogo, do fogo. Talvez as casas e as pessoas tenham mais semelhanças do que se imagina. Porque, como as casas, precisamos de todos os cuidados possíveis e, como as casas, precisamos ter alguma coisa realmente vigorosa no nosso interior para que possamos continuar a viver, ainda que, no fim, a gente apenas retorne à natureza, a gente volte para o nada, todos submersos pelas vontades da terra. Nos nossos momentos mais genuínos, talvez a gente não seja mais do que uma casa, consumida pelo fogo, e o amor é a água que pode nos salvar. O amor, quem sabe, também pode ser aquela pessoa que, apesar do aspecto esturricado de nossas paredes, consegue ver a beleza dentro de nós, as histórias e as memórias que escondemos e que nos renovam e nos transformam em um lar.

Michael chega ao final da rua e dobra à esquerda. Ele dá de cara com uma igreja, onde vê uma imensa cruz pendurada acima da entrada. No gramado da frente, plantadas no chão, uma infinidade de pequenas cruzes, dezenas, dúzias e dúzias, todas pintadas com tinta branca incandescente e com minúsculos nomes e datas na superfície. Enquanto Michael observa o jardim, ele escuta uma voz falar por trás dele, uma voz profunda, rouca pelos anos de uísque, uma inflexão onipresente:

— Cada cruz representa uma pessoa morta por arma de fogo só neste ano na cidade — o homem diz, e Michael olha para ele. É um homem alto, de ombros largos, vestindo jaqueta de couro e óculos escuros, com pequenas mechas de cabelo escuro sedoso caindo por cima do seu rosto cor de oliva e de sua barba por fazer. — A igreja organizou essa homenagem, eles fazem um trabalho muito sério com a comunidade. Eles reconhecem a importância de que a gente se lembre. Algumas aqui são de homens adultos, outras são de crianças — o sujeito aponta. — Esta aqui é da minha filha — e sua voz se entrega à resignação.

— Meus sentimentos — Michael diz, depois de um momento de atordoado silêncio.

O homem responde com um aceno.

— Uma vida desperdiçada de maneira tão trágica. Você deveria acompanhar o culto — o homem diz, indicando a entrada da igreja, com suas enormes portas de madeira à espera.

Michael hesita, e suas palavras saem fragmentadas, como se saíssem de um motor com defeito:

— Eu não sou uma pessoa muito religiosa...

— Não se preocupe — o homem o interrompe. — Eu também não sou — e um sorriso contagioso surge no seu rosto, o que coloca os dois em um breve estado de euforia. Michael, então, segue esse senhor para dentro da igreja. Logo no início do corredor, ladeado por bancos e genuflexórios, um Jesus negro queimado e crucificado, todo preto e brilhante por causa da luz que atravessa os vitrais do lugar. Michael apenas continua atrás do homem enquanto eles andam em direção aos bancos da esquerda, cruzando com vários rostos simpáticos e receptivos. Nas paredes, pinturas de santos que, ao olhar mais de perto, ele percebe serem, na verdade, retratos de ativistas e figuras mundiais importantes, como Martin Luther King, César Chávez e Madre Teresa de Calcutá, todos reimaginados como santos com auréolas radiantes em cima da cabeça. É um cenário que faz Michael imaginar o céu onde aquelas figuras residiriam, um céu de justiça, onde a paz reina por toda a eternidade. Antes de se arrastarem até seus assentos, Michael ainda observa uma placa com a expressão "memento mori" pendurada na parede.

O reverendo está falando à congregação. Seu sotaque soa como o sotaque de alguém que atravessou continentes e oceanos, chamando de casa os mais diferentes lugares do mundo. É uma voz que ecoa uma profunda convicção, uma voz que não parece sair da boca do reverendo. Michael escuta, mas não as palavras, e sim a vibração, aquela harmonia relaxante, aquela meditação, uma pregação diferente de todas as outras que ele já escutou antes.

É a primeira vez que Michael entra em uma igreja que não a de Mami, e para lá ele não volta nem se estivermos falando da segunda vinda de Jesus à Terra. Até porque, bom, ele não pode voltar. Esse retorno é impossível. O limite foi ultrapassado. No lugar em que está, porém, Michael se sente diferente; ele sente que pode descansar, mesmo que seja por só um instante.

O reverendo então diz que o momento é da oração e, em um movimento sincronizado, todas as pessoas fecham os olhos, abaixam a cabeça e se dão as mãos. Michael sente o toque suave da mulher sentada ao seu lado e pressiona seus dedos contra os dela, firme. Do outro lado, o homem que o trouxe para a igreja também segura sua mão, e é um toque caloroso e delicado — o contrário da aparência endurecida do sujeito. Michael, inclusive, se descobre confortável em segurar as mãos de um estranho, um gesto que para ele antes era impensável. E ali estão os fiéis, proclamando suas orações com todo o fôlego de seus pulmões. Senhor, eu rezo pela luta de minha mãe contra o câncer, eu rezo pelos desabrigados e pelos que passam fome, eu rezo por todos aqueles que estão imersos ou tentando escapar de uma guerra, na Síria, no Congo, na Somália, na Papua Ocidental, no Sudão. Michael fecha os olhos e mergulha dentro de si.

Dentro de mim existe um homem que mora em uma cidade abandonada, e ele anda à procura de companhia; de outra vida, de outra alma, alguém para tocar, alguém para abraçar. Essa cidade é infinita; ela não tem limites, não existe definição de onde é o fim e de onde é o começo. E todos os dias esse homem acorda e anda. Ele anda até seus pés ficarem escuros e quentes como carvão, até que suas pernas desabem de cansaço e ele não consiga mais andar. Então ele cai e se deita ali mesmo para descansar — este homem não tem casa. No dia seguinte, ele acorda e anda de novo, e de novo, e de novo. Mas a cada dia ele anda um pouco menos do que no dia anterior, a cada dia ele fica um pouco mais cansado. Esse homem sabe, ele sente, que é apenas uma questão de tempo até que ele não possa mais caminhar, e seu único desejo é se deitar em qualquer lugar e dormir para sempre. Ele pode sentir seu corpo sucumbindo a esta vontade conforme seus músculos ficam mais e mais pesados, como se ele empurrasse uma pedra montanha acima, com a diferença de que a montanha são as ruas e a pedra é sua própria carne. Esse homem quer apenas dormir para sempre, ele sabe que não pode seguir adiante. Esse homem sou eu. Um homem sem fé, sem esperança, sem casa.

Michael abre os olhos ao sentir que as orações da congregação o invadem como uma onda do oceano que oferece o mais puro banho, uma onda sagrada lavando seus ossos. O reverendo, então, celebra uma última prece e todos ao mesmo tempo dizem "amém". A congregação se dispersa e os fiéis começam a se cumprimentar, carinhosos, cheios de afeto um com o outro, quando Michael aos poucos se afasta do meio da multidão, caminhando discretamente pelos corredores laterais. Na saída, ele mais uma vez lê a inscrição na placa pendurada na parede, "memento mori": lembre-se de que um dia você vai morrer.

DEPOIS DE PERAMBULAR por horas, Michael chega em casa. Seus pés estão doendo. Ele se senta à mesa, com uma xícara de chá esquentando as mãos, e observa pela janela as luzes da cidade em contraste com a bela pele escura do céu. A mãe surge na sua mente. Mami é tudo em que ele consegue pensar no momento. Suas palavras, sua força, seu jeito de apenas seguir em frente. De repente, alguma coisa parece obrigá-lo a escrever para ela, um vai e vem de duas forças contrárias que bate forte nas suas tripas. Mami há tempos não tem nenhuma notícia dele, é impossível que ela tenha recebido alguma notícia. É como Michael quer que seja, um desaparecimento gradual. Mas este sentimento agora é mais forte do que sua vontade de resistir, então ele pega um papel e uma caneta e começa a escrever.

Mami,
Que essas palavras te encontrem descansada e livre de preocupações. Que o sol nunca se ponha no seu céu, que os

pássaros nunca parem de cantar, que as flores desabrochem por toda a eternidade, que todas as coisas que você considera bonitas no mundo possam se multiplicar. Será que você se lembra? Quando eu era uma criança, nós nos escrevíamos cartas, independente de estarmos perto ou longe um do outro. Eu te escrevia poemas:

> *como um pássaro voando lá no alto*
> *como uma nuvem no céu*
> *como as folhas de uma árvore*
> *você me faz me sentir livre*

Mas as cartas acabaram. As palavras não saíram mais. Elas foram trancadas aqui dentro, deixei que elas fossem sequestradas, devastadas pela raiva, pelo ódio. Eu conheci a tragédia muito novo, muito cedo. Qual esperança pode existir para uma criança que foi exposta ao rosto cruel do mundo? Nós fomos separados, mantidos distantes por fronteiras. Eu não perguntava "onde minha mãe está?", eu perguntava "minha mãe morreu?", e os olhares vazios nos rostos dos estranhos que me criaram falavam muito mais do que os silêncios. Será que você se lembra? Quando a gente se reencontrou, eu já tinha crescido demais e você não podia mais me carregar no colo, como você costumava carregar. Naquele dia eu te abracei e fiz a promessa de nunca mais te abandonar. Prometi que nada no mundo ia nos afastar, nem fronteiras, nem guerras, nada. Mas promessas são contos de fadas, são histórias infantis. E eu não posso mais cumprir as minhas, não quando nada foi prometido de volta para mim.

Com carinho,
Seu filho,
Michael

6.512$

CAPÍTULO 13

Escola Federal Grace Heart, Londres, 17h30

Segunda-feira: a chuva caiu furiosa, vinda de nuvens carregadas. Um tapete cinza cobria a atmosfera, como uma sombra invertida rastejando pelo céu. Fiquei em pé na recepção do colégio, observando o aguaceiro através dos painéis de vidro da entrada, esperando a melhor hora para correr, até que, no fim das contas, resolvi aceitar a ideia de que, de um jeito ou de outro, eu iria me encharcar, e saí com a mochila servindo de guarda-chuva. Depois de alguns passos, eu já estava ensopado, então, derrotado, decidi reduzir meu ritmo e caminhar. Logo em seguida escutei uma risada, não uma risada maliciosa ou traiçoeira, e sim uma risada familiar, uma risada amigável, daquelas que não faz muita diferença se é com você ou de você. Me virei e dei de cara com Sandra, que gargalhava, devidamente seca debaixo de um guarda-chuva gigante. O que ela tinha todo o direito de fazer, aliás: ela parecia confortável como um pão quente dentro do forno, enquanto eu parecia ter tomado banho vestido com as roupas do trabalho. Sandra ergueu o guarda-chuva para que eu também pudesse me acomodar debaixo dele. Andamos juntos até a estação.

— Como foi seu dia? — ela me perguntou, animada, ainda dando risada. Não respondi. Eu sabia que não era uma pergunta para ser respondida, e eu estava muito mais preocupado com o fato de que, durante todo o percurso, e até com certa regularidade, ela seguia abaixando o braço e batendo o guarda-chuva na minha cabeça.

— Vamos precisar mudar essa configuração aqui. Deixa que eu carrego — eu disse, e peguei o guarda-chuva da mão dela e o segurei alto o bastante para que nós dois coubéssemos debaixo dele. — Assim, que tal, muito melhor, né?

Ela me respondeu com um sorriso. Nós continuamos a caminhar, e ela passou o braço ao redor do meu tronco, apertando aquela minha gordurinha em cima do quadril e mantendo o mesmo sorriso enquanto marchávamos com passos sincronizados. Era uma sensação estranha, mas agradável. Eu pude sentir seu cheiro mais de perto: um buquê de flores ou talvez uma essência de morangos. De repente, o clima não parecia mais tão detestável.

— Como foi seu dia? — eu perguntei.

— Ah, tudo tranquilo. Mas eu tenho um milhão de provas para corrigir. Esses meninos vão me deixar louca. E eu tenho certeza de que a Sra. Sundermeyer está me vigiando. Sabe quando ela faz aquela coisa de aparecer de uma hora para outra na sua sala e ficar lá atrás só observando você dar aula? Pois então, ela fez esse negócio comigo duas vezes! Em dois dias!

— Ela nunca fez isso comigo. Talvez você esteja certa, ela está mesmo te vigiando — eu disse, e Sandra me olhou com uma expressão irritada, que contornei com uma risada.

Chegamos na avenida principal e fomos recebidos pelo homem da voz espalhafatosa que não parava de gritar "O melhor dos mundos! O melhor dos mundos! O melhor dos mundos!" para todos os pedestres que passavam por ele. Paramos na entrada da estação, abaixei o guarda-chuva e o devolvi para Sandra. Ela sorriu o que podia ser categorizado como uma espécie de sorriso vitorioso autocongratulatório.

Então um carro passou por cima de uma poça d'água e espirrou uma cachoeira em cima de mim, me encharcando inteiro, da camisa aos sapatos, com aquela água escura de chuva. Sandra soltou mais uma gargalhada, com sua voz musical, e eu fiquei ali parado, molhado até a alma.

— Hahaha, já virou uma maldição contra você. Olha o seu estado. Eu te amo — ela disse, ainda dando risada.

— Como é que é? — eu respondi.

— Como é que é o quê? — ela disse, sem parar de rir, procurando dentro da bolsa por alguns lenços de papel, que usou para tentar secar minha testa.

— Acho que isso não vai adiantar muito na minha situação.

— Bom, talvez seja melhor você levar o pacote inteiro. Para essa sua grande jornada até em casa.

Eu suspirei e nós nos demos um abraço de despedida. Sandra me segurou um pouco mais do que o normal, e eu também, me sentindo cada vez mais acostumado com seu calor no meio daquela tarde de outono úmida e fria, desejando, por um momento, que ela não me deixasse ir embora.

TERÇA-FEIRA: nenhuma chuva hoje, somente um aglomerado de nuvens. E, apesar do céu nublado permanecer firme e forte, essa pequena trégua foi tão bem-vinda quanto um raio de sol. Decidi dar uma passada na sala do professor Barnes, oferecer a ele uma visita de cortesia. Para ser sincero, nem sei quando tinha sido minha última visita, ou se é que algum dia houve uma, mas entendi que visitá-lo era uma boa estratégia para mantê-lo longe da minha sala, já que, como meu gesto satisfazia certas demandas da boa vizinhança, outro bondoso destinatário ficava livre para receber as graças de um inesperado visitante.

Abri a porta e hesitei por um segundo, sem saber se eu deveria ter batido ou não. Mas entrei. O professor Barnes estava embaixo da sua mesa, empacotando alguma coisa.

Quando ele me escutou chamar, deu um pulo assustado e bateu a cabeça na quina da mesa com uma força tão grande que, ao reaparecer no meu campo de visão, segurava os dois lados do crânio com as mãos e dramaticamente esfregava a pele com a ponta dos dedos. Seu rosto na mesma hora ganhou tons avermelhados, e esperei até que ele se recuperasse da segunda dor mais inconveniente que alguém pode sentir — considerando, claro, que a primeira é a dor provocada por uma topada na porta ou no pé de uma mesa.

— Tudo bem contigo, meu velho?

O professor Barnes gesticulou com veemência.

— Volto mais tarde? — eu perguntei.

— Não, não, não! — ele insistiu. — Entre — ele disse, e enfiou a sacola debaixo da mesa. — Como você tá, meu camarada? A que devo a honra desta agradável visita? — o professor Barnes já estava de volta ao seu eu de sempre e, por um instante, me perguntei quais eram mesmo os motivos para eu estar ali. Até que me dei conta que, sim, algum detalhe parecia fora de lugar: ele estava mais carrancudo, mais errático, bem diferente do professor Barnes das nove da manhã ou do sujeito que anotava toda e qualquer palavra proferida nas reuniões dos professores.

— Só pensei em dar uma passada por aqui antes de sair. A gente deveria aproveitar para tomar um drinque qualquer dia desses, né? — eu disse, e o rosto dele se transformou, surgiu de imediato um largo sorriso. Eu me peguei pensando: meu deus, o que foi que eu fiz? — Bom, beleza então, meu velho, a gente se vê depois.

QUARTA-FEIRA: último período. Minha turma do décimo ano enfim se concentrou no trabalho, fizeram algumas perguntas a respeito dos capítulos do livro que estávamos lendo. Eram sempre os mesmos alunos se oferecendo para as leituras, até que surgiam no horizonte aqueles textos cheios de palavrões e de repente todos queriam participar. Eu acabava com a diversão deles assumindo a responsabilidade por todos os trechos mais pesados, já que aí, fingindo ser por acaso, eu podia pular as palavras mais sujas e, antes de voltar à leitura, olhar para eles com uma expressão significativa e teatral.

Então, pela minha visão periférica, percebi a Sra. Sundermeyer discretamente atravessando a sala para se posicionar lá no fundo. A diretora-geral apenas ficou parada, como uma estátua, sem querer ser vista, apesar de ter plena consciência do tamanho da sua presença. Senti meu corpo enrijecer. Minha boca ressecou como se eu mastigasse madeira queimada. Depois de um tempo, no entanto, ela saiu da sala, tão discreta quanto antes. E o sino tocou — o alívio mais doce de todos.

QUINTA-FEIRA: hora do almoço. Na sala dos professores, cujas paredes abafavam os gritos das crianças no pátio, eu e o Sr. McCormack nos sentamos para nossa reunião de supervisão, no único horário livre que nós dois tínhamos em um dia abarrotado de aulas. O Sr. McCormack era novo na escola, e eu não sabia quase nada sobre ele, que era daquele tipo de pessoa que prefere se manter bastante reservado no ambiente de trabalho. Eu admirava seu estilo pessoal, seu jeito de conciliar, dentro do seu guarda-roupa, toda uma variação de camisas xadrez de mangas curtas, também usadas no inverno, e calças escuras, além dele cultivar aquela grande barba desgrenhada que cobria sua boca e se mexia quando ele falava.

— Me desculpe pela correria, mas o protocolo é bem simples... — ele me disse, com um sotaque escocês mais encorpado do que sua barba. — Nós vamos primeiro ter uma conversa mais aberta, depois estipular alguns objetivos e também suas metas — ele continuou, e eu confirmava cada palavra com um gesto de cabeça, os olhos fixos na boca que insistia em emitir sons por baixo da barba.

Ele me perguntou quais eram meus objetivos para o ano e o que eu realmente pretendia alcançar com meu trabalho. Eu dei uma resposta ambígua, uma resposta que escondia a profundidade da minha apatia, já que minhas pretensões para o trabalho eram a mesma coisa que nada, assim como, diga-se de passagem, eram as minhas pretensões para a vida. Logo em seguida — quando ultrapassamos aquela fase de brincadeiras relacionadas ao funcionamento da escola e demos algumas risadas falsas, em geral vindas de mim, pois eu tentava não levantar nenhuma suspeita a meu respeito —, ele me perguntou se eu me considerava uma pessoa feliz. A pergunta me atingiu como dois pratos de bateria colidindo dentro dos espaços vazios do meu crânio.

— Como assim feliz? — eu indaguei.

— Isso, feliz. Com seu trabalho.

Senti falta de ar, como se minha garganta se contraísse até se tornar tão estreita quanto um canudo. *Feliz. Não sei o que ele quis dizer com essa palavra, ou o porquê dele ter me perguntado aquilo. Que resposta eu poderia dar? Eu me sinto mais feliz quando não estou aqui, mas eu estou aqui a maior parte do tempo; eu sou obrigado a estar aqui. Com o que sei sobre este lugar, me sinto feliz o suficiente para continuar voltando. Talvez, como fantasmas, nós só voltamos para assombrar os lugares que nós conhecemos; ou será que nós somos os lugares a serem assombrados? A vida é assustadora. Feliz? Eu não me sinto feliz. Eu não sei o que a felicidade significa.* Apenas observei seus olhos enquanto ele esperava pela resposta tão desejada.

— Sim — eu respondi. Uma palavra só, sintética, curta. Seu sorriso fino desapareceu debaixo da barba assim que ele se levantou para sair. O sino tocou.

SEXTA-FEIRA: depois de um longo dia — ou de uma longa semana —, quando presenciei pés esmagando o chão do corredor, crianças aos berros, portas sendo batidas com força e pequenas crises de sono durante reuniões corriqueiras, saí da minha sala de aula e fui em direção ao ginásio. Me arrastei até lá sem ser notado, ou pelo menos sem eu perceber que estava sendo notado, porque o professor Black, na verdade, já tinha me visto há muito tempo, ainda que não tivesse, de fato, me olhado — ele desfrutava daquela habilidade de quem grosseiramente se engaja em uma atividade distante ao mesmo tempo em que está ciente de todo e qualquer movimento ao seu redor. O professor Black comandava o treino do basquete às sextas-feiras, depois das aulas. E, no fim, me peguei observando sua voz vociferar instruções, todas imediatamente executadas pelas crianças, perplexo com o quanto sua presença emanava uma qualidade atemporal, uma elegância que demandava respeito.

— Linha de fundo! — ele rugia, e os alunos pegavam a bola na mesma hora e corriam para o fundo da quadra. Eram comandos que os meninos ouviam e executavam como jogadores profissionais, o que não deixava de ser impressionante. Algumas vezes, inclusive, eu chegava no ginásio e me deparava com os alunos sentados no chão, lendo ou terminando o dever de casa, ao invés de estarem ali jogando basquete, o que me impressionava ainda mais, considerando a luta que era para eles lerem qualquer coisa dentro da sala de aula. Nessas ocasiões, eu apenas contemplava a cena, porque era raro ter a chance de testemunhar tamanha obediência dos estudantes, em especial os matriculados naquela escola. Ali, eu via os alunos apontados como os mais perigosos e agressivos esperando em fila, todos muito bem organizados, como se fossem soldados rasos diante do grande general. Até mesmo Kieron! E ele, Kieron, me olhou bem naquele momento, como se eu tivesse falado seu nome em voz alta. Nós estabelecemos contato visual, trocamos olhares, mas somente por um segundo, apenas o suficiente para que um absorvesse a informação de ter sido avistado pelo outro. Tempos atrás, Kieron vivia de acordo com suas próprias regras no perímetro da escola, entrando e saindo das salas, vagando pelos corredores durante as aulas, xingando, perturbando e brigando, só que, ali, por algum motivo, ele ficou mais calmo, se transformou em uma pessoa regenerada, em uma pessoa cuja redenção o levou para o caminho da dedicação nos estudos. E ali estávamos nós dois agora: apesar de nossas vidas não terem se cruzado nos últimos anos, nós tínhamos nos notado, no meio da quadra, e esse contato por si só já era um acontecimento. Ele e Duwayne eram próximos, tanto que Duwayne costumava acompanhá-lo nos treinos do basquete, mas, ao longo dos anos, aquilo se tornou uma batalha desgastante, e foi Duwayne quem perdeu a guerra.

Permaneci no ginásio apenas por um instante. Quando me virei para sair, o professor Black me olhou e piscou o olho para mim, reconhecendo minha visita. Apesar de ter sido um sinal quase imperceptível, me pareceu um gesto bem significativo, que valorizei bastante. Ser visto. Abri um sorriso e fui embora.

CAPÍTULO 14

Ed. Peckriver, Londres, 20h17

Andei pelas ruas escuras apinhadas de carros estacionados e árvores à espreita. Cheguei em casa. Era estranho perceber que, com o tempo, aquele lugar se parecia cada vez menos com uma casa, com um lar, e, ainda assim, dentro desse conceito abstrato, era tudo o que eu conhecia na vida.

Olhei para aquele edifício alto: uma torre pintada em um monótono tom de cinza atravessando o céu, uma construção petulante contra o pano de fundo formado pelas luzes incandescentes da cidade, toda aquela opulência e os grandes monumentos à distância; lá longe, o mundo era diferente. Nós já tínhamos visto e vivido de tudo por aqui: sem eletricidade, uma sala cheia de velas; sem aquecimento, você vestindo seus casacos dentro de casa; um chão sem carpete, a tábua de madeira corroída cortando nossos pés. Nada mais era novidade: traficantes, gente fumando e cheirando no alto das escadas, batidas policiais às quatro da manhã, cachorros latindo e perseguindo qualquer coisa, janelas quebradas, vento frio invadindo os cômodos, roubos e arrombamentos, insegurança para andar na rua a partir de determinado horário, a não ser que você conhecesse alguém que conhecia alguém que conhecia alguém, ou até aquele cara que pulou do quarto andar tentando se matar e só conseguiu quebrar as próprias pernas, e a gente lá depois observando o sujeito, o corpo estendido, os joelhos invertidos como se ele fosse um pássaro — seu único desejo era voar, voar pra longe daqui. E o fogo ardendo pelos cantos, tocando o céu, um amante furioso claramente desprezado.

Mas nós também tínhamos pão, açúcar, leite, empréstimos e trocas; também tínhamos a oportunidade de nos sentarmos e comermos com uma pessoa estranha até ela se tornar uma peça central do nosso círculo mais íntimo, ou a chance de vermos crianças andando em grupo todos os dias para a escola até que elas, com a mesma desenvoltura dos adultos, se transformavam em uma família. Tínhamos conversas nas esquinas das quadras, as histórias de vida sendo contadas naqueles quinze segundos do elevador, ou quem sabe em uma viagem um pouco mais longa, se você acabasse preso dentro da cabine. Nós também tínhamos festas, a música tão alta que a farra vinha para dentro da sua sala, e a comida do dia anterior que chegava aos montes, e o Natal que ninguém celebrava sozinho, e o Halloween com uma distribuição de doces tão intensa que continuávamos a comer por vários e vários dias de novembro. Este era o único lugar que a gente conhecia, o único lugar que a gente chamava de casa.

Passei pela porta de entrada do edifício bem quando alguém estava saindo.

— E aí, beleza? — falamos um para o outro, simultaneamente. Eu não sabia seu nome, mas sabia que ele morava alguns andares acima do meu. Na escada do térreo, dei de cara com alguns adolescentes que davam um tempo por ali, todos vestindo moletom e com os capuzes levantados, uma neblina pairando por cima de suas cabeças como uma nuvem no pico de uma montanha, aquele cheiro de erva flutuando pelo ar. Olhei para cada um deles e eles me olharam de volta.

Nenhum de nós desviou o olhar; era um gesto de confronto, uma batalha em que descobrimos estarmos imersos, uma raiva contra tudo, contra todos e inclusive contra nós mesmos.

SENTEI NA MINHA MESA para almoçar, pensando no quanto a nova semana não tinha me oferecido nada de novo a não ser um novo peso para os dias. Eu podia ouvir os gritos e os urros das crianças no pátio lá fora. Abafei todos aqueles sons ao colocar meus fones de ouvido para escutar o disco *In the heart of the moon*, de Ali Farka Touré & Toumani Diabaté. Apenas fechei os olhos e me imaginei sentado no quarto de hotel onde eles gravaram o álbum, submerso no ar de magia e esoterismo criado pelos sons do corá. Em algum momento, quando abri os olhos, tão rápido quanto os milésimos de segundo que levei para fechar minhas pálpebras, o décimo primeiro ano estava na minha frente, todos eles de cabeça baixa na direção dos livros. Era como o tempo parecia passar para mim naqueles dias: em flashes, a vida indo e vindo em um piscar de olhos.

Alex Nota Máxima estava sentado no canto esquerdo da fileira da frente, o mais perto possível da minha mesa, olhando para mim sem parar, implorando por atenção e não recebendo nenhuma. No extremo oposto, lá no fundo da sala, à direita, bem distante da minha mesa, estava Duwayne, completamente desleixado na cadeira, olhando para longe, exigindo ser ignorado. Ele voltou da suspensão e recebeu as boas-vindas de um herói de guerra. Sua postura insolente contra todos os professores, exceto o professor Black, era reverenciada — até porque ninguém esperava que ele tentasse desafiar o professor Black. A impressão era de que Duwayne, no fundo, tinha assumido a posição de diretor-geral, de grande autoridade da escola. Todos os educadores, aliás, receberam um plano de análise comportamental, um auxílio para que pudéssemos interagir com Duwayne e para sabermos em qual direção poderíamos seguir com ele, o que criou uma aura de trepidação ao seu redor, como um dispositivo explosivo prestes a ser disparado a qualquer momento.

No instante em que olhei para Duwayne por alguns segundos a mais, minha memória voou de volta para seus olhos debaixo do capuz na ponte. Ele me olhou e eu, de imediato, me perguntei se ele se lembrava, se ele, naquela noite, percebeu que eu era aquela pessoa. Mas nada nos seus olhos distantes e desanimados parecia indicar uma resposta, então eu apenas retornei para meu modo operacional padrão: sala de aula, professor, estudantes. Quando os alunos estavam indo embora, pedi a Duwayne para esperar um pouco para que tivéssemos uma "conversa rápida". Ele já estava acostumado com esse expediente e nem se mexeu na cadeira ou endireitou o corpo, só permaneceu quieto, com suas calças escolares caindo tão no meio das coxas que era impossível não notar a calça de moletom cinza por baixo. Duwayne não respondeu a nenhuma das minhas perguntas iniciais: "Como você está?", "Está tudo bem?", "Você acha que aprendeu alguma coisa com seus erros?". Pelo contrário, ele continuou sentado olhando para o nada, até que mencionei a palavra "basquete", diante da qual ele respondeu com um leve movimento de cabeça e um endireitar de ombros, como um lobo em alerta, um soldado de prontidão.

— Que é que você sabe sobre basquete? — ele perguntou.

— Eu sou um dançarino maravilhoso com a bola nas mãos — eu disse, balançando minha cabeça com inesperada intensidade, mais para me convencer do que para convencê-lo. Duwayne deu risada, quase mostrando os dentes e formando um sorriso, em uma promessa que desapareceu no mesmo instante em que surgiu. Só que a verdade era a seguinte: eu não pegava em uma bola de basquete há anos, talvez há décadas, pelo menos duas; nem um leve quicar de bola desde que o London Towers visitou minha escola secundária e meu crescimento prematuro da adolescência me fez ser o grande escolhido para arremessar um lance livre, que eu joguei terrivelmente longe da cesta. O constrangimento só foi amenizado, de fato, pela camisa de brinde que eles me deram, e que eu usei todos os dias até o final daquele ano. E, ali na sala, na frente de Duwayne, comecei a me perguntar onde aquela camisa estava, onde todas as minhas roupas estavam.

— Quem é seu jogador favorito? — ele perguntou, sentando melhor na cadeira e me olhando, com os olhos um pouco mais vivos.

— LeBron James.

— O Rei?

— Ele mesmo.

— Você conhece o LeBron?

— Não conheço ele muito bem... Bom, pelo menos não agora. A gente se afastou — eu disse, cheio de convicção, como se pudesse ser uma realidade. Duwayne olhou para mim com uma expressão confusa, sem saber se eu estava falando sério ou não. — Cara, eu parti pra cima dele quando a gente jogou um contra um há não sei quanto tempo. Depois a gente nunca mais se falou.

Duwayne não deu risada desta vez, apenas mexeu suas sobrancelhas para cima e para baixo. Eu imaginei que, em algum universo alternativo, aquela história podia, quem sabe, ter acontecido. Talvez, nesse suposto universo, eu fosse uma superestrela do basquete profissional e LeBron fosse um professor de escola, o MDP: o melhor dos professores.

— Mas, enfim, qual é o seu jogador favorito? — eu perguntei a ele.

— Não tenho nenhum.

— Nenhum? — eu respondi, surpreso. Ele encolheu os ombros. — Nem mesmo eu? — eu disse, e ele zombou da possibilidade. — Vou te dizer o seguinte: que tal a gente jogar um contra um, hein? Se você ganhar, nada de dever de casa...

— Eu já não faço de qualquer jeito — ele disse, lambendo os dentes e olhando para longe. — Cê acha que eu sou idiota?

— Beleza, justo. Então assim: se você ganhar, eu te dou o que você mais quer... Um par do Nike Air Max. Mas, se eu ganhar... — e ele me olhou de volta, com o corpo bem reto na cadeira, disposto e atento. — Se eu ganhar, você vai ser obrigado a frequentar os treinos de basquete do professor Black... Pela temporada *inteira*.

— Aaargh — ele reclamou, depois colocou sua mão no queixo, encobrindo a boca, sentando por um segundo na posição da estátua do pensador. Esperei enquanto as engrenagens do seu cérebro entravam em movimento. — Se eu ganhar, eu ganho os tênis. Se eu perder, eu detono os meus tênis na quadra...

— Isso. Mas pela *temporada inteira*. Você não pode perder um treino sequer.

— Beleza, eu vou. Mas só se você for comigo no primeiro treino.

— Certo, combinado — eu respondi. Ele se levantou, e apertamos as mãos com firmeza, olhando um no rosto do outro com competitividade e compaixão.

— Quando é que a gente vai jogar? — ele perguntou, na saída da sala.

— Semana que vem. Vou dar um tempo para você treinar — eu disse, debochando dele com confiança.

Ele concordou com a cabeça e saiu, dando um tapa no batente da porta ao passar por ela.

EU VIA JALIL com menos frequência naqueles dias, mas, a cada novo encontro, eu notava uma pequena modificação nele, algum detalhe perceptível somente para quem prestasse muita atenção. Era como observar uma flor que, deixada em um quarto escuro, aos poucos se inclina na direção da única fresta de luz que consegue entrar no lugar. A grande questão, no entanto, era que Aminah não era somente uma fresta de luz para ele, era um verdadeiro amanhecer. E chegou o momento em que fui convidado para um jantar na casa de Jalil. Fui avisado, é claro, de que seus outros amigos também estariam lá, assim como Aminah — uma oportunidade para que nós, as pessoas da sua rede afetiva, pudéssemos conhecê-la. Na verdade, não era só isso; era tanto uma chance para Jalil estrategicamente avaliar como Aminah se comportava perto dos seus melhores amigos quanto uma forma dele descobrir qual seria a nossa opinião a respeito dela.

Cheguei na porta da casa e tentei me recompor antes de entrar. Um longo dia de trabalho pode te deixar exausto, e simplesmente emendar com uma noite de socialização não é a melhor das ideias — o resultado pode escalar até o extremo de um estado de coma. Pelo menos para mim, socializar era um escoadouro de energia, física e mental, às vezes com consequências desastrosas. Não era incomum que, depois de uma noitada, eu passasse dias sem falar com ninguém porque meu cérebro precisava ser reiniciado. Esse sempre foi o meu padrão: me trancar no quarto e acordar no meio da noite para poder escutar o silêncio.

Assim que ergui a mão para tocar a campainha, a porta se abriu e fui recebido por um sorriso iluminado, bastante entusiasmado.

— Oi — alguém me disse, com uma voz melodiosa. Eu tinha certeza de que a mulher à minha frente era Aminah, mas preferi não arriscar. Ela usava um lenço por cima da cabeça e um vestido floral com mangas longas, além de um par de jeans. Estava bastante arrumada, mas de um jeito casual. — Entre, entre. Eu ouvi uma movimentação atrás da porta e achei melhor abrir... Espero que eu não tenha te assustado — ela disse, conversando com confiança e me direcionando pelos corredores de uma casa que eu já conhecia muito bem.

— Não, não, não me assustou em nada — eu respondi, educado, sorrindo ao passar pela porta. Tirei meus sapatos e entreguei para ela a garrafa de uma bebida não alcoólica que comprei junto com uma baklava da Woody Grill. Da sala de estar vinha um murmúrio de conversa, intercalado com ocasionais explosões de risadas.

Ela recebeu meus presentes e, no segundo em que começou a falar "Ouvi falar bastante de você...", foi interrompida por um demorado "Ôôôôôôôôôôôôôôôôô" cortando o ar, enquanto Jalil corria na minha direção. Nós nos abraçamos, carinhosos como sempre, dando tapinhas nas costas um do outro.

— Este aqui é Michael — ele disse para Aminah, que me respondeu com um sorriso. — E esta aqui é Aminah — Jalil mexia a cabeça para cima e para baixo e erguia as sobrancelhas, claramente satisfeito consigo mesmo. Eu apenas concordei, me esforçando para dar a ele a minha validação.

— Eu imaginei. É um prazer oficialmente te conhecer, Aminah.

— O prazer é todo meu — Aminah respondeu, olhando para mim e depois para Jalil. — Você precisa me contar tudo sobre ele — ela me disse, colocando o braço em volta de Jalil e descansando a mão por cima do estômago do meu amigo, o que, tenho certeza, deve ter feito com que ele, assim que percebeu aquela mão se aproximando, tensionasse o abdômen na tentativa de impressioná-la.

— Bom — eu respondi —, o que é que eu posso contar, né? Ele é um cara ótimo — eu disse, o que me pareceu uma resposta realmente monótona, quase ensaiada, e que não provocou nenhuma reação, nem de Jalil, nem de Aminah. — Ele pinta, toca piano, lê bastante, é um cara inteligente, de bom coração... E ele tem uma moto, com um motor imenso — eu concluí, e Jalil e eu trocamos um sorriso malicioso.

— Não, não, não. Não incentive ele em relação àquela moto. Estou tentando descobrir um jeito dele ficar o mais longe possível daquele negócio.

Passamos para a sala de estar, onde encontrei menos pessoas do que eu esperava encontrar, uma situação que me deixou mais confortável. Talvez tenham sido as risadas escandalosas que me fizeram imaginar uma sala cheia de gente e pressupor que todo mundo lá dentro estava ansioso para saber quem seria o próximo a entrar pela porta. Pelo menos era o que eu esperava de um evento organizado por Jalil, o que me fez concluir que a decisão por uma reunião menor e mais reservada tinha sido influência de Aminah. Fui apresentado aos outros três convidados e então nos sentamos ao redor da mesa de jantar. Minha cadeira era no exato oposto às cadeiras de Jalil e de Aminah. Eu fiquei observando o gestual daquele romance recém-descoberto. Depois de alguns momentos, porém, Jalil abruptamente se levantou, se desvencilhou de Aminah e saiu esbaforido da sala.

CAPÍTULO 15

Dallas, Texas, 22h09

O avião acabou de pousar. Michael agora tenta descobrir a saída do aeroporto, que está quieto demais para um sábado à noite. Ele examina o painel de informações no alto do saguão; embaixo da tela está uma loira de olhos azuis olhando fixamente para o seu rosto. Existe alguma coisa na expressão fria da mulher, uma revolta, um fogo, mas que não é paixão, não é o tipo de fogo que aquece, é o tipo de fogo que queima. Michael logo desvia o olhar e recolhe sua bagagem do chão, enquanto essa loira vigia cada movimento dele com violenta suspeita, o que o faz esperar do lado de fora, na área de embarque e desembarque, próximo a uma grande placa. Ele checa o celular com exagerada frequência, mesmo sabendo que a bateria já está no fim, porque precisa saber se vai receber alguma ligação ou mensagem de Rodrique, o sujeito que prometeu estar às dez da noite no aeroporto para pegá-lo, talvez até mais cedo, por via das dúvidas, e que, no entanto, ainda não apareceu.

Essa situação provoca nele um princípio de pânico, aquela dúvida sobre estar no lugar certo ou não, a preocupação de que, se a bateria do seu celular acabar, ele não vai saber o que fazer.

Já cheguei. Onde você está? Estou esperando no estacionamento

Ele escreve para Rodrique, sem receber nenhuma confirmação de envio. Vários carros passam pela entrada do aeroporto, cada um deles destroçando suas esperanças de ver a carona chegar. Por fim, Michael tira a mochila pesada das costas e senta. São 22h45. É o momento de pensar em soluções alternativas, mas o cansaço, a fome e a falta de sono, depois de viajar sentado ao lado de um homem cujo corpo ocupou muito mais do que o próprio espaço no avião, para não falar dos roncos, fazem com que ele se sinta desorientado.

É essa a situação quando estaciona na sua frente um carro vermelho-vinho com calotas cromadas, pneus especiais e uma lataria desgastada pelo tempo, para não falar naquela leve camada de poeira marrom no capô. Michael olha para o veículo e vê que é Rodrique sentado no banco do motorista. Rodrique sai do carro, eclipsando o tamanho do automóvel. Ele dá a volta e vai na direção de Michael. É um homem que realmente preenche todos os espaços ao andar, esse não é um detalhe que pode passar despercebido. *Quando eles diziam que tudo é duas vezes maior no Texas, eu não imaginava que eles também falavam sobre as pessoas.* Rodrique é idêntico às suas fotos no Instagram: um corte de cabelo em degradê, uma barba rala cobrindo uma mandíbula bem delineada, um tufo de cabelo no alto da cabeça e um sorriso preguedo no rosto.

— E aí, cara — o anfitrião diz, andando na direção de Michael e dando risada, uma risada suave e frágil, de quem pede desculpas pelo atraso sem necessariamente reconhecer o erro. Eles se cumprimentam, apertam as mãos e depois se abraçam. De fato, a aparência de Rodrique no mundo real não é nada diferente da sua presença no mundo digital: uma pessoa sociável, amigável e tranquila, uma postura que se reflete em todas as fotos que ele posta nas redes sociais. Michael e ele se conheceram alguns anos antes, quando, por acaso, descobriram, através de marcações aleatórias em fotos antigas, que eram parentes — primos, ou algo assim, só que de um grau desconhecido, já que envolve uma longa e complicada história da qual nenhum dos dois sabe muita coisa. Aquele tipo de conexão que, logo de cara, levou os dois a fazerem piada sobre como, nas famílias africanas, você ganha um parente novo por ano: um primo, um tio, uma tia ou, em raras ocasiões, um pai. Rodrique, de todo modo, que também é DJ, sempre parecia ser a alma da festa, e, se hoje não existir nenhum outro motivo para eles interagirem, que seja pelo menos para que Michael possa entender como é viver com esse estado de espírito. Tanto que o que aconteceu foi o seguinte: Michael ligou avisando que estava para chegar e Rodrique, na mesma hora e de boa vontade, se ofereceu para buscá-lo.

Depois de um pequeno engarrafamento, eles estão na rodovia. Rodrique não para de falar. Michael percebe a vibração do sotaque, que é diferente do sotaque da Califórnia, um ritmo mais lento, mais relaxado. O temperamento de Rodrique logo amolece Michael. Eles então chegam em uma casa localizada no meio de um quarteirão residencial mal iluminado. Estacionam o carro e entram. Tem um grupo de jovens lá dentro, escutando música alta em uma sala vazia, todos vestidos como se estivessem de uniforme: durags na cabeça, camisetas brancas, bermudas de basquete, meias e chinelos ou Air Jordan's nos pés. Eles estão jogando NBA 2K em uma televisão enorme. Rodrique apresenta Michael como "meu menino da Bretanha".

— Você é da Inglaterra? Duvido. Como que é o sistema de transporte por lá?

— Provavelmente cada um no seu Uber de quatro patas.

Uma rajada de riso preenche a sala. Michael se junta ao grupo, fingindo achar graça do comentário. Ele deveria ter imaginado as piadas imaturas, especialmente por se tratar de estudantes universitários. Ainda assim, é divertido. Ele se senta e, ao se sentar, percebe, em um canto da sala, uma cadeira de barbeiro e um espelho com um conjunto completo de tesouras ao lado. Uma barbearia profissional dentro da casa de alguém. É realmente uma ideia inteligente. Na meia hora em que eles ficam ali sentados, inúmeras pessoas entram para cortar o cabelo. Bluu, o barbeiro, enquanto corta o cabelo dos amigos e fala ao telefone, sorri um sorriso gigante, exibindo seu cabelo bem aparado e tracejado com perfeição, um belo anúncio para o serviço que ele oferece.

— Que tipo de mulher vocês têm lá na Inglaterra, hein, meu camarada? — eis uma pergunta bizarra, para a qual Michael não sabe muito bem a resposta. Apesar de que, na verdade, nem importa muito o que ele vai dizer, porque para qualquer coisa Bluu apenas responde um "duvido", o que leva Michael a fingir que compreende do que está se falando por ali. Bluu só continua. — Eu tenho que te perguntar, mermão, quais que são as melhores, hein, as vagabas de Londres ou as vagabas de Dallas?

— Cara, não faço a menor ideia. Não sou uma pessoa muito ligada no burburinho — Michael responde, tímido, tentando ser o mais breve possível.

— Qual que é a parada, heeeeeeeeeein? — é Rodrique, de volta na hora certa, interrompendo aquela conversa constrangedora.

ELES ESTÃO DE NOVO no trânsito, seguindo por uma avenida depois da outra. Michael não tem muita certeza de onde eles estão, não reconhece nem as placas, nem as ruas, mas o caráter anônimo do lugar o protege dentro de um sentimento de conforto. As lojas estão fechadas, as luzes das casas estão desligadas, todas as evidências sugerem uma cidade adormecida, uma cidade em seu estado mais puro de paz. Rodrique dirige com cuidado e diligência, um estilo bem diferente do resto da sua personalidade. Michael se sente exausto, só se mantém acordado por causa do ar fresco que entra pela janela, a brisa gelada que se espalha pelo carro.

— Você gosta de trap? — Rodrique pergunta, e Michael gesticula que sim, encolhendo os ombros de uma maneira tranquila, como se ele realmente gostasse do gênero. Rodrique, em seguida, liga o rádio e aumenta o volume até uma altura tão absurda e estridente que o som parece que vai levantá-los do assento. Michael reconhece as melodias, mas não consegue distinguir uma música da outra. Ele aprendeu muitas das letras com seus alunos, no que foi uma tentativa de prolongar sua juventude e permanecer relevante para o mundo. Essa lembrança logo arrebenta na sua consciência uma onda vertiginosa de outras memórias, envolvendo a escola e os intervalos de almoço, inundando sua mente com gritos e cantorias, com a confusão no pátio, com as portas sendo batidas e com os corredores cheios de eco. Um impulso nostálgico que Michael, de imediato, decide interromper.

Eles diminuem a velocidade em uma área residencial escura, bem pitoresca, onde todos os terrenos têm jardins com um gramado verde bem cuidado. Michael e Rodrique saem do carro e seguem na direção de uma casa, cujas paredes vibram uma batida grave e impactante e de onde vem um barulho de conversa animada. Um homem alto e quadrado está em pé na porta.

— Só um pequeno obstáculo — Rodrique diz quando eles se aproximam da casa. Ele cumprimenta o homem na porta com o cumprimento de quem conhece as regras do lugar, e o homem deixa os dois entrarem, apesar de olhar desconfiado para aquele que claramente é um estrangeiro.

Michael, no entanto, age como se já tivesse estado ali muitas vezes, alguém que sabe muito bem os procedimentos; ao entrar, ele faz aquele universal aceno de cabeça de homem negro para homem negro, e o segurança retribui o gesto.

A sala está coberta de fumaça, uma fumaça leve e aerada, flutuante, como uma neblina de inverno, do chão até o teto. O cheiro é um cheiro botânico, e Michael sente suas pálpebras se contraindo e seus olhos ficando vermelhos enquanto ele passivamente inala aquela fumaça. Eles atravessam a casa em direção às caixas de som que fazem tremer as paredes.

    Todas as pessoas na sala estão fumando. Michael foi abordado e negou as ofertas tantas e tantas vezes que as pessoas estão começando a se perguntar se ele não é um policial disfarçado. Ele no fim aceita um baseado e deixa a fumaça sair de sua boca através de efêmeras nuvens. Rodrique desaparece mais uma vez. Michael apenas fica em pé no canto, tomando goles de uma garrafa, escutando fragmentos de uma conversa chatíssima sobre sexo, universidade, dinheiro e drogas. *Eu não pertenço a este lugar. Eu não pertenço a lugar nenhum.*

    Miranda tem uma voz harmônica, aquele tipo de voz que te embala em um sono suave. Depois de um tempo sendo os únicos esquecidos no canto da sala, ela está conversando com Michael sobre qualquer coisa, e ele está escutando de perto não porque se importa, e sim porque seu corpo está pedindo pelo corpo dela, assim como o dela deseja o dele. É uma reação visceral, como adolescentes com hormônios em ebulição, um sentimento que, em outras circunstâncias, ele não iria incentivar, mas para o qual, neste momento, a única pergunta que Michael se faz é *por que não?* Miranda faz um carinho no braço dele toda vez que cai na risada e diz "você é uma graça" enquanto ajeita o cabelo atrás da orelha. Eles dividem um cigarro. O sorriso de Miranda é radiante, seus dentes são de um branco perolado e seus olhos ganham os contornos de um farol, guiando Michael em segurança até a terra firme.

    — Quanto tempo você vai ficar na cidade? Espero que a gente consiga conversar mais um pouco — Miranda diz, seus dedos tocando o antebraço do seu interlocutor. Michael sorri de volta. Seus lábios estão tremendo. Sua mente vibra com a vontade de beijá-la, mas ele resiste. *Não posso me aproximar.*

— Ô, onde você estava? Vem cá — uma voz grave interrompe as fantasias de Michael. Ele abre os olhos, destrava os lábios.

— Esse aqui é meu namorado, Jamal — Miranda faz a relutante apresentação. Jamal olha Michael dos pés à cabeça e diz um "e aí", mal reconhecendo a existência de uma terceira pessoa naquela conversa, antes de agarrar o braço da namorada e apertar as unhas contra a pele dela.

— Bora cair fora daqui — Jamal sussurra no ouvido de Miranda, um sussurro baixo, mas inteligível.

— Não, ainda nem terminei minha bebida — ela responde. Jamal arranca o drinque da mão dela e engole o líquido.

— Agora você já terminou — Jamal diz, pressionando as unhas ainda mais e puxando Miranda para longe dali. Ao sair, ela vira o rosto e olha para Michael.

Depois de alguns minutos, que parecem ter se estendido por horas, Rodrique reaparece, sinalizando a Michael que também é hora deles saírem da festa. Eles voltam para o carro e seguem por ruas desconhecidas, embora Michael nem se importe mais com a sua ignorância geográfica. Está tarde, ele está cansado e quer dormir. Ele se estende na poltrona, irredutível e em silêncio. Em determinado ponto, Rodrique estaciona e sai do carro, murmurando um palavreado incompreensível. Ele demora uns quinze minutos para voltar.

— Ô, você parece morto de cansaço, cara — Rodrique dá uma risada. — Vou te largar de volta lá em casa, belê? — ele diz.

— Tá ótimo — Michael responde, com firmeza, cruzando a fronteira da frustração.

Michael entra de novo na casa, desta vez vazia, sem nem se importar de acender as lâmpadas. A luz da lua penetra por uma fresta da cortina que esconde a porta dos fundos, a que vai dar no jardim. Ele se deita no sofá onde, horas antes, os caras jogavam videogame e fumavam, mas a lembrança não o incomoda, seu cansaço já não é mais uma condição suportável.

UM CLARÃO ACORDA Michael, mas ele mantém os olhos fechados, fingindo dormir, e o interior das suas pálpebras se transforma em um borrão laranja. Ele escuta o barulho de passos ao seu redor; são passos pesados e rápidos. Uma mão cutuca seu corpo e alguém sussurra seu nome, uma voz tão grave que parece ecoar pelas paredes. É Rodrique. O susto coloca Michael de volta no mundo.

— Ô, vamos procurar uma comida — Rodrique diz. 11h.

— Beleza — Michael responde, como se tivesse alguma outra escolha. Ele olha pela sala e a cadeira de barbeiro está vazia. Nenhum dos caras está lá, mas os vestígios da presença deles estão espalhados por todos os cantos. Ainda vestido com a mesma roupa do dia anterior, Michael calça os tênis para poder sair de casa.

Os dois estão na pista de novo, parando aqui e ali ao longo do caminho. Cada saída com Rodrique é coalhada de paradas, e, nesta cidade, não existe nada que seja perto de alguma outra coisa. Mesmo atravessar a rua dá a impressão de ser uma viagem intermunicipal. Eles param em um sinal vermelho.

— E aí, a gente vai comprar um chá ou alguma coisa pro café da manhã? — Michael pergunta.

— Chá? — Rodrique responde, antes de explodir em uma risada generosa. — Esse carinha aqui está querendo tomar um chá — ele debocha, quase sem fôlego. — Não, não, a gente vai arranjar uma comida de verdade.

Mas eles ainda fazem mais uma série de viagens até finalmente pararem em uma lanchonete.

5.981$

CAPÍTULO 16

Dallas, Texas, 12h15

Quando eles saem do carro, Michael sente que o calor vai massacrá-lo até não sobrar mais nenhum traço de esperança no seu corpo.

— Essa é a época mais tranquila do ano — Rodrique diz, dando risada. Michael se contorce imaginando o inferno que deve ser no verão. Eles entram em casa e encontram o lugar abarrotado com os mesmos caras do dia anterior: Bluu cortando cabelos na cadeira de barbeiro semifuncional da sala da frente e todos os outros, cujos nomes Michael ainda não decorou e nem deseja decorar.

— E aíííí, Londres! — um bem-disposto Bluu cumprimenta o novo integrante do grupo com o apelido que Michael não tem nenhuma escolha a não ser aceitar. Até porque podia ser bem pior, já é um grande avanço em relação aos apelidos que Michael se lembra de receber na escola, coisas como "bichinha africana" ou "imigrantezinho". Ele agora apenas finge uma resposta empolgada enquanto procura um lugar para sentar, na expectativa de desembrulhar a comida que trouxeram da lanchonete. E faz sentido que Rodrique tenha dito para Michael esperar a volta para casa até colocar a comida na boca. Parece que cada gesto faz parte de um ritual ancestral, como se Michael estivesse se embrenhando em uma cerimônia muito maior do que ele é capaz de compreender. Ele tira o hambúrguer do pacote e o sanduíche é tão grande que não dá para segurar com uma mão só. O resto da comida é toda compartilhada, mas, antes que Michael dê sua primeira mordida, ele sente que os olhos do público na sala estão todos voltados na sua direção.

— Londres precisa comer primeiro. A gente quer saber o que ele acha — Bluu diz, revelando o que as pessoas estavam à espera. Michael sente a pressão pesar sobre seus ombros, como se ele tivesse viajado milhares de quilômetros somente para estudar os costumes alimentares de um subgrupo desconhecido para o restante do mundo, sendo esta sua única chance de ser aceito na comunidade. Ele dá a primeira mordida no hambúrguer. O gosto é uma mistura de borracha, areia, óleo e outros ingredientes não recomendados para consumo humano.

— E aí, o que você achou? — Rodrique pergunta.

— Adorei, parceiro — Michael responde.

— Parceeeeiro — Bluu imita a voz de Michael e cai na risada. A partir de então, ele quer acrescentar "parceiro" no final de cada frase. — Agora a gente precisa te colocar pra bimbar umas vagabas de Dallas antes de cê ir embora, meu parceiro — ele acrescenta, dando ainda mais risada.

— Amanhã é a festa de final de semestre, inclusive. Você precisa jogar esse jogo — Rodrique completa.

É O DIA DA festa de encerramento. Eles estão atravessando o centro de Dallas e é a primeira vez que Michael vê a cidade ganhar algum tipo de vida, embora, de certa maneira, ela continue guardando certo mistério lúgubre no centro da sua personalidade. Rodrique e Bluu estão sentados na frente.

Michael está no banco traseiro. Aos poucos, o carro se enche de fumaça, que vira uma pequena neblina, por causa do baseado que é passado de mão em mão, enquanto Michael se distrai com seus próprios pensamentos.

— Cara, deixa eu perguntar uma coisa pra vocês. O que vocês acham que acontece depois de morrer?

— Como é que é o negócio? — Bluu responde, absolutamente surpreso, com uma voz mais aguda do que o normal.

— Você já está chapado assim, é? Mal começou a fumar, porra — Rodrique dá risada.

— Não, não, eu não chapei nada ainda, cara. Só estou perguntando. O que vocês acham que acontece? Tipo, existe céu e inferno? É um vazio eterno? A gente renasce dentro de um pássaro?

— Não faço a menor ideia, cara — Bluu responde, contemplativo. — Minha mãe costumava dizer que existe um céu.

— Costumava dizer?

— Sim, isso. Ela levava a gente na igreja todo domingo até ela morrer. Depois parei de ir — Bluu fica em silêncio por bastante tempo, dá uma tragada no baseado depois de pegá-lo da mão de Michael e sopra uma suave nuvem de fumaça. — Eu só sei que estou vivo agora e que eu preciso dar um jeito de ganhar dinheiro — ele finalmente diz, dá risada e estica a mão, dando um tapinha amigável no punho que Rodrique oferece para ele dizendo "te entendo, cara".

— Na minha cultura — Rodrique continua —, quando você morre, você vira um ancestral e se junta a seus ancestrais no mundo espiritual. Lá você vive em paz com eles — ele olha para Michael. — Você sabe do que eu estou falando, né?

Michael mexe a cabeça com força, como se ele estivesse entendendo cem por cento do que Rodrique diz. Mas ele não entende. Ele apenas está, gradativamente, ficando mais interessado na conversa.

— Vocês nunca ficaram curiosos sobre esse assunto? Sobre morrer? — Michael pergunta.

— Pra quê? Por quê? Não dá para você morrer e depois nascer de novo — Bluu responde, insolente.

— Mas quem falou alguma coisa sobre nascer de novo? — Michael insiste, dando um tapa no baseado e soprando fumaça para longe.

— Você está viajando, cara. Você precisa mesmo de um chá de boceta — alguém diz, e os três explodem em gargalhadas. O pensamento de Michael divaga até se concentrar em Miranda. Sua pele, seus lábios, seu corpo. Seu tesão é muito mais intenso do que antes; ele só quer foder, só quer sentir, é uma luxúria violenta que toma conta do seu corpo. Ontem à noite, Michael e Mianda bateram um papo no jardim enquanto os caras ficavam na sala jogando videogame e fumando. Ela percebeu que ele estava lá fora olhando para as estrelas e resolveu acompanhá-lo. Michael sabe que não pode deixá-la se aproximar. Ele se lembra da promessa que fez consigo mesmo e de que ninguém deve compartilhar seu fardo; é um problema completamente seu. É o que ele quer. *Mas o que eu quero está realmente para além do desejo. Desejar não me trouxe o que eu quero, que é morrer.*

Eles continuam atravessando a cidade e furam um sinal vermelho. Não demora e um flash de luz estroboscópica vermelha e azul preenche o carro.

— Caralho — Bluu exclama.

— Relaxa, irmão — Rodrique intercede.

— É a polícia, porra. Fodeu — Bluu diz enquanto as luzes vermelhas e azuis continuam a pipocar. Uma sirene solitária dispara contra eles.

O coração de Michael acelera em pânico. Sua garganta está inchada como se parte do estômago quisesse saltar para fora da boca. Ele começa a engasgar e tossir, não dá para saber se por causa da fumaça ou se por causa do medo. Rodrique se esgueira até o porta-luvas e borrifa o purificador de ar por todos os cantos, abrindo as janelas e deixando o ar antigo escapar para o ar fresco poder invadir o espaço. Uma calmaria repentina toma conta do carro.

As mãos de Michael, no entanto, estão tremendo. Ele dá tapinhas pelo corpo à procura do telefone. Está ofegante, a boca aberta como um cachorro. Rodrique encontra uma calçada livre e encosta o carro. Saindo da escuridão, a sombra de um homem se aproxima até se transformar em um policial. O rosto dele é claro, bem barbeado, o quepe esconde os olhos.

— Boa noite — o policial diz, apontando sua lanterna na direção do carro, primeiro para Rodrique, que, ao contrário de Bluu, permanece inexoravelmente calmo, e depois para Michael, no banco traseiro. A arma do policial, pendurada no coldre de couro em sua cintura, brilha debaixo da luz da lua. E o reflexo, delicado, ilumina sua mão posicionada logo acima, com a ponta do dedo indicador rastejando para o gatilho.

— Boa noite, senhor — Bluu responde, gaguejando, suando, o mais nervoso possível.

— Documento do veículo e habilitação, por favor — ele pede, e Rodrique, com um movimento lento, entrega sua carteira de motorista. O policial pega o documento e volta para a viatura. Um ruído de vozes reverbera à distância. A tensão é palpável no ar, parece que eles compartilham a mesma respiração. Michael sente sua perna começar a tremer, como se os sintomas de uma crise de abstinência estivessem assaltando seu corpo. Um silêncio mortal dentro do carro enquanto eles esperam; ou, mais do que mortal, na verdade, este silêncio é um genocídio.

— Pra onde cês estão indo essa noite, então? — o policial pergunta ao devolver a habilitação de Rodrique.

— Estamos indo para a festa estudantil lá no centro — Rodrique responde, gaguejando, sua voz formigando de frustração.

— Ah, imaginei que cês fossem estudantes universitários mesmo. Já parei alguns hoje à noite. Cês não parecem estudantes universitários, né, mas eu imaginei que vocês fossem.

Eles soltam uma risada falsa em resposta àquela conversa meio ambígua do policial, que faz uma pausa e dá mais uma olhada no carro.

— Cês tenham uma boa noite, hein? E não façam nada que eu não faria.

— Sim, senhor.

O policial volta para a viatura, suas botas amassando o asfalto. Ele entra no carro e, devagar, vai embora. Os sons da cidade retornam à vida como um corpo ressuscitado.

— Caralhooo!!! — Bluu jorra do nada, respirando fundo, todo seu estilo frio e controlado sendo esmigalhado.

— Relaxa — Rodrique responde, uma única palavra que reestabelece a calma no ambiente.

Instantes depois, eles estacionam o carro e saem. Outros estudantes passam pelos três, bem-vestidos, caminhando na mesma direção. Michael olha ao redor. O ar parece impregnado por uma sensação amarga. Uma árvore solitária dorme no fundo do estacionamento, em uma tristeza desolada. Um barulho alto estoura e uma revoada de pássaros surge da árvore, voltando para ela na sequência. Quer dizer, pássaros? Talvez morcegos: escuros como breu, asas pontudas, todos pendurados de cabeça para baixo. *Nunca vi uma revoada de morcegos, mas faz sentido que aconteça aqui, agora. Esta cidade me lembra Gotham City, se Gotham fosse uma cidade real.* Michael olha para o céu noturno e imagina um bat-sinal atravessando as nuvens. *Mas por que alguém iria aparecer para nos salvar? Por que alguém iria aparecer para me salvar? Não existe nenhuma salvação para mim.* Rodrique chama Michael de volta para o mundo, e ele se junta ao grupo mais uma vez.

Eles entram na festa. Todo mundo é jovem e bonito, de pele lisa, cabelo bem-cortado, mesmo os homens — ou especialmente os homens. Michael tenta não falar, já que abrir a boca revela que ele é um estrangeiro, um impostor tentando se misturar na multidão. Ele permanece em silêncio e próximo de Rodrique e de Bluu enquanto eles atravessam o salão, cumprimentando todas as pessoas, como uma comitiva de celebridades. Está escuro. Michael mal consegue distinguir os rostos de quem está ao seu redor, quanto mais de quem está à distância. Ele quer encontrar Miranda. Seu corpo pede por ela. O calor do lado de dentro é muito maior do que o calor do lado de fora, e negar nossos impulsos é negar a característica mais essencial do que nos faz humanos.

Michael, por isso, percorre todos os cômodos da boate, procurando de um lado para o outro. Ele vê Bluu no meio de um grupo enorme, com uma garrafa de bebida na mão, agitando o vidro no ar. Michael então se separa da comitiva e anda na direção do bar. A voz de Bluu ecoa na sua cabeça, toda aquela conversa sobre as "vagabas de Dallas", de um jeito que, refletindo sobre sua própria jornada, ele decide viver um pouco a vida. Várias mulheres estão alinhadas na frente do bar, e as duas mais próximas dele conversam sobre o namorado de uma delas, reclamando do quanto esse cara tem sido uma decepção. Michael se inclina, sorrindo, e chama a atenção das duas. Elas olham para ele, como se questionassem o motivo daquele idiota ficar por ali, de repente, encarando as duas.

— Posso pagar um drinque para vocês? — Michael pergunta. Uma das mulheres não responde nada, a outra ergue seu copo no ar mostrando que ele ainda nem chegou na metade e depois vira o rosto. Na sequência, no momento em que Michael se inclina mais um pouco para tentar seguir com a conversa, ele sente uma mão pesada espalmada no seu peito.

— Não estamos precisando de nenhuma ajuda, não, irmão — diz uma voz profunda e ruidosa, e Michael é empurrado para o lado.

Ele olha para cima e vê um homem que parece um jogador de basquete, ou alguma espécie de atleta gigante, um sujeito diante do qual Michael mal alcança a altura dos ombros.

— Olha, eu não quis causar nenhum prob...

Enquanto Michael se ergue para dar um tapinha amigável no ombro do cara, ele acaba, sem querer, derrubando a bebida da mão do homem.

— Qual é o seu problema, porra? — o homem o olha de cima para baixo.

— Eu... Eu... Eu não queria... — Michael gagueja e sente o coração disparar. — Deixa eu resolver isso aqui — Michael chama o barman. — Me traz mais um copo do que ele estava bebendo.

— Conhaque francês.

— Você não estava bebendo conhaque francês — uma das mulheres diz.

— Conhaque francês — Michael pede. — E... Bom, traga logo uma garrafa.

O barman vai pegar a bebida. A mulher se vira e olha em choque para Michael — a mesma reação do jogador de basquete.

— Aliás... — Michael continua, sorrindo e dramaticamente batendo seu cartão de crédito no balcão, antes de entregá-lo ao funcionário do bar. — Traga duas garrafas. Ou melhor, traga três. Sirva um copo para cada pessoa no bar. Foda-se, você só vive uma vez, né? E eu tenho algumas novidades para comemorar...

De uma hora para outra, Michael é cercado por uma multidão, várias meninas, vários caras, todos acreditando que ele é algum tipo de subcelebridade. A sensação tão inebriante quanto a provocada pelo álcool.

— UM BRINDE! — Michael grita e ergue seu copo. — Aos novos começos — e a multidão vibra de excitação enquanto ele vira a bebida na boca. — E ao inevitável fim — ele murmura para si mesmo.

Michael volta ao bar para pedir mais uma rodada de bebidas. É quando sente um par de mãos delicadas massageando seus ombros, aliviando sua tensão. Ele se vira e dá de cara com Miranda, alegre, aérea, bêbada. Flutuando como uma nuvem, ela encosta a cabeça no peito de Michael quando os dois se abraçam.

— Eu estava te procurando — ela diz. — Senti sua falta — e o coração de Michael bate um pouco mais forte de excitação, e suas pernas tremem descompassadas depois que ela passa os braços em volta dele. — Você não vai embora sem dançar comigo.

Miranda, então, o arrasta para a pista de dança, gira e pressiona o seu corpo contra o dele, sentindo a rigidez de Michael sincronizada à sua leveza, os dois deslizando pelo ambiente, um quadril colado no outro. Michael abaixa a cabeça e respira em cima do pescoço de Miranda, cheirando sua pele, aquele perfume de jasmim, imaginando flores, uma plantação, os cabelos cacheados de Miranda formando uma espécie de travesseiro macio.

— Mas e seu namorado, Jamal? — Michael pergunta, aproximando seu corpo ainda mais do corpo dela.

— O que é que tem Jamal? — ela responde.

E eles dançam, as carnes se tocam, o resto da festa desaparece até não sobrar mais ninguém a não ser os dois no meio da pista. Miranda abaixa sua mão do peito para a barriga de Michael e aí para a virilha, tateando.

— Vamos sair daqui — ela diz, e o segura pela mão enquanto eles atravessam a multidão que preenche a boate. Os dois saem para a rua, para o ar livre. Eles caminham por vielas escuras, um cenário de romance misterioso. Miranda dá um beijo nele, pressionando Michael contra uma parede. Michael devolve o beijo, conhecendo o corpo dela com as mãos. Miranda desafivela o cinto dele, abre o zíper da calça.

— Eu não posso fazer isso — Michael diz, exasperado, e se afasta.

— Oi?

— Eu não posso. Não consigo. Me desculpa.

— Como assim? Caralho, por que diabos você não pode?

— Não consigo. Simplesmente não consigo.

Michael se esquiva de Miranda e começa a andar meio sem rumo.

— Qual é o seu problema, porra? — ele escuta Miranda gritar e xingar até que a voz dela se torna um som distante, imperceptível. Ele segue pela rua, cada vez mais rápido, acelerando os passos até se ver correndo, fugindo, fugindo, fugindo — para longe dela, para longe de si mesmo, para longe de tudo.

3.711$

CAPÍTULO 17

Colindale, norte de Londres, 19h15

Fui à cozinha atrás de Jalil. Aminah não tinha notado seu surto, o que era compreensível — aprender o que é dito através do corpo de alguém é como aprender um novo idioma. Ela ainda não era fluente naquela língua, e, apesar de também não ser, eu pelo menos estava há mais tempo dentro daquela linguagem, conseguia entender algumas palavras. Abri a porta da cozinha e encontrei meu amigo andando de um lado para o outro, estalando os dedos.

— Você está bem, cara? — eu perguntei, como se já não soubesse que ele não estava bem. Era o meu jeito de dizer "me diga o que é que aconteceu", mas Jalil não suportava que fizéssemos suposições a seu respeito, ainda mais se a situação o colocava em uma posição de fragilidade ou de perda de controle. Ele grunhiu uma resposta e continuou a caminhar. Eu me aproximei, coloquei as mãos sobre seus ombros e o forcei a ficar parado até que ele me olhasse nos olhos.

— É alguma coisa com Aminah?

Ele negou com a cabeça.

— Então o que é?

— Ele vai vir para cá — Jalil disse, com os olhos tomados por um ligeiro estado de pânico.

— Quem vai vir?

— Baba.

— Ah — eu respondi, em um tom de evidente confusão. Não sabia que essa visita era algo passível de pânico. Também invejei o fato de que essa era uma frase impossível de ser dita por mim, que meu pai estava vindo me visitar. Era um estranho objeto de inveja.

— Mas essa é uma notícia ruim?

— Sim, é... Quer dizer, não. Não é ruim, só é muito cedo. Ele está vindo. Mas ele não explicou o porquê. E eu não estou preparado ainda.

— Quando ele vem? E você não está preparado para quê?

— Chega semana que vem. E eu não estou preparado para ele, para tudo o que ele vai fazer e dizer.

— Tipo o quê? Ele só vai ficar feliz de te ver.

— Ele vai dizer as mesmas coisas que ele diz por telefone, sobre casamento, sobre arranjar um emprego decente e todas aquelas coisas...

— Mas agora você tem Aminah, com certeza vai facilitar um pouco para o seu lado.

— Eu ainda não contei nada sobre ela.

— Por que não?

— O que é que eu vou falar para ele? "Ô papai, estou saindo com essa menina, ela é uma graça. Nada muito sério ainda. Inclusive, acho que você conhece o pai dela, ele tem um restaurante bem no meio da Edgware Road"?

— Mas então por que você organizou esse jantar?

— Ela organizou. Ela queria conhecer meus amigos. Acho que ela estava ficando desconfiada por eu ser uma pessoa reservada e não querer postar nada nas redes sociais. E ela disse que não se sente muito confortável de vir aqui quando só estamos eu e ela... Tentação demais, aparentemente.

— Mas você gosta dela?

— Gosto, cara! É claro que eu gosto, eu não sou cego.

— Olha, acho que você está exagerando. É só ansiedade. Vai dar tudo certo.

Puxei Jalil para lhe dar um abraço. Seu calor me envolveu. O cheiro dos óleos aromáticos que ele comprava dos irmãos na saída da estação de Brixton me trouxe uma sensação familiar de conforto. Inspirei aquela fragrância e o segurei mais forte, sem querer deixá-lo sair daquele abraço.

— Eu estava mesmo me perguntando para onde vocês dois tinham fugido — Aminah disse ao entrar na cozinha.

Nós imediatamente nos afastamos.

— Estávamos só tendo uma conversa rápida — eu respondi, sorrindo o suficiente por nós dois. Voltamos para os convidados, que começavam a comer a sobremesa, uma seleta de baklava com chá.

Observar o relacionamento nascente de Aminah e Jalil me fez pensar nos meus próprios relacionamentos.

— O problema com o Ocidente é que ele cria o Outro e depois se ressente de se ver nessa posição. Você enfrenta um preconceito que é criado pela sua própria imaginação.

— Eles realmente acreditam que foram os grandes inventores da civilização, centrados em cada...

— Não, não é isso, não acho que eles necessariamente acreditem nessa história, mas o privilégio serve para servir a si mesmo, e eles, no fundo, abraçam a ideologia que melhor os representa.

— Sim, é verdade, concordo, não acho que eles tenham problemas de ver um africano ou um muçulmano dando aula de matemática e de ciências, e eles sabem que a nossa civilização era o centro intelectual e cultural da Idade Média e da era pré-colonial, que era assim por todo o Oriente Médio e na África, que foi de onde eles extraíram o conhecimento e o aprendizado.

— Mas eles têm problema se você cobre sua cabeça com um véu.

— Ou se você cultiva uma barba ou sai na rua com uma mochila.

— A não ser, obviamente, que você esteja no meio de Shoreditch vestindo calça palito e tênis New Balance.

— Ei, não foi legal isso aí, hein... Eu me visto assim.

— Nos meus tempos de escola, o mundo da moda proibia essa combinação. Sem brincadeira, eu tinha um par de New Balance e sofri todo tipo de perseguição. Aquela etiqueta com o NB era horrorosa.

— É porque naquela época qualquer coisa que não fosse o logotipo da Nike era considerada um horror.

— Eis uma verdade incontestável.

— Eu ainda acho que seja assim, pelo menos para mim.

— Estou vivendo uma vida sem rótulos agora... Prefiro garimpar nos brechós.

— Bem hipster.

— Hipster? Nossos parentes estão "garimpando" desde que chegaram neste país. Só que antigamente chamavam isso de outro nome.

— Pois é, chamavam de pobreza. E nós éramos ridicularizados por isso.

— Agora virou moda.

— Mas é só uma moda, né? Tudo é circular, as coisas surgem, as coisas vão embora.

— Então, se vocês me permitem um comentário — interrompeu Jalil —, sem qualquer tipo de presunção, mas estamos nos esquecendo de um detalhe bastante significativo, que talvez este... ressentimento pelo Outro, na verdade, sempre tenha existido, eles só não encontravam as condições para materializar o sentimento.

A mesa ficou em silêncio.

— O racismo e o preconceito são baseados no medo. E a raiz de todo medo é a reverência. Eles sentem medo de você porque eles te admiram. Eles querem ser você sem, de fato, ser você. Vamos ter em mente o seguinte: todos os impérios surgiram, se expandiram e, no fim, colapsaram. Somente Ele é eterno, Alhamdulillah. Portanto, antes que este império também encontre seu declínio, vamos brindar — todos na mesa ergueram suas xícaras de chá —, porque nós temos ar nos nossos pulmões, temos sangue correndo em nossas veias e amor pulsando dentro de nossos corações — ele concluiu, xícara suspensa no ar, enquanto olhava para Aminah e eu olhava para ele.

NÃO SEI POR QUE decidi ir à igreja naquele dia, mas uma força maior me obrigou, alguma coisa me arrancou da cama e me botou na rua, uma potência mais forte do que meu cansaço, do que minha vontade de dormir. Ao chegar lá, no entanto, não recebi a saudação exageradamente zelosa sempre reservada aos novatos na congregação, uma vez que meu comparecimento esporádico já tinha me levado a ser classificado como um preguiçoso irremediável. Entrei, de todo modo, bem a tempo de ouvir a última parte do sermão do pastor Baptiste.

Mami estava sentada logo na primeira fileira, com as palmas das mãos juntas em oração e se inclinando para frente como se cada palavra de Baptiste a convencesse a chegar mais perto, e mais perto, e mais perto. De imediato, desliguei a voz do pastor no meu cérebro e silenciei todos os barulhos ao redor até alcançar um estado de absoluto mutismo para que eu pudesse observá-lo, para que eu pudesse estudar a maneira como ele agitava os braços no palco e como ele andava de um lado para o outro, bastante exaltado, mas, ao mesmo tempo, calmo e paciente. Ele parecia muito mais um artista performático do que um líder religioso, até pelo jeito que a congregação se engajava no seu discurso.

Encontrei com Mami logo depois do culto. Ela estava menos surpresa de me ver, e reagiu com um beijo na bochecha, aquele cumprimento de quem por acaso encontrou um amigo no supermercado ou na parada de ônibus. Mami não queria mais ser obrigada a se contentar com visitas surpresas; elas não eram satisfatórias o suficiente, ela queria comprometimento.

— Pastor, o senhor conhece meu filho, Michael — e o pastor Baptiste, por incrível que pareça, mesmo diante do meu sorriso contido, me cumprimentou bastante simpático, com sua boca se transformando em uma obra de arte da felicidade. Ele apertou minha mão com firmeza, me olhou nos olhos um pouco mais do que o normal e saiu. Ele não ficou para, sei lá, discutirmos a chuva na sua condição de benção ou de oração ou qualquer outra forma simbólica abstrata. Na sequência, chamei Mami para ir embora e ela me pediu para esperar um momento porque precisava falar com alguém antes de sair. Mami então voltou para a igreja e, pelos corredores escuros, pude enxergá-la conversando com o pastor. Ela parecia diferente, inquieta, como uma fã à espera de mais um show ou uma adolescente apaixonada. O pastor Baptiste colocou as duas mãos nos ombros de minha mãe e olhou para ela com intensidade. Não consegui escutar a conversa, mas vi que ele deu um beijo no rosto dela quando os dois se abraçaram em despedida. Era uma conexão que não parecia ser somente física. Eu senti um calor me tomar o corpo, uma sensação de ter visto uma cena que não deveria ter existido.

— Estou pensando em convidar o pastor para um jantar — Mami disse quando saímos da igreja, a caminho de casa.

— Por quê? — eu retruquei, ríspido, o que foi uma surpresa até para mim mesmo. Mami me respondeu com "aquele olhar", aquela expressão típica de pais severos e que, independente da idade, continuava a me desestabilizar. Eu me recompus e refiz a pergunta, desta vez com o tom correto.

— Porque ele é nosso pastor e eu gostaria de agradecer por todo o trabalho que ele faz, então um jantar é uma boa ideia — ela disse, e eu na mesma hora notei como o "nosso" na sua fala tinha sido absolutamente intencional, até porque Mami era calculista e obstinada, talvez a nossa única característica em comum. — E eu acho que seria ótimo que vocês se encontrassem e, bom, quem sabe, conversassem um pouco, que vocês se conhecessem um pouco melhor — ela concluiu, deixando cada vez mais claro como a verdade se revela assim que a máscara é arrancada. Era conversa fiada; a palavra é uma arma carregada e apontada para você, sem que você saiba de onde vem o tiro.

— Mas ele não tem compromissos? Família? Uma esposa e filhos a quem ele deve se dedicar e compartilhar o jantar?

— Não, não tem. Ele é comprometido com seu trabalho, com seu propósito — ela disse, e minhas réplicas se esgotaram. Não respondi mais nada e afundei no meu próprio silêncio. Eu sabia que Mami não estava me falando do jantar porque precisava da minha aprovação, ela só estava me informando da minha obrigação de estar presente.

NA SEMANA SEGUINTE, em uma noite aleatória, voltei para casa e encontrei a mesa arrumada. Os talheres estavam muito bem dispostos; Mami, inclusive, tirou da gaveta os garfos e facas de prata e até os pratos de cerâmica azul com padronagem branca, revelando os montes e vales de uma paisagem desconhecida. Ela não usava esses pratos desde... Bom, desde uma data que sequer sei dizer qual é, pois não recebíamos muitas visitas na época. Mas eu me lembro dos jantares com meu pai. Me lembro de como nós nos dávamos as mãos e rezávamos e de como, no meio dos dois, eu olhava para aquela torre de amor que eles emanavam. Meu pai, a pessoa sobre quem eu pensava cada vez mais com o passar dos anos, uma ferida incurável.

— Me desculpe pelo atraso, pastor Baptiste — eu disse, depois de cumprimentar Mami e me sentar à mesa. — Precisei enfrentar uma pilha de correções na escola e acabei ficando preso em algumas reuniões com outros professores — sendo que essas "reuniões", na verdade, eram somente eu e Sandra, na minha sala, discutindo qual de nós dois seria capaz de completar o desafio do chocolate: deitar em uma mesa com um chocolate posicionado nos lábios e aí soprar o chocolate para cima até que ele fique suspenso por um tempo no ar antes de você abrir a boca para engolir o doce. Meu recorde foi de oito segundos.

— Ora, não precisa se desculpar por isso — o pastor Baptiste respondeu, com uma gentileza forçada. — Sei que você está fazendo um belo trabalho. E o que é esta comida, hein? Está uma delícia! — ele balbuciou extasiado, sem perceber que manchava o babador preso no seu colarinho.

Olhei para ele, indiferente. Depois olhei para Mami e não foi difícil notar o quanto ela tentava conter sua inclinação de mandá-lo "limpar aquele negócio", o que ela teria feito sem cerimônia se a situação fosse comigo.

— Pondu — Mami respondeu.

— Pon-du — ele tentou repetir, e odiei o jeito como ele pronunciou pondu. Pela primeira vez, percebi seu sotaque rasgado das ilhas. Aquela era uma comida especial. Era a comida favorita de meu pai, e Mami só a preparava quando eu conseguia uma folga da universidade, uma ocasião rara e emocionante — e que ficou para trás, já que ela mal cozinhava desde que me mudei de volta. Quem iria imaginar que ir embora outra vez demoraria tanto a acontecer? Essa questão me esvaziava, me ver tão atrasado na vida; solteiro, sem uma casa própria, sem filhos. Qual era o sentido da minha vida?

— Pastor, me diga, de onde o senhor é? — eu perguntei, com urgência e arrependimento, porque eu queria saber, mas também não queria ouvi-lo falar.

— Bom — ele gargalhou, antes de limpar a boca com o babador —, você pode dizer que eu sou de todos os lugares — ele continuou, impressionado com sua própria piada.

— Mas de onde o senhor acha que é?

— Eu nasci aqui.

— E seus pais? O senhor é casado? Foi à universidade? — eu perguntei.

— Michael, chega de perguntas, o pastor não veio aqui para ser interrogado.

— Não, não, está tudo bem — ele respondeu, soltando uma risada nervosa antes de continuar. — Eu nasci aqui, mas minha família veio do Caribe, ou melhor, veio da Jamaica. Passei a maior parte da minha infância lá, com meus avós, e voltei para cá já mais velho, durante a adolescência. Por isso essa pequena vibração no meu sotaque, como você deve ter notado. Minha mãe não conseguiu me obrigar a sumir com esse chiado, mesmo me falando todos os dias para "falar corretamente" — e ele sorriu, para aliviar a tensão no ar. Olhei para o pastor Baptiste com a expectativa de vê-lo continuar a contar sua história de vida.

— E... — eu disse, impaciente.

— Bom, quando voltei para cá, na minha adolescência, as coisas foram um pouco complicadas, mas eu tive sorte suficiente para poder ser aprovado em uma universidade e conseguir um diploma. Eu trabalhei em todo tipo de serviço, de servente a empilhador de produtos em supermercados, a segurança de loja, a professor. E eu amava todo esse movimento, mas precisei seguir em frente. Me vi envolvido em algumas questões mal resolvidas, vamos chamar assim, e então escutei meu chamado...

— Que é...

— Que é o que eu estou fazendo agora.

— Ok, Michael, talvez agora você possa deixar o pastor terminar a refeição dele — Mami disse, com um tom de interrogação na voz e uma sombra de ameaça nos olhos.

— Michael sempre poderá me visitar na igreja se ele tiver interesse em saber um pouco mais sobre essa minha história — o pastor Baptiste disse, convidativo.

Depois que ele terminou de comer e de delicadamente secar a boca com o guardanapo antes enfiado em sua camisa, Mami retirou os pratos e voltou com um chá.

— Bom, nós temos um assunto que gostaríamos de conversar contigo, Michael. Existe uma razão para este jantar

— Mami disse após alguns instantes de silêncios e suspiros, a maioria vinda do pastor. — Nós queremos te contar uma novidade... — ela continuou, o tom de voz sendo modulado para um tom mais tranquilizador. — O pastor Baptiste e eu... Nós... — Mami gaguejava. — Nós temos a intenção de nos casarmos. E estamos aqui para falar isso para você, para termos a sua bênção.

Eles esticaram os braços por cima da mesa e se deram as mãos, um gesto quase ensaiado. Eu fiquei em estado de choque. Meu rosto permaneceu imóvel, congelado, paralisado, como se tivesse sido esculpido e eternizado em alabastro. Segui em completo silêncio.

— O CARA É completamente maluco — eu disse para Sandra, exasperado.

— O professor Barnes? — ela respondeu, incrédula.

— Sim, o professor Barnes.

— O professor Barnes, nascido no distrito de Barnes, que canta a *Cavalgada das Valquírias* enquanto espera o micro-ondas na sala dos professores? Que pedala uma daquelas bicicletas dobráveis e se veste com jaquetas de alta visibilidade? O mesmo homem que está sempre se oferecendo para preparar chá para todo mundo e que viaja sozinho no final de semana só pra dar uma conferida nos vales mais distantes da Inglaterra e que depois posta centenas de fotos no Instagram fazendo o sinalzinho de legal para a câmera?

— Sim. Meio estranho que você conheça ele tão bem, mas sim. Ele mesmo.

— Tá, mas o que aconteceu?

— Primeiro, você me abandonou. Tenho certeza de que você sabia que isso ia acontecer, mas chegaremos nesse assunto depois. Eu pensei que seria o primeiro a chegar, mas ele já estava lá, surgiu do meio do nada. Nem eu, nem ele sabíamos muito bem o que fazer, já que a gente imaginava que você estaria lá para conduzir o dia, considerando que, né, essa ideia brilhante de sairmos todos juntos tinha sido sua, então nós fomos procurar alguma comida e descobrimos esse pub que estava transmitindo o tal jogo de futebol. Resolvemos entrar. Pensei que não seria uma má ideia, pelo menos a gente não ia ser obrigado a ficar conversando qualquer coisa. Mas, assim, eu não assistia uma partida de futebol desde... Ah, deixa pra lá, você nem vai saber a referência.

— Por que eu não saberia?

— Você assiste futebol?

— Não.

— Ou seja...

— Mas isso não quer dizer que eu não conheça as referências.

— Ok. Vamos manter o foco na história. Pois então, nós dois estávamos lá sentados, assistindo a televisão. Eu nem sabia quais eram os times jogando, eu só estava torcendo para o mesmo time que todo mundo no pub estava torcendo, porque, óbvio, me pareceu a coisa mais certa a se fazer — até porque nós estávamos absolutamente cercados de torcedores, e eles estavam cantando as músicas e tudo mais. A questão é que o professor Barnes só reagia às chances perdidas ou às jogadas *do outro time*. Eu olhava para ele tipo "que porra você tá fazendo, cara?", mas ele continuava. Eu acho que ele não estava torcendo para nenhum dos dois times, porque ele toda hora falava alguma coisa tipo "ah, se eles estivessem transmitindo o campeonato do distrito de Barnes, aí vocês iam ver o que é futebol de verdade", ou qualquer coisa parecida. Existe mesmo um campeonato do distrito de Barnes?

— Como é que eu vou saber?

— Tá. Assim. Ali, naquela hora, os outros torcedores já começavam a olhar pra gente de uma maneira realmente desconfortável e agressiva. Claro, eu tentei ignorar, afundei minha cara no copo, mas eu podia sentir a encarada das pessoas bem na minha pele. E aí o outro time fez um gol.

Um a zero. Pronto, o professor Barnes fechou o punho e fez aquela comemoração tipo "toma, porra!", e o salão ficou em um silêncio mortal. O placar em um a zero e a tensão ficando cada vez pior, o ar ficando cada vez mais denso dentro do pub, de minuto em minuto. Comecei até a tossir, acho que pela ansiedade, o que só chamou ainda mais atenção pra cima da gente. Ei, espera aí, sério, você está dando risada de mim?

— Óbvio, eu consigo imaginar pra onde essa história está indo. E é uma coisa que você totalmente faria, só para piorar a situação.

— Não, eu ainda não tinha feito nada. Escute. De repente o professor Barnes decidiu que estava com sede de novo e se ofereceu para pegar mais umas bebidas pra gente. Eu disse que sim e resolvi ir com ele até o balcão. Mas, assim que ele se levantou, ele tropeçou nesse careca gigantesco, cheio de tatuagens, que estava carregando três copos, meio que um triângulo nas mãos. A bebida voou, virou inteira nas calças e nos sapatos dele, mas o cara continuou segurando os copos. "Toma cuidado, irmão", esse cara disse. E o professor Barnes respondeu com "ah, vai se foder!". Não, e me explica essa: por que é que o sotaque dele de repente mudou de um sotaque borbulhante do norte para um sotaque do leste de Londres? O cara só apoiou os copos em uma mesa e se posicionou na frente do professor Barnes, e é claro que o professor Barnes era menor do que ele, o professor Barnes ficava na altura do peito do careca. O cara disse "qual é seu problema, irmão?", e o professor Barnes respondeu com "eu não sou seu irmão, cara. Se você me chamar de 'irmão' mais uma vez, eu vou arrancar essas suas tatuagens pela testa".

Sandra me olhou com seu queixo a meio caminho do chão.

— Não, escuta, e aí...

Então ouvimos uma batida na porta, o que nos fez dar um pulo, bizarramente assustados. O professor Barnes apareceu, enfiando a cabeça pela porta. Era o sujeito de sempre: tímido, estranho, reservado, gaguejando um cumprimento, sem saber se era bem-vindo ou não.

— Não te encontrei na sua sala. Passei lá para dar um oi — disse o professor Barnes, acanhado.

— Te encontro lá mais tarde — eu respondi.

O professor Barnes assentiu, encolheu sua cabeça para fora da porta e saiu.

— Você viu aquilo? A loucura dentro dos olhos dele?

— Hahaha, sim, ele é louquinho de pedra. Termine a história então — Sandra disse, em um ataque de riso.

— Tenho mais o que fazer — eu disse, contrariado.

— Isso, isso, muito melhor você ficar aí inventando umas mentiras que façam sua vida chata parecer pelo menos um pouco mais emocionante.

CAPÍTULO 18

Escola Federal Grace Heart, Londres, 16h15

O trovejar de vários pés em conjunto e o som das bolas de couro quicando na quadra de madeira atravessavam a porta dupla do ginásio, onde eu tomava coragem para entrar. Me arrumei o mais rápido possível e, mesmo assim, ainda estava atrasado, me perguntando se Duwayne já estava lá ou não. Eu tinha vencido no um contra um. Depois de uma intensa semana de exercícios, correndo e descendo à praça para treinar uns arremessos, ele estava preparado para me superar, então o que eu fiz foi me aproveitar do meu peso e dos meus dez centímetros de vantagem: recuei e arremessei por cima dele, acionando minha força de homem adulto como qualquer pessoa com uma mínima noção de lógica faria. Só que foi um resultado apertado, decidido no último lance, com uma vitória minha de onze a dez — o que me levou a dizer que facilitei para o lado dele, porque eu não queria deixá-lo envergonhado, apesar de, no fundo, eu sentir que a pressão do jogo era muito maior sobre mim, algo talvez só comparável a ser chamado de "O Escolhido" antes mesmo do seu primeiro jogo profissional.

Quando finalmente entrei no ginásio, o professor Black gritou "LINHA DE FUNDO" e começou uma contagem regressiva que fez os estudantes correrem desabalados até o outro lado da quadra. Vi Duwayne lá atrás. Ele estava concentrado no movimento, mas perdeu o foco ao perceber que eu o observava. Ele sorriu para mim. Acenei de volta, sem conseguir me lembrar da última vez que tinha visto Duwayne feliz — se é que isso algum dia já tinha acontecido. Aí o professor Black gritou "AGORA", os alunos entraram em formação e eu apenas segui a turma, meio confuso.

O treino era bem puxado. No final, sentei no chão e engoli litros de água, o pulmão a todo vapor, tentando respirar a maior quantidade possível de oxigênio para não passar mal e desmaiar. Embora eu talvez tenha exagerado um pouco no esforço, atingi meu objetivo principal: não passar vergonha.

— Professor! Professor! A gente não imaginava que o senhor conseguia enterrar! Aquilo foi *genial*! — alguns dos alunos se aproximaram, todos muito empolgados.

Respondi com uma risada cheia de marra, fingindo descontração, naquele estilo de "nem me falem, meus amigos, nem me falem".

— Também não é para ficar arrogante, né, tio. Tudo bem que foi loucaço, mas foi só uma enterrada.

Nos últimos minutos do treino, eu me vi em uma corrida colossal, só eu e a cesta na minha frente. Corri tudo que meus pés aguentavam correr e joguei o corpo para cima em direção ao aro, os olhos fechados, a bola na mão. Sem nem entender direito o que estava acontecendo, consegui enterrar, e fiquei mais um pouco dependurado só pelo efeito da coisa. Todos os jogadores acabaram se amontoando em volta de mim, animados, numa gritaria de "sensacional, cara, sensacional", os meus parceiros de time batendo palmas e festejando.

Avistei Duwayne conversando com o professor Black e resolvi me juntar aos dois.

— É muito bom te ver aqui — disse o professor Black, que era muito mais alto do que eu e do que Duwayne. Ele se virou para mim. — Olha, eu acho que o Duwayne aqui tem bastante potencial. Quero que ele continue vindo nos treinos e entre no time. Temos um jogo importante nas próximas semanas, o jogo que pode levar a escola para a final do campeonato, e toda e qualquer ajuda vai ser muito útil pra gente.

Duwayne olhou para cima, radiante.

— Acho que ele está pronto pra isso — eu disse, dando tapinhas nas costas de Duwayne, enquanto ele assentia com a cabeça. Não parecia mais o mesmo aluno que se sentava lá no fundão da sala, escorrendo pela cadeira com uma mão dentro da calça. A mudança que eu tanto desejava começava a dar as caras.

— **TU AS RIEN DIT** — Mami disse, parada no meio da cozinha, me vendo caminhar ao seu redor. — Você não disse nada — ela repetiu.

— E daí? — eu respondi.

— Tu ne vas pas parler?

— Mas por que eu deveria falar alguma coisa, se eu não tenho nada para dizer?

— Rien du tout?

— Isso. Nada. Absolutamente nada — eu disse, ao mesmo tempo que terminava de lavar um prato na pia e catava os garfos e facas para secar e guardar. Não dava para não notar o barulho que eu fazia, o som estridente do metal dos talheres se chocando contra o metal da pia, e ainda a bateção de porta nos armários de madeira, mas não dei a mínima. Eu estava raivoso, apoplético, meu sangue fervia com uma fúria venenosa, ainda que, para falar a verdade, eu não conseguisse ficar com raiva de Mami. Ela era minha mãe, e, portanto, transferi meu ódio para todos os objetos da cozinha e, em especial, contra mim mesmo, deixando a cólera queimar dentro do meu corpo.

Mami tinha cozinhado loso, soso e pondu. Me servi um prato. Ela quase não cozinhava mais pondu naquela época, argumentando não ter tempo disponível para tanto esforço, mas ela sabia o quanto eu gostava e esse era seu jeito de tentar pacificar a situação. Eu, em troca, apenas fugi para a sala, me sentei para comer e liguei a televisão, aumentando o volume a ponto de inviabilizar qualquer tipo de diálogo.

"Hoje na CNN: um homem negro desarmado foi morto pela polícia durante uma blitz de rotina, de acordo com informações de várias testemunhas no local. O incidente ocorreu entre..." — e fiquei lá sentado, assistindo o noticiário, mastigando a comida com os dentes trincados e a mandíbula travada. Mami entrou na sala.

— Você pode abaixar o volume? Estou tentando conversar com você — ela disse, mas eu ignorei seu pedido e continuei comendo. Mami pegou o controle e colocou a televisão no mudo. Ficamos os dois assistindo em silêncio enquanto o jornal reprisava as imagens do corpo de um jovem negro, deitado sem vida no asfalto.

— Mas, por favor, me diga pelo menos por que você não vai falar nada a respeito.

— Sobre *o quê*? — eu respondi, em staccato, uma voz que não passava de uma sombra estilhaçada de si mesma.

— Sobre eu e... — ela hesitou — e o pastor. Já se passou uma semana e você não disse nem uma palavra sequer.

— Eu não tenho nada a dizer sobre você e aquele homem.

— Nós decidimos nos casar. Eu achei que você ficaria feliz.

— Feliz? — eu me ergui em um pulo, como se uma descarga elétrica tivesse atravessado meu corpo a partir dos pés. — Feliz por quem?

— Feliz por mim...

— E como é que eu posso ficar feliz por você? — eu disse, dando a volta na mesinha de café na direção do armário, onde ela estava parada, à espera. — E ele, você esqueceu? — eu perguntei, antes de agarrar a foto emoldurada de meu pai e enfiar o porta-retratos nas mãos de Mami. Sem resposta, observei enquanto ela segurava a foto com delicadeza entre as mãos, uma lágrima solitária escorrendo pelo seu rosto até cair no vidro que protegia a imagem, como uma gota de chuva caindo de uma nuvem de memórias infinitas.

Ela me olhou com os olhos vermelhos, uma expressão entre a raiva e a tristeza, um tremor nos lábios, e me deu um tapa no rosto, o mais forte que ela conseguiu. Tão forte que, na sequência, por sei lá quanto tempo, escutei o eco ressoar pelos meus ouvidos. Mas não me retraí, não chorei do mesmo jeito que eu chorava quando era uma criança. Eu era um homem. Então apenas olhei para ela com uma boa dose de raiva. Sentei de volta no sofá, petrificado diante da tevê, que exibia entrevistas com moradores locais a respeito dos tiros disparados pela polícia. Eu podia sentir a dor no rosto daquelas pessoas a cada vez que elas abriam a boca para falar.

— Então é isso, é disso que você quer me lembrar... — ela disse. — Você acha que eu esqueci?

— Sim, talvez você tenha esquecido. Ele era seu marido, meu pai.

— Já se passaram vinte anos, Michael... Vinte anos! E não tem um dia sequer em que eu não pense no seu pai. Não tem um dia sequer que eu não pense no quanto gostaria de ter falado para ele não voltar pra lá.

— Então por que você vai se casar com esse homem? Por quê?

— Michael, eu amava seu pai. Mas sua mãe está velha. Eu sou uma mulher velha e estou envelhecendo. Eu preciso de alguém que cuide de mim.

— Eu posso ficar aqui pra cuidar de você.

— Você tem sua própria vida.

"Ele não fez nada. Era meu pai ali. Ele estava desarmado. Ele era inocente. A polícia matou ele. Eles atiraram nele", uma menina dizia e desabava em lágrimas, ao vivo. Ela podia ser uma estudante da minha escola, e me perguntei como seria entrar no colégio no dia seguinte, como seria vê-la na minha sala de aula, como seria perguntar a ela coisas inúteis como "você fez seu dever de casa?" ou "você pode olhar para frente?". Eu me sentiria desumano, brutal, insensível. E é este o mundo.

— Michael, eu quero que você viva a sua vida, que você crie a sua própria família.

— Não posso aceitar você junto com esse homem.

— Ele não é um homem qualquer, ele é um pastor.

— Eu não confio nele. Eu não quero ele na sua vida.

— Mas é o que eu quero. Nós já nos decidimos. Nós até já anunciamos na igreja, todo mundo já sabe.

— Então você precisa escolher: ou ele ou eu. Se você se casar com esse homem, você não vai ter um filho, e eu não vou ter uma mãe.

"Não é nenhuma novidade. São muitas famílias sendo destruídas só por causa da...", alguém dizia na tevê. Peguei o controle remoto, desliguei a televisão e esmaguei o chão ao caminhar para fora da sala.

SAÍ TÃO RÁPIDO de casa que me esqueci de pegar o casaco. Não demorou e as correntes de ar estapeavam meu pescoço do mesmo jeito que um troglodita adolescente faria. Levantei o capuz do meu moletom e ajustei para que ficasse bem justo ao redor da minha cabeça. O vento colonizava meus ossos, o que me fez querer voltar para casa, mas, se orgulho é o que endurece a pele, então eu estava usando camadas suficientes para me proteger até mesmo de uma nevasca — o problema é que por dentro eu me via debilitado, à beira da tristeza. Para piorar, as ruas estavam pintadas pela promessa de melancolia que vinha do agonizante brilho laranja dos postes. Decidi, então, andar pelo canal, pelo caminho que eu quase sempre utilizava para correr, e me deparei com uma trilha um pouco mais escura do que o normal.

Não dá para acreditar que Mami quer se casar, e ainda por cima com o pastor. Eu nunca confiei nele. Como é que ela pode? E meu pai? Como ela pode se esquecer dele e simplesmente seguir em frente?

Meu telefone vibrou dentro do bolso. Três chamadas perdidas de Mami e um par de mensagens.

Qual é a programação por aí? Me liga urgente, cara — Jalil.
Ei, tudo bem contigo? — Sandra.

Sandra conseguia, de um jeito um tanto quanto peculiar, enviar mensagens na hora certa, uma espécie de ligação direta com qualquer coisa que estivesse acontecendo na minha vida. Mesmo sem ter a intenção, ela sempre me perguntava como eu estava me sentindo exatamente no momento em que eu mais precisava que alguém me fizesse essa pergunta. "Estou bem, e você?", eu respondi. "Sim, só uns problemas com o namorado. Vamos conversar?", ela respondeu depressa. Deixei a mensagem de Jalil para mais tarde e desliguei o telefone. O frio já não era mais suportável. Aceitei que não adiantava lutar, que o melhor era voltar para casa. A ponte surgiu logo depois, e eu podia enxergar os fantasmas rondando o ambiente, como naquele outro dia. Vi Duwayne ali no meio também. Seu nariz escapando pela jaqueta felpuda, a borda do capuz coberta de penas, suas mãos dentro da calça de moletom. Me senti traído. A minha vontade era correr até lá e arrastar Duwayne daquela ponte, me advogando a posição de pai. Mas esse era um assunto sobre o qual nós ainda não tínhamos conversado. Portanto, sem saber se ele já tinha me visto ou não, resolvi não entrar naquela discussão; apenas peguei outro caminho para casa.

NÓS ESTÁVAMOS ANDANDO pela Edgware Road — eu, Jalil e o pai de Jalil —, já depois do hotel Hilton, tendo passado pela farmácia e seguindo pelos vários restaurantes onde os clientes, em sua maioria jovens homens do Oriente Médio, todos sentados do lado de fora, fumavam narguilé e expeliam a fumaça em círculos pelo ar. Um pouco antes, na saída do trabalho, eu tinha ido à casa de Jalil para conhecer seu pai, a quem eu inicialmente chamei de "Senhor". Mas as palavras logo me abandonaram, ele me respondeu "Por favor, me chame de Baba. Você também é meu filho, já ouvi falar muito de você", me deu um beijo na bochecha e me abraçou, de um jeito que seu calor me envolveu e acabou preenchendo, pelo menos por um segundo, um vazio persistente — um momento que me fez pensar como de fato algumas coisas surgem na sua vida de uma maneira que você nem sabe que precisa. O sotaque dele era forte. Eu sentei e escutei as mesmas histórias que Jalil com certeza já tinha escutado um milhão de vezes antes. Baba, no entanto, acabou ficando inquieto e queria comer, e então nós saímos de casa, indo parar naquele canto da cidade.

— Ele é sempre assim? — perguntei a Jalil. Ele me olhou, com os lábios cerrados, e fez um aceno de que, sim, era sempre assim. Jalil sabia muito bem do que eu estava falando: do modo como Baba tomou vários passos de frente enquanto procurávamos por um lugar legal para comer.

— Mesmo que ele não saiba para onde vai, ele sempre anda na frente de todo mundo só pra chegar primeiro — Jalil disse, e eu ri, já que ele não era nada diferente: se estávamos em um grupo, Jalil sempre, por algum motivo qualquer, tomava a dianteira e liderava o pelotão.

— E onde nós vamos comer? — eu perguntei.

— Não sei. Vamos achar o restaurante mais vazio possível. É a melhor chance que a gente tem para ele não acabar criando um escândalo aleatório.

— Faz sentido. Você sabe qual é o restaurante da família de Aminah?

— Não, só sei que é nesta rua. Ela se recusou a me dizer qual era.

— Caramba, imagina se o restaurante que a gente vai é justamente o restaurante da família dela — eu disse, rindo da possibilidade.

Jalil, no entanto, me olhou com uma expressão severa, assustado e abatido.

— Não tem graça nenhuma, cara. E se for isso que acontecer?

— Não vai acontecer, nem se preocupe. As chances são nulas.

DEPOIS DE ANDARMOS até o final da Edgware Road, e de entrarmos e sairmos de vários lugares, encontramos um restaurante vazio e mal decorado: raras obras de arte árabe contemporânea e um suave murmúrio de cítaras para dar aquela sensação de "autenticidade" ao lugar.

— Claramente feito para turistas — Jalil disse, tentando se acalmar. — Sem falar que não tem nada do estilo de Aminah, as cores aqui são sóbrias demais.

Dei uma olhada rápida em Jalil e foi impossível não perceber o quanto a influência de Aminah já tinha produzido efeito nele, especialmente dentro de casa; uma pitada de flores, um porta-retratos, velas aromáticas. O mesmo movimento aconteceu no seu guarda-roupas, cada vez mais claro e brilhante; ele vestia, para o nosso passeio, um suéter laranja-fogo por cima de uma camisa azul clara, em contraste com seus olhos, calças cáqui coloridas e botas marrons.

Pedimos comida suficiente para alimentar o restaurante inteiro, muito mais do que o suficiente para nós três. Baba devorou a comida, dobrando o pão indiano com as mãos e atacando como um predador, bastante engenhoso, enquanto Jalil se esforçava com toda a eloquência de sua falsa elegância, comendo com garfo e faca. No início, tentei me virar com os talheres, mas acabei mudando de ideia e imitei Baba, levando a comida à boca com as mãos mesmo.

Toda vez que Baba chamava Jalil de "meu filho", um vocativo que surgia no começo de cada frase como uma fanfarra, eu imaginava que ele também estava falando comigo. Jalil apenas respondia "sim, Baba", ainda mais depois das várias e várias frases sobre tal e tal membro da família, ou sobre alguma coisa acontecendo em algum lugar, com seu tom de voz cada vez mais monótono, cada vez mais submisso, até se tornar um sussurro entediado.

— Enfim, o que nós estamos esperando? — Baba perguntou, colocando a comida de lado e olhando para Jalil, as mãos se unindo à frente do corpo, os dedos entrelaçados.

— Esperando para quê, Baba? — Jalil perguntou, e sua confusão era genuína.

— Para o casamento! Ah, não minta para mim — Baba zombou, o que fez Jalil resmungar. Eu permaneci como um espectador no meio da cena. — Você precisa se casar. Seu tempo já acabou. Espero te ver casado até o final deste ano. Para começar uma família.

— Baba, não é o melhor momento...

— Não aceito nenhuma desculpa. Na sua idade, eu e sua mãe já tínhamos começado a nossa família. Você já estava em fase de crescimento.

— Mas o que serviu para vocês pode não servir para mim.

— Eu já disse que não aceito desculpas.

Jalil ficou em silêncio e abaixou a cabeça.

— Eu já te disse que você precisa casar... Porque eu quero dar a casa para você, quero colocar tudo no seu nome. Para você, meu filho. Você é o único motivo que me faz voltar aqui. Eu não quero voltar a este país, a este lugar. Não é a minha casa.

CAPÍTULO 19

Centro de Chicago, Illinois, 18h39

— Ô, çaqui é total minha parada, cara — Banga diz, animadíssimo, jogando o volume do som lá no alto e fazendo estourar nas caixas um trap africano com uma linha de baixo tão potente que as portas do carro começam a vibrar e os dois dados presos no espelho retrovisor são jogados de um lado para o outro. Michael entrou naquele táxi e, quando Banga perguntou "pra onde, cara?", ele só respondeu que era para seguir em frente, o que fez o taxista perceber na mesma hora que Michael era um turista, mas não um turista de feriados, e sim um turista da vida, um sujeito à procura de uma coisa indefinível. — Tudo certo, bichão. Chicápolis, essa é minha cidade. Vô te mostrar os lugares todos — Banga continua, com seu forte sotaque, que mistura a dureza de dois lugares em chamas, o fogo de suas raízes africanas em um casamento com o calor da periferia de Paris onde ele cresceu.

Banga fala sem parar. Bastante confortável, ele descarrega informações em cima de Michael, que escuta, consciencioso, prestando atenção até no detalhe mais mundano, ouvindo as histórias que vão desde a mulher com quem Banga quase se casou para poder conseguir seu visto permanente até o que ele comeu no café da manhã. Eles estão agora no centro de Chicago, e Banga parece cada vez mais ansioso para recapitular todas as atrações turísticas pelas quais eles já passaram: o ginásio do Chicago Bulls, a estátua de Michael Jordan, o Museu DuSable de História Afro-Americana, o Museu de Arte Contemporânea e por aí vai.

Chicago é a cidade que se entrega para você, é o amigo que liga só para saber como você está, é o estranho que tem tempo de escutar seus problemas durante uma viagem de metrô, é o sorriso gentil no rosto de alguém com quem você cruza na rua, é o "vamos lá" para uma ideia ou um projeto, ou os braços abertos de um abraço, é todo o calor que se sente apesar do frio amargo do lago, um frio que pode até congelar uma lágrima na sua bochecha, só para depois te lembrar que as estações mudam e a glória sempre vem com o sol.

— Como cê tá, cara? Cê parece meio estressado. Muito calado. Não gosto quando a pessoa é muito calada. Agora você fala e eu escuto — Banga diz.

Michael apenas olha pelo retrovisor para o rosto do motorista, que devolve o olhar junto com um sorriso largo e volta a olhar para frente. *Sim, estressado. Está demorando demais, esta caminhada em direção à morte; ela é lenta e árdua, talvez mais dolorosa do que o próprio fim. Nós vivemos como se fôssemos livres porque não sabemos o dia em que a morte vai nos encontrar. Mas eu fiz um pacto, decidi que não vou esperar o último dia chegar até mim, o último dia é que vai me esperar chegar. E todos os dias até lá são dias angustiantes, uma obsessão mental. É realmente estressante. É mais fácil matar outra pessoa do que cometer suicídio, porque o instinto mais poderoso na natureza é o instinto de sobrevivência, de permanecer vivo. Quem consegue alcançar esse objetivo é dono de uma grande força, e não de uma fraqueza.*

— Vamos arranjar uma comida pra gente — Banga diz, interrompendo o devaneio de Michael no banco de trás.

Está tarde. Eles param em um restaurante caribenho de

lanches rápidos e pedem curry de cabra e patties, que comem dentro do carro. O taxímetro já ultrapassou as centenas de dólares, mas Michael não dá a mínima.

— Deixa ligado — ele responde a Banga quando o motorista pergunta sobre o preço da corrida.

Ali, Michael sente pontadas de nostalgia no seu coração, como se estivesse pensando em um amor do passado, relembrando os bons e os maus momentos. O lugar o faz recordar dos restaurantes caribenhos de Dalston ou na avenida principal de Tottenham e pensar em como existe algo de cativante na maneira como os atendentes atrás do balcão se recusam a sorrir para você, como eles sempre falam "nã tem çacoisa, nã" e como você continua voltando porque você ama aquele jeitinho particular de ser. E, sim, você pode dizer que aquilo é amor, mas é um determinado tipo de amor, conhecido somente por poucos, um amor que é exclusivo.

Ele se sente vulnerável e sozinho. Ficar próximo daqueles que o conhecem bem é um pouco demais, mas estar com um estranho também não é bom o suficiente. Banga, no fim, segue para a zona sul e estaciona na garagem subterrânea do apartamento onde Michael está dormindo, na rua 82. Está nevando de novo, uma neve misturada com chuva, e os buracos na pista se tornam um lamaçal, um lago. As ruas estão desertas. A loja de ferragens, a barbearia, o restaurante inclassificável que compartilha o mesmo prédio com o estúdio de artes marciais, todo o comércio já está fechado. Michael coloca a mão no seu bolso de trás, tira a carteira e entrega para Banga uma pequena pilha de notas sem nem calcular o valor. O taxista aceita o dinheiro, mas com certa relutância. Ele olha para Michael com um olhar de quem possui uma recompensa generosa para ser dada a seu interlocutor.

— Ô, escuta, vô te pegar aqui amanhã. Nove da noite, quando eu terminar meu turno. Me encontra aqui, tá certo?

— Beleza — Michael responde, e eles trocam um aperto de mão.

A escuridão do apartamento é quebrada pela luz intensa vinda do poste alto no meio da rua. Michael está ansioso. Insone, ele se senta no sofá da sala, olhando pela janela para o nada do lado de fora, respirando, respirando, respirando.

O ÔNIBUS LEVA uma eternidade para chegar, não vai dar para pegar o trem, então Michael decide caminhar. Ele passa por casas enormes e vários prédios, cada imóvel com sua própria cota de pinturas descascadas e janelas quebradas, deixando a luz penetrar em um mundo fraturado; passa pela barbearia e pela loja de conveniência na esquina, onde um segurança armado protege a loja, especialmente tarde da noite, como Michael aprendeu voltando para casa às duas da manhã, quando viu a arma na cintura do segurança, aquele grandioso símbolo de honra; passa pelos murais que retratam os heróis da comunidade, alguns nomes que ele conhece, outros de quem nunca ouviu falar, todos com rostos semelhantes ao seu; passa, por fim, pela igreja e pelo restaurante caribenho, onde ele dá uma parada para comprar umas bananas-da-terra antes de seguir caminho em direção à ponte, até chegar na estação de Cottage Grove.

À direita da estação, Michael vê um posto de gasolina com um caixa eletrônico. Ele anda até a máquina e confere seu extrato: 3.211$. É a primeira vez que percebe o quão rápido seu dinheiro está indo embora, o quanto o inevitável está se aproximando cada vez mais. Sua reação é xingar a si mesmo e esmagar seu punho no teclado do caixa. Exausto, ele expira o ar dos pulmões e sente mais um pequeno pedaço de vida abandonar seu corpo. Michael saca duzentos dólares, afinal. Logo em seguida, um homem se aproxima. É um sujeito de aparência soturna: alto, escuro, roupas folgadas, barba por fazer, um reflexo de Michael através dos olhos de outra pessoa.

— Ô irmão — o homem diz, com um tom de voz mais agudo do que o esperado. — Você é de onde? — e o homem faz uma pausa. — Você é africano? — ele enfim pergunta. Michael olha para o homem, inseguro sobre qual seria a melhor resposta; *conscientes do abalo provocado pelas nossas histórias, dois galhos da mesma árvore, decrépitos, folhas sopradas por dois mil anos de ventos violentos, sementes espalhadas por um solo estéril.* E aí Michael responde:

— Isso — ele diz, com toda a normalidade que sua voz consegue reunir. O homem dá um passo à frente, eles se dão um aperto de mãos e se abraçam, é a reunião de uma irmandade perdida no tempo.

— Eu sabia — o homem diz —, sabia que você tinha alguma coisa de diferente.

Diferente. Michael se pergunta que diferença é essa, já que tudo que o homem vê nele como diferente Michael enxerga no homem como uma semelhança. Os dois então conversam, falam sobre suas vidas, repassam um para o outro tudo o que aconteceu desde o nascimento, falam sobre família, sobre casa, sobre ter e não ter um país e sobre como "eles não nos ensinam nada sobre a nossa história, cara".

Michael de repente nota a tatuagem no pescoço do homem: uma pirâmide, uma cruz, a África. A cabeça do homem está envolta em um durag, coroada com um boné, e por um momento Michael se transforma naquele indivíduo, olhando para si mesmo, enxergando através dos olhos do outro o rosto que ele começava a esquecer. Ele sente o que o homem está sentindo, sente que também dentro daquele outro corpo existe uma batalha pela vida, uma luta pela vontade de viver.

BANGA ESTACIONA seu táxi verde e amarelo bastante empoeirado como se estivesse dirigindo um carro esportivo, literalmente cantando pneus. Ele está com um sorriso enorme no rosto.

— Dá para perceber que você gosta de livro, né, toda aquela merda inteligente lá — Banga diz, dando risada, guiando o carro pelas ruas. — Então eu pensei da gente ir nesse sarau.

— Oi? — Michael responde com genuína surpresa, perguntando a si mesmo o porquê de ter subestimado Banga, o porquê de não imaginar o interesse daquele taxista em programas culturais e criativos.

— Exato! Cara, nesse sarau vão lá esses escritores e poetas e eles chegam na frente e leem o trabalho deles e contam várias histórias. É nesse lugar que é uma mistura de café e de bar, aí dá para a gente comer alguma coisa também... Eu pago — Banga olha para a pista, depois para Michael e no fim dá um sorriso.

Eles entram no café-bar, atravessam o bar e entram no café, silenciosamente escondido nos fundos do imóvel. Pedem comida e bebida e encontram uma mesa para sentar. O ambiente está quieto e quente, ao contrário do frio que faz do lado de fora. A sala começa a encher de gente e o sarau começa, comandado por um apresentador, um homem corpulento chamado Pete, enquanto Banga continua comentando sobre os vários passageiros do dia. Michael está balançando a cabeça e ouvindo, desta vez fingindo atenção. Logo em seguida, o apresentador mostra o caminho das pedras para que cada poeta conduza a audiência por aquela jornada: cada poema, uma história; cada história, um universo.

Pete apresenta o próximo poeta, que surge das cadeiras no meio do público e fica em pé na frente do microfone, o chapéu bem ajustado no crânio, a barba bastante desgrenhada; um homem de mundos, viagens, palavras. Banga continua a falar, mas, de repente, ele também se sente coagido a escutar. Os clientes do café encaram o poeta, e o poeta parece trazer uma certa calmaria para o espaço.

— Escrevi isso que vou compartilhar agora quando estava passando por um dos momentos mais complicados da minha vida, quando meus dias eram todos atulhados por uma monotonia amarga, quando eu me sentia preso em uma escuridão onipresente e a minha vontade era não acordar para poder ver o dia seguinte — ele diz, e o público discretamente se agita, todo mundo se acomodando no seu próprio sentimento, aquele movimento de se acomodar em um silêncio de bocas fechadas e corações abertos. E aí ele vai.

"Na maior parte do tempo, eu desperdiço meus dias tentando descobrir o significado da existência, e eu me sinto preso. Preso entre se importar demais e não se importar nem um pouco, entre segurar com esforço excessivo e deixar ir sem opor qualquer tipo de resistência, meus pés tropeçando debaixo de mim, lutando para me acompanhar por esse caminho estreito. Eu olho ao redor e tudo o que eu vejo são rostos sorridentes, a grama do vizinho muito mais verde do que a minha, olhos arregalados, risadas exuberantes e corações emocionados, música nas alturas e aquela euforia ansiosa provocada pelo encontro acidental de dois amantes no começo de uma relação. Eu olho para mim, e a minha decadência é vertiginosa.

Talvez seja somente uma fachada. Uma máscara superficial que esconde o fato de que nós todos estamos muito machucados por dentro, de que nenhuma quantidade de orgulho é suficiente para secar o mar de lágrimas, os anos de dor, a eternidade que passamos esperando o céu ficar mais luminoso, enquanto o medo se assenta na nossa vida como camadas de poeira. E quer saber? Tem dias em que eu me sinto apenas cansado. Tem dias em que eu mal tenho força para carregar o fardo do meu coração extenuado, quanto mais o peso do mundo nos meus ombros. Tem dias em que preciso do meu próprio espaço, sem internet, sem telefone, porque tem dias em que minha única vontade é fugir do mundo. Mas então, em certas ocasiões, escuto uma voz me chamar, no fundo da minha consciência, cada sílaba pronunciada como uma pequena gota de luz, e essa voz me diz: 'por que você quer correr, se você tem asas para voar? Voe'. E, portanto, falo para aquele indivíduo que possui asas nos pés, para aquela figura que insiste em correr: por favor, não corra. Voe.

Voe como a caneta do poeta através da página. Voe como se fosse o seu aniversário de doze anos e você tivesse acabado de desejar o seu maior desejo antes de soprar uma vela cuja chama é do tamanho do sol, bem no momento em que a escuridão do universo toma conta da sala da sua casa. Voe como aquele ciclista urbano que, tarde da noite, sob a luz do luar, dispara por uma ladeira com fones nos ouvidos e braços bem abertos no ar. Voe como um corredor no meio do parque, correndo contra o pôr do sol, sem arrependimentos, sentindo que cada erro já cometido na sua vida está sendo expurgado do seu sistema. Voe como se sua mais nova paixão resolvesse se declarar para você, uma pessoa absolutamente sedutora, caminhando na sua direção com um buquê de rosas e chocolates na mão para te convidar para um encontro, sem que você gaste um centavo sequer nesse tal jantar. Voe como se você nunca tivesse deixado de acreditar no amor, como se você não fosse a única pessoa no mundo, porque existiu um tempo em que tudo o que você imaginava se tornava realidade. Escute: a mente é o instrumento mais poderoso que você jamais vai possuir, só perde para o seu coração, e essa é uma verdade que você reconhece através do sentimento, percebendo também o quanto ambos, mente e coração, são feitos do mesmo material.

Voe como se você não estivesse preocupado com os dias, os meses e os anos que te fazem envelhecer, porque cada dia que você vive é o dia mais jovem da sua existência. Sim, nós vivemos para sempre, em cada sonho, em cada sono, nós guardamos um pedaço nosso para podermos doar para o outro. Portanto, falo para aquele indivíduo que possui asas nos pés, para aquela figura que insiste em correr: por favor, não corra. Voe".

3.011$

MICHAEL SE LEVANTA e foge para o banheiro enquanto a plateia aplaude o poeta. Ele corre na direção da pia, abre a torneira de água gelada e se dá um banho. Ele encara o espelho, encara aquele rosto que olha para ele, o rosto que Michael está esquecendo, o rosto que ele quer que seja esquecido. É quando seus olhos se enchem de lágrimas e as lágrimas começam a escorrer pela pele, primeiro um pequeno filete, depois um rio caudaloso. *Estou com medo. Posso sentir o quanto estou próximo, posso sentir a espada pendurada em cima da minha cabeça, prestes a cair, a qualquer momento, e eu estou com medo. Mas do que eu estou com medo? Não existe outro caminho. A decisão foi tomada, eu mesmo tomei essa decisão. E mantenho meu compromisso. Mas o que é este sentimento? Eu me sinto mais aliviado, leve, livre. Este é, com certeza, o melhor dos caminhos, porque, ao contrário de todo o resto da minha vida, este é o caminho que eu mesmo escolhi.*

Alguém abre a porta e entra. Michael joga mais água no rosto para camuflar suas lágrimas. Ele volta para seu lugar ao lado de Banga, que não fala nada e que talvez nem tenha notado a ausência momentânea. Michael olha ao redor à procura do poeta, mas ele já foi embora. O poeta foi embora, mas suas palavras permanecem.

— Eu me sinto leve, cara, um peso foi arrancado de mim — Michael diz a Banga quando eles voltam para a zona sul. As ruas estão calmas e, filtradas pelo olhar de Michael, parecem recobertas por uma camada de paz, como a luz da lua que recai pelo céu escuro.

— Como assim, cara? — Banga responde, o sorriso aberto.

— Não sei. É só um sentimento. Sabe aquela sensação?

— Com certeza, cara — Banga dá risada e concorda, relaxando no banco, a mão direita no volante, olhando da estrada para Michael e de Michael de volta para a estrada. — Porra, como sei.

Eles já estão perto do apartamento, passando pela loja com o segurança armado. Ao chegar na frente do prédio, quando o normal seria reduzir a velocidade e manobrar para estacionar o carro, Banga mantém o pé no acelerador e segue em frente.

— Vamos dar uma volta — ele diz, antes de qualquer objeção. — Quero te levar em algum lugar legal, a noite é uma criança — é uma da manhã agora. Não é exatamente cedo, mas Michael concorda com a proposta.

— Beleza, aonde a gente vai?

— Algum lugar tranquilo. Um bar. Tomar mais umas e voltar pra casa — Banga responde.

Michael não diz nada, já que, no final das contas, o sarau, onde sua alma se viu renovada, terminou sendo uma ótima ideia. Talvez o melhor mesmo seja apenas continuar, pelo resto da noite, naquele ritmo.

Eles então dirigem cada vez mais em direção ao sul da cidade, eventualmente chegando no subúrbio. O silêncio misterioso e arborizado da região faz com que toda e qualquer manifestação sonora pareça um movimento suspeito. Eles passam por uma casa de três quartos com cerca branca, gramadinho e quintal, e na sequência passam por outra casa de três quartos com cerca branca, gramadinho e quintal, e depois mais outra e mais outra e mais outra até Banga diminuir e encostar o carro em um terreno de aparência industrial, com vários caminhões e carretas estacionados à distância, toda a área forrada de armazéns, lixeiras enormes e caixas amontoadas. Ele desliga o táxi e os dois saem.

Lugar estranho para um bar, mas são os Estados Unidos, qualquer coisa pode acontecer aqui. A lua está cheia e brilhante no céu. Michael e Banga vão para a entrada de um armazém e dão a volta em torno das divisórias de metal que conduzem até uma porta quase invisível, no formato de venezianas de ferro improvisadas, sob a proteção de dois seguranças cuja aparência dá a entender que eles desperdiçaram o melhor da vida deles na escuridão de uma solitária.

Banga vai direto falar com um dos seguranças; o outro, sem prestar nenhuma atenção na cena, conversa no microfone acoplado ao seu fone de ouvido. O segurança revista Banga dos pés à cabeça, na frente e atrás, e libera sua passagem. Michael é o próximo. Ele vai atrás de Banga. Seu coração bate forte de ansiedade. Quando eles entram, encontram uma recepção, onde o taxista diz uma palavra e entrega um dinheiro para a atendente.

Os dois logo percorrem um corredor até chegarem na porta seguinte, atrás da qual é impossível não escutar a música estridente. Banga abre a porta e eles entram. Michael olha para o bar e vê uma dúzia de mulheres de biquínis, de todos os tons de pele, dançando e girando, os corpos firmes, torneados, sexuais, aquele tipo de corpo que você só encontra em clipes e em certos gêneros audiovisuais. A atendente serve os drinques, eles tomam e devolvem para ela apenas os copos. Em pouco tempo, os dois encontram um lugar discreto de onde podem observar o salão sem serem incomodados. Eles estão perto o suficiente do centro, por onde passam algumas mulheres, também de biquínis, servindo bebidas. Michael olha para o palco, e o palco tem uma barra de ferro fixada do teto até o chão, que brilha como se fosse feita de um metal mágico. Um clube de strip! A porra de um clube de strip!

CAPÍTULO 20

Zona sul de Chicago, Illinois, 1h15

Michael tenta não parecer deslocado, mas não consegue. O desconforto dá a ele a sensação de uma colônia de insetos rastejando por toda sua pele. Na sua cabeça, os clubes de strip em Londres sempre pareceram ser um reservatório de empresários perversos, medíocres e de meia-idade tentando escapar de suas vidas narcoticamente tediosas, de seus empregos monótonos, de suas esposas monótonas, de suas crianças monótonas, só que aqui, não, é um público bastante diferente. Todos os homens neste lugar agem e se vestem como Michael: são jovens, modernos, dinâmicos.

O clube aos poucos começa a encher. Alguns dos clientes são homens que exibem vários maços de dinheiro, mas também surgem grupos de mulheres curtindo uma noite com as amigas e até mesmo um bom número de casais. Banga retorna com mais bebida. O taxista olha para Michael com um sorriso já familiar e confessa:

— Eu sabia que você não ia vir se eu falasse pra onde a gente ia.

No canto do clube, um caixa eletrônico. Banga vai até lá para sacar dinheiro. Logo em seguida, uma mulher se aproxima de Michael, oferecendo uma dança. Ela gira o corpo e, devagar, esfrega as costas no tronco dele, que sente a pele suave da mulher em contato com seu corpo retesado e se assusta, dando um passo para trás. Banga assiste a cena à distância e cai na risada, erguendo seu copo até a altura do rosto para cobrir sua boca. Quando volta, ele sussurra uma explicação no ouvido da dançarina, que parece entender o que está acontecendo, e entrega alguma coisa nas mãos dela. Michael, então, segue para o caixa eletrônico, saca um dinheiro e guarda as notas na carteira.

A luxúria agora já salta dos olhos de Michael enquanto ele transforma aqueles corpos em um parque de diversões, apesar de, dentro de si, ainda permanecer distante. No palco, holofotes começam a piscar, e as pessoas se aglomeram ao redor dele. O mestre de cerimônias, um homem de meia-idade que mal chega a ter um metro e cinquenta de altura, usando óculos escuros e um terno de cinco botões que estica seu tronco e encolhe suas pernas, faz o possível para animar a multidão. Várias mulheres sobem ao palco e dançam em volta da barra de ferro, exibindo suas habilidades atléticas dignas de uma olimpíada. Uma dançarina em específico, de biquíni laranja, gira no alto da barra, mantendo o corpo completamente esticado como um super-herói em pleno voo. De repente, ela escorrega por toda a extensão da barra e arranca suspiros do público, impressionado por sua precisão de interromper a queda a poucos centímetros do chão. Michael assiste a tudo aquilo bastante maravilhado com a energia dos corpos, é um movimento quase que artístico.

Banga, cada vez mais perto do palco, não para de berrar e aplaudir. Ele tira um maço de dinheiro do bolso e espalha as notas pelo tablado na direção das mulheres. Todas as pessoas em volta dele estão fazendo a mesma coisa, e Michael se dá conta de como não é somente pela dança, é muito mais uma exibição excessivamente dedicada de riqueza, o que faz com que ele também comece a jogar dinheiro no palco. Até que as mulheres encerram o show; a noite precisa seguir em frente. Logo depois, Banga pede para Michael acompanhá-lo e o puxa para longe dali.

— Para onde a gente vai? — Michael pergunta, ansioso.

— Relaxe, a gente só vai pra uma festinha privada — Banga responde, ainda mais animado do que antes.

Eles passam por uma série de portas que Michael sequer tinha notado na entrada, passagens secretas para um novo mundo. Os dois entram em uma sala e a música e a fumaça ocupam o ambiente como uma neblina, uma batida alta soa nas caixas de som, é tudo muito intenso. Essa sala é escura, tomada por uma luz vermelha que cobre Michael e Banga da cabeça aos pés. Alguns homens estão lá dentro também, todos muito altos, taciturnos, bem-vestidos e bastante indiferentes.

— Ô, esse aqui é meu menino Michael — Banga o apresenta a um dos caras, que responde com um gesto de cabeça. Os dois se cumprimentam com um aperto de mão que só os dois conhecem, aquela intimidade que prova o quanto o taxista é também um habitante local. Em seguida, Michael e Banga se sentam em um sofá comprido, de couro, separados por uma mesa, e, com um balde de gelo, champanhe e algumas taças à frente. O taxista estoura a garrafa e é cercado por várias mulheres. Ele serve as taças. Do outro lado do sofá de couro, em uma posição paralela a Michael, uma mulher bem jovem está sentada. O olhar dela o atravessa, atravessa até mesmo a parede da sala, ela de fato encara seu próprio universo. Mas, do nada, ela retorna para o mundo real e faz contato visual com ele. Seus olhos são violentos, seu rosto é puro fogo e fúria, devasta o que estiver pela frente na sua estrada de poeira. É um rosto que faz Michael imaginar a tempestade dentro dela, o temporal impetuoso que castiga o deserto, invade a cidade abandonada que é sua alma e nunca perde força.

A mulher se levanta, sob um facho de luz, e estica o corpo, o cabelo esvoaçante. O vestido de seda que ela usa pende dos seus ombros e mal cobre seus mamilos. Somente os místicos podem entender o que a luz faz com sua pele; ela é a sombra projetada pela pintura das estrelas, o preto enquanto essência e a escuridão enquanto essência manifesta. Seus olhos são duas nuvens cósmicas em rota de colisão, sua boca é capaz de engolir constelações inteiras.

Michael apenas a observa no momento em que ela se levanta e se junta a uma outra mulher para dançar. Ela puxa a colega para mais perto, cada vez mais perto e ainda mais perto até que as duas estão dançando quadril com quadril, umbigo com umbigo, peito com peito. Ela beija a mulher, um beijo delicado nos lábios, o suficiente para que as bocas se toquem, mas não mais do que isso; um beijo que só deixa espaço para que a meia-luz possa se esgueirar por entre as duas. É quando ela finalmente olha para Michael: seu rosto é um grito de guerra, é uma jornada entre a vida e a morte.

Michael olha para o lado e Banga não está mais lá. Ele finge manter a tranquilidade. Dentro dele, no entanto, o coração dispara em pânico. Outra mulher se aproxima, sorrindo, suas mãos se esticando para alcançar as dele.

— Você quer dançar? — a mulher com uma peruca loira pergunta. *Não*, Michael pensa, meio nervoso. Mas ele se levanta mesmo assim e vai atrás dela. A mulher fica na sua frente e então, aos poucos, esfrega seu corpo perfeitamente desenhado no corpo dele. Michael é cercado por uma, duas, três mulheres — ele perde a conta. Uma delas pega sua mão e diz:

— Se você se interessar por alguém, é só me avisar, tá?

Enfraquecido pelo desejo, derrotado pela solidão, ele se vê obrigado a ceder, e a mulher logo o conduz junto com outras mulheres para um quarto escuro. Não dá mais para escutar a música neste novo cômodo, mas a batida dos graves ainda faz vibrar a cama em que ele se senta. As mulheres dançam na sua frente, de maneira sensual. *São essas as minhas fantasias mais adolescentes, histórias que eu correria para contar para os caras, mas aqui estou, me sentindo confuso, me sentindo estilhaçado e sozinho. Eu não quero estar aqui nem quero ir embora.*

Ela também está no quarto, com seu rosto de guerreira, olhando para ele como se olhasse através do corpo de Michael.

— Então, meu bem, o que é que você quer fazer com a gente, hein? — a mulher com a peruca loira pergunta, pressionando seus peitos contra o peito dele, fazendo com que Michael sinta a pele dela através da camisa. Ele se deita e sussurra. Ela olha para seu cliente e, antes de se afastar, devolve um sorriso malicioso, um sorriso de aprovação. Michael então enfia a mão no seu próprio bolso e, sem nem se importar com o valor, entrega para ela uma quantia de dinheiro. Com isso, a mulher sinaliza que ela e as outras mulheres precisam sair da sala, apenas uma das dançarinas deve ficar ali. Ela.

2.611$

— **SÓ VAI FICAR** olhando, então, é isso? — ela diz, em pé na frente dele. Sua voz é exatamente como Michael imaginava: é uma revolução, um acordo de paz em um país em guerra.

— Não sei quais são as regras para esse tipo de coisa.

Ele sinaliza para ela se sentar ao lado dele e ela senta. Os dois ficam em silêncio por um instante; os únicos sons na sala são as palpitações do coração de cada um, sincronizadas com as batidas da música do lado de fora.

— Qual é o seu nome?
— Savannah Jade.
— Não, seu nome de verdade.
— Ah — ela responde com um sorriso —, não sou eu quem vai te dar essa informação.
— E por que você está aqui?

Ela dá risada da pergunta.

— Você está se sentindo bem, cara?
— Não, sério, por que você está aqui? — Michael continua.
— Fazendo isso.

— Eu poderia te fazer a mesma pergunta — ela diz, e ele não sabe o que responder. — Eu estou aqui para receber um salário, ganhar uma grana. É um trabalho, do mesmo jeito que você tem um trabalho... Bom, se é que você tem um trabalho...

— Você parece merecer muito mais.

— Ô, você veio de onde, cara? — ela pergunta, o que, para os ouvidos dele, soa muito mais como "com quem você acha que você tá falando, hein? Você não me conhece". Ela se afasta dele, fechando seu robe de seda.

— Londres — Michael responde.

— Ah — ela diz, com toda uma nova compreensão da conversa. — É por isso que você tá me fazendo essas perguntas idiotas aí? — ela brinca.

— E você, de onde você veio? — ele pergunta. Ela hesita.

— Nova Iorque — ela eventualmente responde. — Vem cá, você não é um daqueles caras estranhos que são meio tímidos e do nada viram os loucos do fetiche e essas merdas, né?

— Não, não, nada disso...

— Tá, ótimo, maravilha, que ninguém me paga o suficiente para essas coisas, não.

— Não, desculpe, eu não quis te assustar...

— Me assustar? — ela dá risada. — O negão aqui acha que me assusta.

— Eu só quero conversar um pouco... — Michael diz. Ela interrompe a risada e fica em silêncio. — A gente pode se deitar? — ele continua, já esticando o corpo no colchão. Depois de alguns segundos e de um suspiro profundo, ela também deita, mas bem distante dele, do outro lado da cama, com o espaço entre eles formando um abismo enorme.

— Você está bem, cara? — ela pergunta.

— Não — ele responde. Ela olha para Michael. Michael olha para o teto. Ele não se esqueceu de sua promessa, de que ele não pode e não vai chegar perto de outra pessoa, mas com esta mulher, bom, com esta mulher é diferente: ele é um deserto e ela é um oceano, e eles estavam destinados mesmo a se encontrarem em algum lugar do continente. — Você alguma vez já desejou morrer... Mas sem todo aquele ritual de morte? — ele pergunta. — Tipo, não necessariamente morrer, mas deixar de existir, desaparecer, ficar invisível, apagar todos os vestígios da sua vida, mesmo as lembranças que as outras pessoas guardam de você, eliminar tudo de uma vez só...

— Você precisa de uma terapia, cara, não de um clube de strip. Ninguém me paga para aguentar esse tipo de coisa... — ela se senta, como se estivesse indo embora e desistisse no meio do caminho.

— A vida é realmente difícil, e eu sei que é difícil para qualquer pessoa, mas eu só posso entender o que é difícil para mim, o que eu sinto dentro da minha consciência, dentro do meu corpo, e eu não quero ter essa sensação, não quero mais.

Ela se deita de novo e respira fundo antes de esticar sua mão e tocar a mão dele com as pontas dos dedos, o que parece gerar uma descarga elétrica. Quase que por instinto, seus dedos se entrelaçam e eles ficam por ali, de mãos dadas. Michael sente que ela tenta puxá-lo na sua direção. Ele gira o corpo, ela se aproxima ainda mais e a distância entre os dois deixa de existir. Ela agora está enroscada em Michael, os braços dele envolvem a cintura dela; ela usa seu próprio braço como travesseiro, os dedos dele fazem um carinho no cabelo dela.

A respiração dos dois se sincroniza, os diafragmas se movimentam no mesmo ritmo. Eles conversam por uma eternidade. Conversam sobre morte, alienígenas, realidades paralelas, multiversos e viagens no tempo. Ela diz coisas como "você sabe, né, que, quando você viaja mais rápido que a velocidade da luz, o tempo deixa de existir", e ele responde algo como "então é esse o significado deste sentimento?". Eles conversam sobre sexo e sobre amor, sobre suas origens, sobre os lugares que eles gostariam de conhecer, sobre suas obras literárias favoritas: a dele, uma jornada que atravessa gerações; a dela, uma história de heróis e heroínas; a dele, um homem que ele não conhece muito bem; a dela, uma mulher que transformou a tragédia da sua pele em triunfo. Eles conversam sobre negritude e suas diferentes formas e sobre como a trajetória deles já transcendeu tanto o tempo quanto o espaço — se eles estão juntos naquele quarto, é porque aquele encontro é a amálgama das infinitas possibilidades da existência, porque, em algum lugar da história, um ancestral lutou para garantir aos dois a vida, mesmo que eles fossem apenas imaginação e não memória. Eles conversam sobre o aqui, sobre o agora e sobre o nada, até chegarem ao nada absoluto. Em silêncio, Michael a puxa contra si, o mais perto possível, e sente o calor da pele dela. Uma dúvida atravessa seu pensamento: a que distância do sol Ícaro conseguiu chegar antes de suas asas pegarem fogo? E essa pergunta leva a outra pergunta: será que, em algum momento, cair fez com que ele acreditasse que estava voando?

    Michael acorda. Ele passa a mão pelo outro lado da cama. Está vazio. Ele senta e, aos poucos, se dá conta de que acabou dormindo. Onde ela está? De imediato, em pânico, Michael vasculha seus bolsos à procura do telefone e da carteira: também desapareceram. Caralho! Michael pula da cama, arremessa a coberta para longe e percorre as mãos pelo colchão, na esperança de encontrar seus pertences debaixo dos travesseiros, que ele joga para cima, ou debaixo da cabeceira, ou do colchão, ou da cama, mas nada, não encontra nada. *Fui roubado. Eu deveria ter imaginado.* Derrotado, Michael senta na cama e olha para a mesa de cabeceira. Ele liga a luminária e vê seu telefone e sua carteira. Ele também encontra um recado: "Se algum dia você for a Nova Iorque — 332 483 1182". Michael solta um suspiro de alívio e aperta o telefone, a carteira e o papel contra o peito, dando risada. Então abre a carteira e verifica entre os compartimentos. O dinheiro sumiu. Michael aperta os dentes, mas, no fim, solta um sorriso de canto de boca e se diverte com a situação, lembrando o lugar onde ele está e que ele está sozinho. O desespero para ir embora, no entanto, surge logo em seguida. Onde será que Banga foi parar?

Michael sai do quarto discretamente, tateando o caminho até a saída do clube e de volta àquela selva industrial. Banga está no estacionamento, inclinado na direção do táxi, fumando seu último cigarro.

— Onde você foi parar, cara? — Michael corre na direção de Banga, que se surpreende e joga seu cigarro no chão coberto de neve.

— Ô meu garoto — Banga dá risada —, a questão é onde *você* foi parar?

— Eu estava procurando por você. Uma hora você estava lá e no minuto seguinte não estava mais.

— Precisei resolver umas questões. Mas eu sabia que ia dar tudo certo, hein. Queria que você se divertisse e aproveitasse um pouco. E aí achei melhor ficar esperando aqui fora.

— Mas e se acontecesse alguma coisa?

— Bom, aconteceu? Porra, relaxa, irmãozinho. Você está aqui agora. Vamo simbora — Banga diz, tremendo de frio. Os dois entram no carro, com seu radiador velho e barulhento que ventila ar frio antes de ventilar o ar quente. — E aí, gostou? — o taxista pergunta, sorrindo. Michael encolhe os ombros. — Eu venho aqui o tempo inteiro, cara. Cê viu aquelas mulheres lá? Um espetáculo. Quer dizer, só me diga que cê aproveitou um pouco, né? — Banga segue, e Michael não responde. — Cê aproveitou, não aproveitou? Hahaha, esse é meu garoto — Banga estica o braço para eles se apertarem as mãos, ou qualquer outro gesto afirmativo semelhante, mas, ao perceber a falta de reação de Michael, ele apenas agarra o ombro do seu companheiro de balada, como um irmão mais velho brincando com o mais novo. — Eu só queria que você se divertisse um pouco, cara. Você parece ser um sujeito que precisa de uma diversãozinha de vez em quando — ele diz, e Michael suspira, ressentido.

ELES DIRIGEM PELO arborizado subúrbio de Chicago em direção à zona sul. A luz da lua caindo sobre a neve cria a impressão de que a pista está brilhando. Banga coloca um blues para tocar no rádio e balança a cabeça em um ritmo relaxado enquanto canta junto com a música. Michael está pensando na mulher cujo nome ele desconhece, "Nova Iorque", e verifica seu bolso mais uma vez para ter certeza de que o papel com o telefone continua lá.

1.811$

CAPÍTULO 21

Colindale, norte de Londres, 17h46

Baba estava assistindo vídeos de lembranças perdidas no tempo e escutando as músicas favoritas da sua infância no iPad, balançando a cabeça para cima e para baixo, com a boca aberta, exibindo um sorriso sem dentes de orelha a orelha, quando seu corpo estremeceu de um jeito esquisito. Jalil não percebeu nada; ele estava no computador, com fones de ouvido, os olhos tão intensamente perto do monitor que seus cílios compridos quase arranhavam a tela. Baba oscilou de novo, e desta vez caiu da cadeira. Ele arremessou o iPad de qualquer jeito no chão e agarrou o peito. Gritei para chamar a atenção de Jalil. Ele se virou devagar, sem saber se tinha ouvido mesmo alguma coisa, e me olhou antes de olhar para o chão e ver o pai caído.

— Baba? — Jalil murmurou. Mas Baba neste momento tentava reunir forças para subir de volta para a cadeira e acabou desabando no chão. Sua respiração soava lenta e indolente e sua aparência era de alguém que perdia todas as cores do corpo.

— Deve ser um infarto — eu disse, e peguei meu telefone para chamar a emergência. — Sente ele de um jeito confortável e vá pegar água.

Jalil, então, ajeitou uns travesseiros embaixo de Baba.
— Olá, emergência, no que podemos te ajudar?
Jalil voltou com um copo d'água e fez o pai beber em pequenos goles.
— Precisamos de uma ambulância.
Fiquei ali assistindo o rosto de Jalil afundar no nervosismo. O peso pela presença do pai começou a se transformar em compaixão e medo da perda. Meu amigo nunca tinha imaginado a vida sem o pai, da mesma forma que eu nunca pude imaginar uma vida com o meu. O pai de Jalil, especialmente nos últimos anos, havia se tornado para ele um ponto de referência, como um mapa quando você está perdido, ainda que nunca deixasse de ser uma figura tangível, sempre real, enquanto o meu era uma ideia, uma memória. Naquela situação, no entanto, não tínhamos o que fazer a não ser esperarmos a ambulância chegar. Baba se sentou, tentando minimizar o tamanho de sua dor. A ambulância chegou antes do previsto. Eles colocaram Baba no fundo do veículo, vestido no seu cafetã e embrulhado confortavelmente em uma manta quente, o rosto encoberto por uma máscara de oxigênio e um medidor de pressão arterial preso no braço.
— Infelizmente só vamos ter lugar para mais uma pessoa na ambulância.
— Tudo bem, eu vou pegar um táxi e encontro vocês no hospital — eu respondi, antes de abraçar Jalil e acenar para Baba, que acabou não vendo meu gesto.

AQUELE DOMINGO DE descanso tinha tomado um rumo que nenhum de nós poderia prever. Cheguei na porta do hospital de North Middlesex e entrei na recepção, escapando da neblina fria do outono. Olhei ao redor, na esperança de descobrir o caminho até o setor de cardiologia, e o que vi foram rostos cansados. Em algum momento, descobri onde Baba estava sendo atendido. Jalil esperava do lado de fora. Ele me viu antes mesmo que eu dissesse oi, e nós nos abraçamos, um abraço que durou muito mais do que o permitido por qualquer outra circunstância da vida.

— Como ele está?

— Está bem. Está lá dentro agora, sendo avaliado — ele disse, e eu dei um suspiro de alívio, como uma rajada de vento capaz de impulsionar um navio no mar. — Obrigado por ter vindo, cara.

— Claro, meu velho. Estou aqui por você. Por vocês dois.

Jalil me respondeu com um gesto afirmativo e depois começou a encarar um abismo atrás de mim.

— Você não tem que trabalhar amanhã? — ele perguntou, voltando a olhar para mim. Sim, eu precisava trabalhar, mas eu nem estava pensando no assunto, até porque seria uma profunda falta de empatia deixar meu melhor amigo ali sozinho, sem ninguém para servir de apoio emocional.

— Não se preocupe comigo.

— Aminah também ia vir hoje à noite, mas falei para ela que não precisava. É melhor ela só vir amanhã. Falei para ela passar a noite com o pai dela e cuidar dele do jeito que eu não consegui cuidar do meu.

As palavras de Jalil reverberaram como uma bomba no meu coração, provocando uma vibração alta e dolorosa. Passar a noite com o pai dela. Às vezes, minha inveja tomava a direção errada. Coloquei minha mão no ombro do meu amigo e ofereci algumas palavras de consolo para ele, ou talvez para mim mesmo. Logo depois, a porta se abriu e uma médica apareceu na nossa frente.

— Olá, sou a doutora Patel — ela disse, olhando para mim e para Jalil, sua voz em um tom de calculada empatia. — Seu pai está em uma condição estável. Ele está em boas mãos e está sendo bem cuidado. Ainda temos algumas preocupações, claro, que vão exigir alguns exames adicionais. Não queremos te assustar, apenas ter certeza de que estamos investigando todas as possibilidades.

— Obrigado, doutora. A gente pode entrar para ver o paciente?

— Sim, a visita está liberada.

Jalil andou na direção da porta e me pediu para ir com ele. Fui atrás, um pouco hesitante. Baba estava deitado na cama, a cabeceira mais alta, levemente inclinada, de olhos fechados; uma imitação fajuta de alguém dormindo.

— Baba... — Jalil sussurrou ao se aproximar, se ajoelhando ao lado da cama. A respiração de Baba era pesada, trabalhosa. Jalil segurou sua própria cabeça com as mãos e duas lágrimas caíram no chão. Baba se inclinou para frente e tocou o filho; eles seguraram as mãos um do outro, com delicadeza, e Baba retirou o aparelho respiratório do rosto.

— Baba... — Jalil disse, quase em pânico.

— Não, está tudo bem... Não se preocupe... — Baba disse, com uma voz grogue. Ele apertou a mão de Jalil um pouco mais forte do que antes. Jalil respondeu com um aceno de cabeça. — Meu filho...

— Sim, Baba...

— Você precisa... realizar meu sonho...

— Sim, Baba...

— É meu último pedido... para você...

— Sim, Baba...

— Me prometa.

— Sim, Baba...

— Está na hora.

A respiração de Baba de repente ficou mais pesada, e ele começou a tossir e escarrar. Uma enfermeira chegou na mesma hora.

— Está tudo bem, ele só precisa descansar — ela disse, recolocando a máscara no rosto de Baba. — Parece que você também está precisando de um descanso, hein — a enfermeira acrescentou, dando um tapinha nas costas de Jalil. Ele se levantou e, devagar, me acompanhou até a porta. Saímos do quarto.

— Volte amanhã. Nós vamos te ligar se acontecer alguma mudança no quadro de saúde de seu pai.

— Muito obrigado — Jalil disse, gentil. Quando deixamos a ala do hospital, seu rosto era apenas uma versão pálida do que era antes. — É muita coisa. Não sei o que vou fazer.

— Está tudo bem, está tudo bem — eu disse enquanto o abraçava com força.

ACORDEI COM UMA dor de cabeça avassaladora. Meu corpo doía como se um depósito de tijolos tivesse sido içado a trezentos metros de altura e depois desabasse em cima de mim. Eu não queria sequer me mexer, mas a dor de cabeça logo virou enxaqueca, uma dor insuportável, uma doença da alma, e eu precisei levantar para procurar um pouco de comida e algumas aspirinas.

A casa estava quieta e fria. Avisei a escola de que eu estava doente, sem nem me importar com a quantidade de ausências que, só nas últimas semanas, aleguei serem por motivos de saúde. Saí da cozinha em direção à sala com meu prato de comida, um copo d'água e uma caixa de paracetamol e dei de cara com o pastor Baptiste sentado no sofá, lendo jornal. Ele me olhou, surpreso e intimidado, fechou o jornal de qualquer jeito, se levantou para me cumprimentar e me disse oi, imediatamente acionando o charme e o entusiasmo reservados aos fiéis. Eu lhe devolvi uma resposta discreta, preferindo, no final das contas, manter minha ideia inicial de me sentar para comer. No sofá, observei o pastor dos pés à cabeça, analisando cada poro do seu corpo. Era inaceitável. Qualquer sinal de que ele e Mami andavam por aí se encontrando às escondidas como dois adolescentes, desesperados para se agarrarem na primeira oportunidade, era uma perspectiva absurdamente repulsiva para mim.

— Por favor, não entenda mal minha presença aqui, Michael — o pastor Baptiste disse depois de um longo silêncio. — Eu não passei a noite — ele gaguejou —, só dei uma parada a caminho da igreja.

— Sinceramente, pastor, não é problema meu — eu disse, e o encarei com olhos tão inflexíveis quanto dois punhos cerrados.

— Olha, Michael, eu sei que essa máscara endurecida que você está vestindo é somente uma carapaça.

— Ah, é?

— Sim, é. Eu sei como é, eu entendo esse mundo de conflitos que está te perturbando. Você não é obrigado a conversar comigo sobre esses assuntos, mas, se um dia você quiser, você será bem-vindo.

— Sério mesmo? — eu respondi, com o máximo de cinismo que minha boca conseguia acumular.

— Com certeza!

Minha resposta não foi mais do que um deboche.

— E, se você não se sentir confortável de falar comigo, o Senhor sempre está lá para escutar. Ele escuta tudo.

O pastor Baptiste sorriu e voltou ao silêncio. Em seguida, Mami saiu do seu quarto e paralisou ao me ver ali sentado, aumentando ainda mais aquela estranha convergência de tensões.

— Michael — ela disse —, o que você está fazendo aqui?

— Eu moro aqui — respondi.

— Bom... — o pastor Baptiste disse, animado, tentando aliviar a tensão na sala. — Está na minha hora — ele se levantou, pegou sua pasta e dobrou o jornal debaixo do braço. — Tenha um ótimo dia, Michael.

Eu olhei para ele, não oferecendo nada a não ser um sorriso de boca fechada, e voltei para minha tigela de cereais. O pastor andou na direção de Mami para se despedir. Fixei os olhos nos dois, pronto para atacar, caso testemunhasse algo que eu não aprovasse. Ele abriu bem os braços e então colocou suas mãos nos ombros de Mami, trocando, absolutamente desconcertado, um beijo na boca por um improvisado beijo na bochecha, o que deixou os dois meio sem saber o que fazer. No fim, eles terminaram se despedindo com um abraço esquisito, e ele foi embora, batendo as solas dos sapatos de couro contra o piso de madeira laminada.

— **TIRE SEU CAPUZ** da cabeça, cara — eu disse para Duwayne, quando ele e o resto da turma entraram na minha sala. O "cara" saiu meio sem querer, coberto por uma camada de escárnio amargo e de decepção. Os alunos perceberam. Em geral, eles eram alegres e participativos, devolvendo ao professor o mesmo tratamento que recebiam, sem deixar o estudo de lado, mas, às vezes, conseguiam perceber quando você não estava "no clima" e se aproximavam da sala como se você fosse uma bomba-relógio, na esperança de que essa bomba não explodisse, pelo menos não em cima deles. Como neste momento, em que eles apenas se sentaram com as cabeças enfiadas nos livros, silenciosamente rabiscando nos cadernos. Lá no fundo, Duwayne se escorava na cadeira, com as mãos dentro dos bolsos. Na mesma hora me veio à memória alguns flashes dele naquela ponte, de capuz na cabeça, o telefone erguido no ar para poder tirar umas selfies, o dedo médio apontado para o mundo.
— Tire as mãos de dentro da calça — eu disparei, assustando Duwayne de um jeito que ele, com urgência, se viu obrigado a obedecer à minha ordem. — Você vai fazer alguma coisa hoje? — andei até o fundo da sala e bati com o livro, que ele tentava ignorar, bem no alto da mesa. De imediato, o resto da turma parou o que estava fazendo e cabeças se ergueram nas cadeiras. Ele encolheu os ombros, insolente. — Saia da minha sala! — eu explodi, gritando, alto a ponto da minha voz reverberar pelas paredes. Duwayne se levantou e passou pelo meu dedo apontando na direção da porta. — E vocês voltem ao trabalho — os alunos rapidamente baixaram as cabeças e continuaram a escrever nos cadernos. Em seguida, saí para conversar com Duwayne do lado de fora. — Venha

cá — eu disse, enquanto ele se afastava, em um tom de voz assertivo, realmente sério. — Você quer me explicar o que é que está acontecendo?

Duwayne preferiu ficar em silêncio, exercendo um direito que eu não tinha concedido a ele. Olhei nos seus olhos com ainda mais intensidade, cobrando uma resposta.

— Estou esperando.

— Mas eu não fiz nada.

— E você não vê que é esse o problema? — eu disse, quase um rosnado, usando toda minha força de vontade para conter os palavrões que tentavam explodir da minha boca. Ele se encolheu.

Voltei para a sala de aula. Os alunos estavam vigiando a porta, como se fosse possível enxergar alguma coisa através de materiais sólidos. Assim que eu entrei, eles voltaram ao trabalho. Peguei o interfone acoplado à minha mesa, fiz uma ligação e me sentei, o olhar voltado para as paredes do fundo. Minutos depois, o professor Black apareceu na porta, a cabeça ultrapassando a altura do batente. Ele precisava se abaixar para poder entrar, mas resolvi poupá-lo do esforço e o encontrei do lado de fora.

— No que posso ajudar, professor? — ele perguntou. Como era muito mais alto do que eu e Duwayne, parecia que ele era nosso pai.

— Duwayne aqui, professor — eu disse. — Parece que ele acha correto chegar aqui na minha sala de aula e não fazer trabalho nenhum sequer — e, enquanto eu falava, o foco do professor Black pulava de mim para Duwayne, e vice-versa. — Agora, por que é que ele acha que está tudo bem assim? Ainda mais quando ele começa a faltar a todos os treinos do basquete e não toma nenhuma providência a respeito. Eu sei disso porque eu estou observando Duwayne bem de perto nas últimas semanas.

Nós dois fixamos o olhar em Duwayne. Ele abaixou a cabeça, e, se um buraco de repente tivesse aparecido ali no chão, ele teria se enterrado. Sua aparência era a de uma criança vulnerável, tímida, exposta — apenas a sombra daquele menino na ponte ou do menino sentado no fundo da sala ou do valentão que agarrava as outras crianças e as empurrava nas paredes do corredor.

— Você tem alguma coisa para dizer em sua defesa, Duwayne? — o professor Black perguntou, mas ele não mexeu um músculo sequer, nem mesmo um movimento de ombros ou uma careta. — Tá certo. Vou levar ele comigo, professor, talvez ele consiga tirar um tempinho para pensar nos próprios atos.

CAPÍTULO 22

Escola Federal Grace Heart, Londres, 18h59

Tudo bem por aí? Sandra. Peguei meu telefone na mesa para enviar uma resposta. Eram sete da noite de uma sexta-feira, final de uma longa e frustrante semana.

Não. Minha vida está desmoronando e, independente do que eu faça, nada parece melhorar. Quase enviei essa mensagem, mas apaguei. Comecei de novo.

Você alguma vez sente um desejo de deixar tudo para trás? Para sempre? Abandonar sua vida inteira, seu trabalho, sua casa, seu nome, sua identidade, quem você é, seja lá quem você for, e simplesmente se mandar e desaparecer, ser um desconhecido no mundo? Outra mensagem que terminei deletando.

Tudo certo, eu enfim respondi.

É que você anda meio estranho

Não sei o que ela quis dizer com essa afirmação, mas ela fez estremecer as placas tectônicas do meu corpo. Era verdade. Eu estava desconectado de mim. Às vezes me vinha um sentimento, um sentimento profundo, mas que eu não conseguia nomear; parecia aquela situação em que você está em um navio no meio do oceano, durante uma tempestade, com água lentamente entrando pelo casco, e tudo o que você tem é um balde, e você está lá desesperado jogando a água de volta para o oceano sem saber que, no fundo do navio, tem mais uma fissura no casco e seus esforços são, na verdade, inúteis. Ou até pior, já que, em certos momentos tenebrosos, você entende que não está dentro do navio, você é o navio em si, condenado a afundar, condenado à destruição.

Você ainda está aqui?, ela me mandou duas vezes.
Sim, estou. E você?
Estou. Imaginei que você ainda fosse estar aqui, então fiquei te esperando

Quando eu estava prestes a sair da sala, Sandra entrou. Ela me deu um sorriso carinhoso, um sorriso que levantava as maçãs das suas bochechas e sempre melhorava meu estado de espírito.
— O que você vai fazer agora? — ela perguntou.
— Nada — eu disse.
— Não vai para o pub? — ela disse, e eu quase dei risada; os cantos dos meus lábios se ergueram alguns milímetros, o que já era o suficiente para ela. — Vamos comer, então, que tal? E conversar? — ela sugeriu.
Eu não estava muito a fim, mas eu também não queria recusar o convite, e muito menos ficar sozinho. Não respondi.
— Só nós dois — ela acrescentou.
Então Sandra se inclinou na minha direção, abriu meu casaco e, com toda a delicadeza do mundo, colocou a mão entre meu peito e meu estômago, percorrendo a região como se estivesse à procura do meu coração errático. Ela me olhou e eu, de cima para baixo, olhei para ela. Sandra se esticou, bem na pontinha dos pés, e, devagar, encostou os lábios

dela nos meus; era um beijo, ou algo parecido com isso, uma mensagem, talvez, uma carta.

— Acho melhor eu ir embora — eu disse, no fim das contas. Ela voltou a pôr os pés inteiros no chão e fez um gesto com a cabeça, concordando, cabisbaixa, enquanto olhava para o nada.

Fugi do prédio, sem nem cumprimentar o grupinho que se preparava para tomar uns drinques no pub, os caras que tinham retornado do futebol de cinco contra cinco no pátio e a recepcionista e o zelador, que sempre flertavam no balcão de informações da entrada e estavam claramente transando, apesar de negarem o fato com uma dedicação inflexível. Estava chovendo, mas eu não me importei nem um pouco, nem com a chuva, nem com qualquer outra coisa. Eu apenas sentia a água escorrer pela minha testa e cobrir meu rosto enquanto eu caminhava até a estação. Punhos fechados, sem nenhum alvo para atacar; uma raiva irrestrita fervilhando na ponta dos dedos — não muito diferente de quando eu era adolescente e costumava esmurrar paredes ou me meter em brigas, com a exceção de que, neste momento, eu não tinha nada para poder direcionar minha raiva, nada e nem ninguém, a não ser contra mim mesmo. E, se eu fosse para casa, minha revolta só iria aumentar. Eu não queria correr o risco de encontrar com Mami ou de ver a cara do pastor Baptiste. Se eu fosse obrigado a lidar com seu charme falso mais uma vez, eu certamente perderia o controle.

Decidi, então, não ir para casa, mas pegar o metrô e seguir para o canal. O sol já tinha se posto, o céu estava escuro, e o canal adicionava ao ambiente um pouco mais de frio e escuridão. Cercado pelos viciados e pelos moradores de rua, pelas casas de quatro andares dos ricos e pelos barcos na água, eu seguia por um grande nada, um vazio cintilante, um vácuo de cores voláteis, uma sensação de que todas as coisas vivas avançavam para a morte.

Passei horas olhando para a escuridão aconchegante do canal. A voz da água me convidava para entrar e ficar por lá.

Depois andei por todos os lados da avenida principal, sem rumo, esbarrando em uma centena de pessoas, gente arrebatada, gente alegre, gente barulhenta, gente que mascarava a própria ambivalência com o elixir das memórias-prestes-a-serem-esquecidas e com o suor do sexo-prestes-a-ser-motivo-de-culpa. Olhei para essas pessoas, e também para mim, cheio de desdém, me perguntando por que eu não podia ser mais parecido com elas, por que eu estava enjaulado dentro do meu corpo, essa cela de prisão, esse cárcere eterno, e me veio também a pergunta que nunca me abandonava, aquela grande dúvida que era saber se algum dia eu ia conseguir escapar da minha masmorra particular.

Em determinado momento, precisei me esconder atrás de uma van estacionada na calçada. Estiquei a cabeça só o suficiente para poder enxergar, tomando cuidado para não ser visto. Aquele era o professor Barnes? Pelo jeito sim, era uma pessoa que se encaixava perfeitamente na sua descrição — uma mistura de corpo um tanto quanto estranho, baixa estatura e um jeito meio torto de andar —, uma pessoa que estava prestes a atravessar a ponte. Fui atrás, mantendo uma distância segura. Ele chegou no meio da ponte e andou na direção daquele grupinho de sempre, todos com o capuz cobrindo a cabeça e com roupas esportivas bastante folgadas. Mas o que é que ele está fazendo ali? Bom, não era uma resposta muito difícil de descobrir, ele só cumpria o protocolo, igual a qualquer outra pessoa em uma noite como aquela; ele era um dos motivos para aqueles garotos continuarem por ali, à espera. Um ciclo interminável, cuja única mudança é a dos rostos envolvidos. Eu já tinha visto aquela cena inúmeras vezes e também já tinha participado dela em determinadas ocasiões. Eu só nunca tinha presenciado alguém do trabalho passeando pela região, por esta parte do mundo — um submundo que operava uma economia subterrânea, uma economia na qual o item mais caro a ser vendido era a sua própria vida.

Um dos garotos, com uma jaqueta impermeável e o capuz levantado, fez um gesto de cabeça, sinalizando alguma coisa para o resto do grupo. Duwayne. Ali estava ele, se afastando dos demais. O rosto coberto na altura da boca, com uma balaclava, a cabeça coberta por um capuz duplo, um do agasalho esportivo, outro da jaqueta impermeável. Somente seus olhos estavam à mostra, e eu conhecia aqueles olhos muito bem; eu reconheci a apatia, o medo. Eles levaram o professor Barnes até a entrada do canal. Barnes. *Não faça isso, seu idiota*. Mas ele seguiu, não sei se totalmente alienado e ingênuo ou, talvez por não ser a primeira vez, totalmente consciente. E então aquela rotina que eu sabia de cor e salteado. O esconderijo das drogas. O jeito como eles escavavam parte da parede para guardar o estoque, a fileira de tijolos alinhada para deixar tudo com uma aparência natural. O vigia sempre de prontidão, o resto do grupo em uma distância segura para não serem incriminados, caso a polícia resolvesse dar uma batida no lugar.

Continuei caminhando atrás deles, enrolando meu cachecol ao redor da cabeça como um capuz improvisado. Apenas observei, à espera. Eles seguiram para o outro lado do canal, pela segunda ponte, onde o buraco do túnel produzia uma série de ecos. Enquanto Duwayne e outros dois caras aguardavam e vigiavam, o primeiro garoto com quem o professor Barnes tinha conversado entrou debaixo de alguma coisa e voltou segurando um objeto nas mãos. O professor Barnes vasculhou os próprios bolsos e entregou a ele um maço de dinheiro. Sempre de capuz, o garoto alto recebeu a grana, conferiu e passou a droga para o professor Barnes.

— Que porra é essa? Só isso? Vá se foder, cara — de repente o professor Barnes disse, com uma voz abafada pela distância, segurando a sacola na direção da luz. — Você está me devendo aqui.

O garoto alto respondeu algo que eu não consegui escutar e empurrou o professor Barnes. *Cai fora, meu velho. Vai embora*. Esse era eu implorando, rezando para algum deus, qualquer deus, alguém que pudesse escutar minha prece. Mas o professor Barnes empurrou o garoto alto de volta, com força, com as duas mãos, tão forte que terminou derrubando o menino no chão. Na mesma hora, um punho veio dançando pelo ar e acertou bem a lateral da cabeça do professor Barnes, um verdadeiro nocaute. Não deu para identificar quem tomou a iniciativa na sequência, se foi o garoto alto ou Duwayne ou qualquer um dos outros traficantes, mas todos eles pularam em cima do professor Barnes, esmurrando e pisando nele, uma rajada de golpes violentos disparados contra o corpo de meu colega de trabalho, que já estava encurvado no chão como uma pequena bola. Até que o garoto alto saiu correndo e os outros, antes de também fugirem, vasculharam os bolsos do professor Barnes e roubaram seu telefone, sua carteira, suas chaves e até suas moedas, e aí aquela correria, quase como se eles fossem atletas disputando uma bolsa de estudos bem no meio da noite. De longe, dava para ouvir o professor Barnes gemendo e se contorcendo de dor no chão. Cheguei a discar o telefone da emergência, mas, antes de alguém atender, cancelei a chamada. Guardei meu celular no bolso, enrolei o cachecol com um pouco mais de cuidado ao redor da minha cabeça e me afastei. Andei até a avenida principal, aliviado de retornar à civilização.

— Você ouviu a briga? Ali na ponte? — perguntei para o primeiro pedestre que passou por mim. Uma mulher, saindo para jantar com o marido. — Acho que alguém foi atacado — e fui embora sem nem olhar para trás.

Entrei em casa completamente ofegante. Um silêncio mortal. Todas as luzes apagadas. Fui direto para o quarto, tirei o casaco e o cachecol e joguei tudo que estava pesando no meu corpo de qualquer jeito no chão. Eu estava vivo.

Talvez seja isso, todo o inferno, todo o fogo e toda a raiva, o único calor que vamos sentir, todos os sentimentos que são reservados para nós neste lugar. Esta cidade não nos ama. Ela nos agarra com seus dentes de tubarão, arranca nossa carne dos ossos e nos cospe fora. Esta cidade não nos ama. Ela nos aprisiona, nos condena a penas que sequer sabemos que estamos cumprindo; nossas celas são as ruas, os quarteirões, os prédios altos, os becos, os túneis subterrâneos, os canais, os pântanos, as manhãs e os turnos da noite, as fábricas, as penumbras debaixo das escadas, e essas condenações nos levam a uma prisão perpétua, elas nos são entregues, nós as herdamos. Esta cidade não nos ama.

Nós construímos esta cidade, mas ela nos destrói. Nós pegamos esta cidade e tatuamos seus contornos nas nossas línguas, nós evocamos seu nome como uma festa sempre que vamos dizer "é de lá que eu vim", mas ela não nos ama. Nós nos doamos por esta cidade. Nós vivemos por esta cidade. Mas ela, depois de todos os nossos esforços, apenas vira a cara e diz "e daí?" e te chuta para longe e te acena uma despedida toda vez que você ameaça ir embora. Ela sabe que você não consegue sair. Esta cidade é tudo que você conhece, este lugar representa toda a sua história. E mesmo uma prisão se torna uma casa se você nunca conheceu outros caminhos. Esta cidade não nos ama. Não existe música, lamento ou oração que nos contemple. Não existe um deus que escute nossas angústias. Nós não conhecemos o paraíso e não temermos o inferno. Esta cidade não nos ama; nem esta cidade, nem este país, nem este mundo.

PARTE III
A BELA SENHORA SEM PIEDADE

CAPÍTULO 23

Harlem, Nova Iorque, 19h15

Michael sai do metrô na rua 135. Carros passam por ele em silêncio e as árvores, empurradas de um lado para o outro por um vento implacável, vibram em uma espécie de redenção ou de louvor. Andando pela alameda Frederick Douglass, ele sente a história dessas ruas nos seus ossos. Vai encontrar com Ela daqui a pouco e começa a sentir os vestígios daquela presença na memória de suas sensações: seu cheiro tão parecido com um campo de flores sem nome, seu toque que poderia ser o de um xamã curando uma alma aflita, sua voz que soa como as trombetas que vão derrubar as paredes de seu coração enclausurado, e seu rosto, aquele rosto que é a rendição das tropas, que é uma inesperada declaração de paz.

Pois é esse o sentimento, um sentimento de paz cada vez mais perto de ser alcançada. Ele anda pelas ruas e se mistura à multidão, em paz, porque aqui ninguém o chama pelo nome, ninguém reconhece seu rosto, aqui ele é um anônimo, uma criança sem mãe, um solitário sem amigos. Aqui ele não carrega nenhum peso. Ele é levado pelo vento como pétalas de dente-de-leão, que alguém colhe para poder depositar seus desejos. Ele é uma estrela cadente, invisível no céu desta cidade deslumbrante e luminosa.

Quanto mais perto chega do horário do encontro, a tão prometida união do sol e da lua durante um eclipse, mais Michael sente uma onda de emoção, um ato de legítima purificação, um mergulho no rio mais sagrado.

Ele segue a caminhada pela rua e deixa para trás as várias lojas, os vários homens barulhentos com suas mesas cheias de livros e DVDs e qualquer outra porcaria à venda. É quando ele olha e lá está Ela. Em pé na frente do Schomburg Centre, do outro lado do hospital do Harlem, que se eleva na paisagem como uma pintura. Ela olha para o horizonte, é uma profetisa, uma vidente, uma viajante esotérica dos outros mundos. O que ele queria agora era apenas parar para observá-la e continuar observando, nunca mais desviar o olhar. Ela nota Michael se aproximando e tenta disfarçar o quão surpresa ficou por vê-lo. Ele percebe as diferenças na sua aparência: ela está diferente, mas não é uma desconhecida.

— Não imaginei que você fosse vir — Michael diz.

— Eu também achava que não — ela responde.

Michael não sabe muito bem como cumprimentá-la. Ela percebe a insegurança dele e sussurra alguma coisa antes de oferecer a mão para um aperto, como se aquele encontro fosse na verdade uma reunião de negócios. Eles apertam as mãos e mesmo esse toque já é o suficiente para abalar a estrutura de Michael.

— Você está... — o cabelo dela não está mais esvoaçante na altura dos ombros, está preso no alto, os cachos amarrados em pequenas tranças. Ele a olha da cabeça aos pés, absorvendo todo e qualquer detalhe: os brincos de argola, o cachecol comprido, a jaqueta preta de jeans esgarçado, a saia combinando com a camisa, a meia arrastão, as botas pretas Dr. Marten de cadarços bem amarrados.

— Estou meio diferente, é isso? — ela dá risada. — Não era o que você esperava vindo daquela garotinha que você conheceu no clube, imagino eu.

— Não, eu ia dizer que você está incrível — ele responde. Ela fica em silêncio, oferecendo o nada como resposta. — Bom, minha sugestão seria irmos para algum lugar, mas eu na verdade não conheço nada de Nova Iorque...

— Olha, dos lugares que você me levar em Nova Iorque, não existe nenhum que eu já não conheça. E, convenhamos, tanto faz, Nova Iorque vai te engolir, não vai sobrar nada. Vamos só... Vamos dar uma caminhada. Você disse que gosta de andar, não disse?

Então eles começam a caminhar, passam pelo sinal amarelo pendurado no meio da rua, passam pelos arranha-céus pintados de bege, com as árvores alinhadas logo abaixo, passam por prédios, prédios e mais prédios, todos com escadas pretas metálicas do lado de fora, passam pela mercearia, pelo salão das manicures, pela loja de penhores, pelo restaurante chinês, pela revendedora de produtos de beleza, pela lavanderia, passam pelo homem na esquina que tenta vender um mundo de coisas para eles, passam pelo mendigo pedindo esmola, passam pela livraria, pela igreja, pela academia, pela menina na esquina que espera, espera e espera, passam pela mesquita, onde, lá longe, a silhueta de uma cidade iluminada surge contra um céu púrpura e escuro.

— Essa aqui é a alameda Malcolm X. Você sabe quem é Malcolm X, né? — ela fala, debochada. Michael se recusa a responder, forçando no rosto uma careta de falsa revolta, o que a leva à risada. — Só para saber, só para saber... — ela responde.

— Eu sei um pouco da história dos negros, mas não o suficiente — Michael diz. — Assim, quem realmente conhece o suficiente da história dos negros? Ninguém sabe. Os negros estão aqui há séculos, no mundo inteiro, desde o começo dos tempos, mas as pessoas ainda não sabem o suficiente. As pessoas agem como se nós fôssemos alienígenas que pousaram na terra ontem e elas ainda precisassem entender o que é que nós somos.

— Tá, então eu preciso te perguntar. Eu sei que você é de Londres, mas, assim, de verdade, de onde você é? — ela diz, e eles caem na risada.

— Eu sou do Congo — ele responde à pergunta. — E o nosso idioma é o lingala — Michael sorri e ela fica em silêncio, como se quisesse dar espaço para ele falar, como se soubesse que ele não gosta muito de falar de si mesmo. — Eu nasci no Congo, mas a gente se mudou para Londres logo depois.

— A gente?

— Eu, minha mãe... E meu pai. A gente estava fugindo da guerra.

— Nossa. E onde eles estão agora? — ela pergunta, curiosa.

— Minha mãe está em Londres... — Michael hesita, sente a boca mais seca do que madeira carbonizada. — E meu pai está morto.

— Caramba, sinto muito.

— Faz bastante tempo já. Eu era criança. Mal me lembro. Um dia ele estava aqui e no outro dia ele não estava mais. Tudo o que eu sei é que ele precisava voltar... Voltar para o Congo. Alguma coisa estava acontecendo, alguma coisa que segue até hoje, não sei muito bem essa parte da história. Mas eu sinto a falta dele, ou talvez sinta falta da pessoa que ele teria sido na minha vida.

É comum me lembrarem de que eu venho de um lugar em guerra e de que eu vivo em um corpo em guerra, em uma mente em guerra. Sofro de memórias.

— Fico aqui pensando. Sobre sua mãe...

— Que é que tem?

— Aproveite ela.

— Como assim?

— Independente da relação que você tenha com seus pais, você só percebe a dimensão da coisa quando tudo já se acabou e não dá mais para recuperar.

— Nós acabamos meio magoados um com o outro.

— Nunca é tarde demais para consertar.

Às vezes é tarde demais, sim.

— E seus pais?

— Nunca conheci meu pai. E não tive a chance de conhecer minha mãe — ela diz, enquanto eles andam, com uma brisa passando pelos dois como se fosse um espírito ancestral. — Eu sou órfã. Nunca tive pais.

Michael não sabe há quanto tempo eles estão andando, mas parece que ele nunca deu um passo sem estar com ela.

— Quero te mostrar uma coisa — ela diz.

De imediato, Michael imagina como seria ter uma rotina com ela: uma parada na cafeteria, caminhadas pelo Central Park, observar as estrelas no planetário, folhear seus livros favoritos na Strand, jogar xadrez na Union Square, sair para assistir os Knicks, ou melhor, o time visitante, e acabar olhando para ela e não para o jogo. Ele desliza sua mão na dela e pressiona os dedos. É um sentimento tão natural quanto as mudanças das estações, a noite que se transforma em manhã, uma onda no oceano. Michael consegue enxergá-la como parte de seu futuro, mais até do que ele consegue ver a si mesmo nesta imagem do amanhã; um futuro que sequer existe.

— Você sabe que você ainda não me disse seu nome, né... Seu nome de verdade.

— Sim, eu sei.

— E você planeja me contar algum dia?

— Para ser sincera, provavelmente não — ela diz e dá risada.

— Como assim? Por que não?

— Porque eu não confio em você — ela continua a andar de cabeça erguida, as mãos dos dois ainda entrelaçadas.

— Você tá falando sério?

— Eu. Não. Confio. Em. Você.

Ele caminha ao lado dela, de boca aberta, sem saber o que dizer.

— Enfim, comece a se concentrar, já estamos quase lá.

Os dois estão nas entranhas da cidade, no meio de fileiras e fileiras de prédios carentes de atenção. Eles passam por dois policiais em uma viatura.

— Você sabe onde a gente está?

— Sério, aqui é o... É o Marco Zero? — Michael diz enquanto vai atrás dela, devagar.

— Sim, é o Marco Zero.

— Nossa senhora. Você lembra onde você estava no dia?

— Na escola. Um professor trouxe uma televisão para a sala e ficamos assistindo. Quer dizer, assistimos, mas a coisa tinha acontecido ali do lado de fora... E aí aquela nuvem de fumaça, os prédios desabando... Parecia um negócio surreal, um filme.

— Eu lembro que eu estava voltando da escola e um menino do nosso condomínio, Peter, estava correndo por todos os lados, gritando e se esgoelando. Ele era sempre meio fora da casinha, então eu imaginei que ele estivesse só falando qualquer merda. Mas aí eu entrei em casa e liguei a tevê, Mami estava na cozinha, e a gente se sentou e assistiu o noticiário juntos, em silêncio total. Nós dois sabíamos que aquele dia ia mudar a direção do mundo para sempre, e não de uma maneira positiva...

Ambos pararam de falar por um minuto.

— Mas eu te trouxe aqui para você ver uma coisa... — ela disse, pegando a mão de Michael com delicadeza e o conduzindo pelo caminho. — Você sabe o que é isso?

Ele olha para o monumento cinza com um mapa-múndi entalhado no chão de pedra, no centro do lugar. Monumento Nacional do Cemitério Africano. A sensação de Michael agora é de que seu estômago está sendo revirado do avesso.

— É aqui que foram encontrados os restos mortais de quatrocentos e dezenove africanos escravizados. Alguns com ossos quebrados, fraturas, múltiplas lesões. Eles também encontraram várias joias africanas entre os cadáveres. E essas pessoas foram enterradas aqui, debaixo dos prédios, com o pessoal trabalhando em cima, ganhando dinheiro, seguindo com a vida. Sem saberem dos mortos enterrados embaixo deles. É meio que uma metáfora não poética dos Estados

Unidos, talvez até do mundo — ela diz, com um cansaço na voz que ele conhece muito bem. — Então, se você me perguntar de onde eu sou, essa é uma maneira de te responder.

Eles se afastam do monumento, tomados por uma melancolia pesada.

— Está ficando tarde e eu preciso trabalhar amanhã de manhã — ela diz. O relógio já bateu meia-noite, mostrando como, naquela noite, o tempo se transformou em uma coisa efêmera e imaterial.

Michael olha fixamente dentro dos olhos dela.

— Que foi? — ela pergunta, apreensiva. — Eu preciso trabalhar, ué — ela começa a rir.

— Eu pensei que você fosse... — ele hesita, inseguro de como reunir aquelas palavras em uma única frase.

— Você pensou que meu único trabalho fosse dançar? — ela dá outra risada, mais alta que a anterior. — Sim, eu danço. E daí?

— Não, nada, assim... Eu... Só... — ele gagueja; as palavras resolvem abandoná-lo.

— Eu danço. Às vezes. É um trabalho. Mas eu também tenho um trabalho de escritório que me faz acordar às seis da manhã. Você sabe, a gente pode ser mais do que uma única coisa na vida, né?

Ela ri da ingenuidade de Michael e dá uns tapinhas no ombro dele, como se precisasse consolá-lo por não conseguir entender uma verdade tão simples. E ela está certa, afinal; o que faz com que Michael se pergunte o porquê de nunca ter pensado que, sim, ela não precisa ser somente uma dançarina, ela pode ser muito mais do que uma coisa só. Os dois, então, correm para pegar o trem e, apesar do vagão estar cheio, encontram um lugar para sentar perto de um grupo de mulheres a caminho de uma despedida de solteira, todas já meio bêbadas.

— Ah, aliás, você está com meu dinheiro, né? — Michael indaga.

— Seu dinheiro?
— Eu tinha mais ou menos quinhentos dólares no meu bolso naquela noite e, quando acordei, esse dinheiro tinha sumido.
— Ei, ei, ei. Eu não peguei seu dinheiro. Na verdade, se você for pensar, você é que está me devendo.
— Cara, você literalmente pegou meu dinheiro...
— Você nunca me pagou o quanto eu cobro pela hora.
— O dinheiro é meu, porra. E eu preciso dele de volta. Tenho planos pra esse dinheiro — e Michael de repente se lembra dos tais planos e sua respiração fica mais ofegante, seu peito se contrai; ele sente uma pressão nos pulmões.
— Ô, você está surtando, meu garoto. Escuta aqui, por que eu ia te roubar, te dar meu telefone e ainda encontrar contigo, hein? — ela dá uma gargalhada. Michael se acalma, percebe que talvez Ela esteja certa. — Vem cá, quanto tempo você dormiu depois que eu fui embora? — ela pergunta.
— Não sei. Só lembro que eu acordei e você não estava mais lá, e que meu dinheiro tinha sumido. Mas meu telefone continuava lá.
— Mas isso foi porque ninguém quis esse tijolo que você chama de telefone — ela não para de rir, acha a cena cada vez mais engraçada. — Hahaha. Você foi roubado por uma das meninas. Acho até que sei quem foi... Uma de peruca loira. Ela deitou e rolou em cima de você, cara.
— Uou. Nossa, pelo menos ela me deixou a carteira. É onde eu guardo a única foto que tenho com minha mãe e meu pai, ainda no Congo, nós três juntos antes da guerra. É uma recordação da paz que eu nunca mais tive desde então — *uma paz que eu nunca mais vou conhecer outra vez.*
— Pois ela realmente tirou uma com a sua cara.
— Tá, não importa. Não é como se eu fosse voltar nesse clube de strip-ou-sei-lá-que-porra-é — Michael diz, e sua expressão facial permanece perplexa, enquanto ela ri de se

contorcer, quase a ponto de chorar de tanto rir. — Fico feliz de você achar minha desgraça essa diversão toda.

— Deus do céu — quem fala agora é uma mulher sentada na frente deles, uma mulher cujo cabelo ruivo com mechas loiras esconde um dos lados do seu rosto —, vocês são um casal maravilhoso — ela diz, em uma conversa meio embolada. — Há quanto tempo vocês estão juntos?

Michael olha para Ela, sentada ao seu lado, e é a primeira vez que ela parece intimidada.

— Nós não estamos juntos. Eu sou solteira — ela responde para a ruiva.

— Ah, nossa... Vocês parecem estar juntos há anos. Há quanto tempo vocês se conhecem?

— Pouco tempo.

A mulher de repente dá um gritinho e exclama um "ah, minha querida" antes de se levantar e, inclinando o corpo, sussurrar alguma coisa no ouvido Dela. Em seguida, a mulher se senta de volta no seu lugar, erguendo as sobrancelhas e apontando o dedo. Assim que o trem para, na estação seguinte, ela vai embora com suas amigas, olhando para trás, ainda com as sobrancelhas erguidas, ainda apontando o dedo. Uma nova multidão entra no vagão. O barulho, no entanto, diminui e o mundo desaparece, até que retorna aquela sensação de que apenas os dois existem no planeta, viajando em um mágico trem subterrâneo em direção à liberdade.

— Você é solteira, então? — ele pergunta.

— Sou — ela diz, com naturalidade. — E você?

— Também.

— Considerando que você é um cara, acho que eu deveria te perguntar, na verdade, se não existe nenhuma mulher por aí achando que é sua namorada.

— Uou. Não, não. Sou solteiro. Não é esse o significado da palavra?

Ela responde com um deboche:

— Com os caras, nunca dá para saber.
— E o que você quer dizer com isso?
— Que eu não confio em homens. Até onde eu sei, não vou me surpreender se existir até uma esposa te esperando em algum outro país por aí.
— Olha, pensando bem, acho que eu tenho mesmo umas duas esposas me esperando lá nos vilarejos do Congo.
— Essa foi bem sem graça, né?
— Parece que você está projetando alguma coisa em mim...
— Sua sorte é eu saber muito bem o que isso quer dizer, ou eu pensaria que você está tentando me ofender. E, não, eu não estou projetando.
— Mas, então, por que você odeia todos os homens? Culpa de um ex-namorado? Que foi que aconteceu? Ele te traiu?
— Não, ela... Ela não me traiu.
— Ah.
— A gente ia se casar, mas aí a coisa ficou grande demais. Eu entrei em depressão, ela se tornou abusiva, e uma acabou destruindo a outra. Não odeio ela, só não era para ser mesmo — ela olha para suas mãos, os dedos cobertos de joias e, ansiosa, esfrega um anel no outro. — Preciso descer nesta parada — ela diz, assim que o trem abre a porta para o desembarque, e se levanta para ir embora.
— Ei, espera — ele grita. — Eu ainda nem sei seu nome...
— Belle.

1.631$

CAPÍTULO 24

Escola Federal Grace Heart, Londres, 9h17

Cheguei no trabalho um pouco mais tarde do que o normal para uma segunda-feira. Fugi do encontro na sala dos professores e de toda aquela conversa esquisita entre os funcionários e fui direto para minha sala. Uma manhã sem aulas me garantia a solidão momentânea de que eu desesperadamente precisava. Sentei na minha mesa. Não parava de pensar no professor Barnes; a imagem da sua cabeça desabando no chão e depois quicando uma ou duas vezes se repetia na minha mente toda vez que eu me distraía — o que estava acontecendo bastante nas últimas semanas, aliás, uma espécie de deriva, um movimento ininterrupto e que a cada dia me fazia sentir menos especial do que no dia anterior, me fazia sentir menos necessário, menos vivo.

Primeiro, cheguei meus e-mails, pensando que, quanto mais eu me envolvesse no trabalho, mais eu conseguiria me desconectar daquele sentimento. Clique. Delete. Clique. Delete. Clique. Delete. Aviso aos funcionários: festa de Natal. Delete. Sr. McCormack: reunião importante. Clique. Meu sonho era apagar todas as mensagens de uma vez só e zerar minha caixa de entrada de uma hora para outra, porque sem dúvida o inferno deve ser uma eternidade abarrotada de e-mails infinitos. Quando me dei conta, o horário do intervalo já se aproximava, sem nenhum sinal do professor Barnes. Normalmente as fofocas corriam pela escola como fogo em mato seco, então, se alguém soubesse de alguma coisa, o colégio inteiro já estaria sabendo. Foi o que aconteceu, por exemplo, no dia em que um novo professor perdeu o controle e esmurrou a parede de uma sala: a notícia se espalhou mais rápido do que o sino indicando o final das aulas, e nem foi através dos estudantes. A minha suspeita é de que ele andava observando aquela parede há semanas e sabia muito bem em qual pedaço deveria acertar o soco. E, para ser justo com ele, essa mesma ideia já me passou pela cabeça em inúmeras ocasiões, eu só nunca encontrei uma parede que merecesse esse esforço.

 Andei pelos corredores, pelo ginásio, pela cantina, pela biblioteca, subi as escadas, dei a volta pela escola inteira e nada. A sala do professor Barnes estava vazia. Quando desisti, a caminho da minha sala, vi Sandra caminhando na minha direção. Ela me viu e manteve os olhos em mim, mas sem demonstrar qualquer indicativo de que iria diminuir o ritmo para conversar, o que raramente acontecia, se é que alguma vez aconteceu. Nós sempre parávamos no corredor para uma conversa rápida, ou pelo menos para contar uma piada, aquele tipo de rotina que levava os outros professores a nos olharem cheios de malícia ou, volta e meia, algum estudante a comentar o assunto — os meninos perguntavam para mim: "Essa história aconteceu contigo, professor?"; as meninas perguntavam para ela: "Professora, o professor Kabongo é seu namorado?".

 Meus olhos imploravam para Sandra parar. Eu queria conversar, contar a ela tudo o que eu tinha visto, mas ela seguiu caminhando pelo corredor. E eu voltei para minha sala, me joguei na cadeira e fiquei esperando o sino tocar.

 — Você tá bem, meu camarada? — o Sr. McCormack disse ao entrar na minha sala. De maneira muito pouco convincente, eu misturei uns papéis na minha mesa para parecer que estava trabalhando. A expressão no rosto dele era claramente confusa quando se sentou na minha frente. — Olha, está tudo bem contigo? — ele perguntou de novo, com um timbre de preocupação. Fiquei surpreso com a pergunta. Não pela pergunta em si, mas pelo fato dele me perguntar.

— Sim, claro — eu respondi, em um tom que era mais uma interrogação do que uma afirmação.

— É que você parece meio desconectado de si mesmo nos últimos tempos, ou desconectado de tudo, na verdade. Bom, espero que você saiba o quanto estou à disposição se estiver precisando conversar sobre alguma coisa... — ele disse, e eu detestei o quão sincero ele parecia ser, como se aqueles clichês de "minha porta está sempre aberta" ou "se você precisar de um ombro amigo" de repente fossem frases reais e verdadeiras. Neste caso, a fala dele era autêntica, e essa sinceridade me entristeceu. O Sr. McCormack sempre encontrava tempo para você, tanto para conversar quanto para somente te escutar. Ele era casado, com três crianças em casa, e, ainda assim, encontrava um horário vago. E ali estava eu, solteiro e morando com a mãe, sem nem conseguir impedir que um segundo do relógio se amontoasse em cima do outro. Eu até queria contar a ele que o problema era eu, que era eu quem produzia meu próprio veneno, mas minha mente interrompeu minha boca antes que eu pudesse falar, então apenas murmurei um "sim, está tudo bem" antes do sino tocar, anunciando o fim do intervalo.

O dia seguiu. Meus pensamentos ficaram cada vez mais pesados. Eu não saí uma vez sequer da minha sala. A pergunta do Sr. McCormack me jogou em mais uma deriva, desta vez uma deriva de isolamento e dúvida, uma contemplação a respeito da inevitável futilidade do meu futuro. Eu nem cheguei a parar para pensar no professor Barnes, não até Sandra entrar na sala e dizer:

—Você soube do que aconteceu?

— Não, o quê? — eu respondi, surpreso.
— Parece que o professor Barnes foi assaltado ou alguma coisa assim. Ele está no hospital. Tinha saído com alguns amigos, se perdeu do grupo e acabou sendo assaltado...
— Nossa, não... Quem te contou isso?
— Gina me disse.
— Ele se perdeu do grupo?
— Isso.
— Bom, agora faz todo sentido...
— Como assim "faz todo sentido"?
— Nada, esquece.
— Você não vai no hospital visitar ele?
— Não sei, estou sabendo literalmente agora dessa história.
— Sério, você não sabia de nada?
Balancei minha cabeça.
— Bom, mas você não vai lá para ver como ele está? — ela perguntou, e fiquei pensando no melhor jeito de responder essa pergunta sem me ver contando uma mentira. Não encontrei nenhuma solução.
— Sim, claro, vou lá.
Na mesma hora ela descarregou em mim um discurso sobre como as ruas estão perigosas hoje em dia, sobre como a violência já chegou a todos os bairros da cidade, sobre a explosão das gangues e a quantidade de facas e sobre como é impossível sair e ter uma noite tranquila na atual situação. Eu escutei e validei todas as suas preocupações, não porque ela estava certa — essa não era uma questão relevante —, e sim porque eu queria que ela continuasse ali na minha sala. Só que, assim que a conversa terminou, ela foi embora.

Escutei o quicar de uma bola de basquete e o som de solados de borracha rangendo contra o chão de madeira. Entrei no ginásio. Estava acontecendo um jogo. Visita de uma escola adversária, os jogadores deles vestindo um uniforme branco e vermelho opaco, que era mesmo uma monstruosidade se comparado com o nosso, azul e dourado. Fiquei em pé no fundo, com as costas apoiadas na parede, observando os movimentos do professor Black, que agitava as mãos no ar para passar as instruções aos alunos. Ele parecia crescer a cada movimento, parecia se mover em sincronia com seus comandados, como se estivesse no controle de marionetes. Duwayne estava sentado no banco, completamente imerso no jogo, torcendo, gritando e apoiando seus colegas de time. Olhei para ele e não parei mais de pensar na quantidade de máscaras que aquele menino tinha construído para si.

Faltava menos de um minuto para terminar o terceiro quarto. O professor Black chamou Duwayne do banco e ele foi para a linha lateral, se preparando para entrar. Ele trocou um aperto de mão rápido com o colega que saía da quadra e correu para marcar o número cinco do time adversário, que conduzia a jogada. Duwayne cercou o menino. O time vermelho fez rodar a bola, meio atrapalhado, mas conseguindo fugir da defesa. Até que Duwayne roubou a bola e disparou em direção à cesta, com todos os defensores do outro time correndo atrás dele como se fossem policiais. Já próximos da tabela, eles o emparedaram e, com poucos segundos sobrando no relógio, o jeito foi ele dar dois passos desajeitados e, com uma mão só, arremessar a bola pelo ar, desabando no chão na sequência. A bola voou alto, fez a trajetória de um arco-íris ou de uma estrela cadente e aterrissou bem no centro da cesta, uma pedra arremessada no meio de um rio: chuá. Duwayne ergueu o punho assim que a campainha decretou o final do quarto, e seus colegas correram todos para cima dele. Ao retornar para a quadra de defesa, Duwayne me viu de relance, os seus olhos pedindo para que alguém sentisse orgulho dele. Eu, calado, saí do ginásio.

A SEMANA TINHA sido longa e difícil, alguns dias pareciam a subida de uma montanha, outros, uma queda em alta velocidade. No meio da semana, resolvi dar uma passada na igreja.

A nave central estava vazia, mas um som vinha da sala lateral, e eu o segui. Eu sabia que Mami não estaria no culto, já que, felizmente, era seu horário de trabalho. E eu sabia que, se ela me visse por ali, entenderia meu gesto como uma aprovação, o que nem de perto era o que estava acontecendo — ainda que, na verdade, eu nem soubesse do que se tratava aquele meu gesto; eu apenas atravessava em silêncio a porta lateral para dar de cara com uma sala meio vazia e o pastor Baptiste em pé lá na frente.

Ele deu um pulo quando me viu, mas, de alguma forma, conseguiu disfarçar o susto e até transformou seu espasmo em mais um daqueles movimentos supostamente espontâneos que sempre acontecem durante a pregação e deixam as pessoas comentando "nossa, ele é superenergético e apaixonado". Baptiste reconheceu minha presença ali com um sutil aceno de cabeça, e eu reconheci a presença dele me mantendo impassível.

— Não permita que perturbações aflijam seu coração. Acredite em Deus, e acredite também no que eu te digo neste momento. Na casa do meu Pai, são muitos os quartos. Se não fossem muitos os quartos, eu por acaso diria que preparo um lugar para que você possa descansar? E, se eu visito aquela casa, e se eu te preparo um lugar para descansar, é porque vou voltar e te acompanhar na jornada, pois onde eu estiver é também o seu lugar.

Com bastante delicadeza, o pastor Baptiste fechou a bíblia que estava lendo e começou a falar como se discursasse para uma multidão de milhares de pessoas. Tentei escutar o que ele dizia, mas cada palavra que saía de sua boca me provocava uma onda de indignação. Sua voz era gasolina sendo jogada em cima do fogo raivoso de meu coração em chamas. Depois de meia hora de intensa pregação, voltei à igreja e descobri que o culto noturno já tinha terminado e que o pastor Baptiste estava lá sozinho, guardando as cadeiras.

— Michael, a sua presença é muito bem-vinda, mas, para ser sincero, eu não esperava te ver por aqui hoje.

— Por quê?

— Bom, você não vem à igreja com muita frequência, então eu não...

— Não, não foi isso que eu te perguntei — eu o interrompi, e o pastor Baptiste parou o que estava fazendo e endireitou o corpo.

— Então o que é que você está me perguntando? — ele disse, me encarando, sério e concentrado.

— Por quê? Por que você faz isso? Tudo isso aqui? — eu respondi, gesticulando em direção ao salão.

Ele deu risada e voltou a guardar as cadeiras.

— Acho que essa conversa vai ter que ficar para outro dia.

— Pois eu estou te perguntando agora. E eu acho que eu mereço saber, não? Ainda mais agora que você pretende se casar com minha mãe.

— Ela me disse o que você falou para ela, Michael, sobre o seu ultimato.

— E daí?

— Você acha que está sendo justo com a situação?

— Não faço a menor ideia se é justo ou não, a única coisa que eu sei é o que deveria acontecer agora.

— E o que tiver que acontecer vai acontecer.

— Pois então, me responda. Por quê?

— Por quê? Bom, você quer mesmo saber o porquê? Eu faço o que eu faço porque amo o Senhor... E porque as pessoas precisam de esperança. Sem esperança, nós não temos nada na vida — ele disse, terminando a frase como se fosse um sermão. A simplicidade e o jeito evasivo de sua resposta me deixaram frustrado. Ele não era uma pessoa magnífica e esotérica, ele era simplório. Respondi, então, com um gesto de deboche. — Michael, eu sinto muita dor dentro de você. Você precisa aprender a se livrar dessa dor, ou ela vai acabar te consumindo inteiro. Acredite em mim, eu conheço bem esse sentimento.

Mas as palavras dele não me provocaram nada, a não ser uma revolta interior fulminante. O pastor Baptiste foi embora, caminhando bem devagar, e eu fiquei lá, em pé, um prédio dilapidado, desabando tijolo a tijolo a tijolo.

CAPÍTULO 25

Colindale, norte de Londres, 19h17

— Onde você está, cara? — um Jalil completamente em pânico me perguntou assim que eu atendi o telefone.
— Está tudo bem contigo?
— Preciso que você venha aqui com urgência.
— Certo, claro. Já estou saindo.

Desculpe. Aconteceu um imprevisto. É urgente. A gente pode remarcar?, escrevi para Sandra logo depois de desligar a chamada. Tínhamos combinado de "conversar" e, como eu não sabia muito bem o significado daquele verbo naquele contexto, eu me sentia como se um milhão de aranhas tivessem decidido depositar seus ovos na minha cabeça. Depois de uma semana sem nos falarmos, ela me enviou um e-mail dizendo que precisava desabafar. Ela só me mandava e-mails quando a coisa era séria, como no dia em que foi chamada para uma reunião com a Sra. Sundermeyer e entrou em desespero achando que seria despedida, até descobrir que seria promovida, ou no dia em que ela suspeitou que eu tinha invadido sua sala para roubar comida da sua "gaveta secreta de lanches", um crime que de fato eu cometi, ainda que, convenhamos, essa não seja uma informação relevante agora. Mas, naquele momento, não esperei sua resposta, saí da escola e cruzei a cidade até a casa de Jalil.

— Que foi que aconteceu? — perguntei no exato segundo em que ele abriu a porta para eu entrar.

— Ôoo — Jalil respondeu, uma saudação meio raquítica. — Você veio rápido.

— Eu sei. Você falou que era urgente. Aconteceu alguma coisa com Baba? Ele está bem? — eu perguntei ao entrar na sala. Aminah estava lá, sentada, de braços cruzados, uma perna apoiada na outra.

— Não, Baba está ótimo — ela respondeu, com uma voz formada por dois acordes dissonantes que tentavam se harmonizar.

— Eu tinha entendido que era algum tipo de emergência, não?

Os dois hesitaram em me responder. Olhei para Aminah. Ela estava sentada como se o calor estivesse abandonando seu corpo. Jalil corria os olhos pela sala, nervoso, vacilante, até fixar os olhos em mim.

— Cara, é o seguinte... — ele começou, em um tom de voz mendicante. — Olha, você sabe como Baba está com a saúde debilitada, a situação está complicada. E eu estou tentando explicar para Aminah que...

— Não. Você não vai usar um daqueles seus grandiosos prólogos para fazer parecer que...

— Posso terminar?

— ...você tem toda a razão de pedir o que acabou de me pedir.

— Porra, eu posso terminar? — Jalil gritou, forçando a sala a entrar em um barril de silêncio. Ele limpou a garganta antes de continuar. — Desculpe. Como eu estava dizendo, é um momento delicado — sua voz voltou ao tom mendicante —, e você sabe o quanto Baba quer me ver casado — e, neste momento, sua voz começou a falhar e uma lágrima solitária escorreu pela sua bochecha.

— Ele me pediu em casamento — Aminah interrompeu.
— Mas não um casamento de verdade, um casamento falso só para...

— Baba está com uma arritmia grave no coração. Os prognósticos não são nada bons. Estou passando o tempo todo no hospital. Eu deveria ter te contado.

— Não é justo. Você não pode usar a doença de seu pai para me manipular a participar de um casamento falso.

— Não é manipulação, habibi. Eu só quero realizar o sonho de meu pai, só quero fazê-lo feliz.

— Eu teria um pouco mais de respeito por você se você realmente me pedisse em casamento.

— Nós não estamos neste ponto da relação ainda, não estamos preparados.

— Mas estamos preparados para essa sua ideia aí?

— Que diferença faz, se, em algum momento, nós vamos de fato nos casar?

— A diferença é que eu não vou ser uma mulher idiota que concordou com uma proposta estúpida. Quem você acha que eu sou?

— Mas eu te amo, habibi.

— Pois o que eu te peço é que você me trate com respeito antes de me amar. Você não pediria o que você me pediu para uma pessoa que você respeita de verdade — ela disse, e Jalil abaixou a cabeça. — Você não tem nada a dizer para seu amigo, não? — Aminah me perguntou.

Eu fiquei lá, em pé, com a boca meio aberta, sentindo a fúria dos olhos de Aminah me carbonizar aos poucos. Ela zombou do meu silêncio.

— Cara, eu vou embora — ela anunciou antes de caminhar até a saída e bater a porta com força suficiente para chacoalhar as paredes. Jalil me olhou com uma expressão de amarga decepção.

— Por que você não disse nada, porra? — ele andava pela sala, as mãos puxando os cabelos, quase aos prantos.

— E o que é que você queria que eu dissesse? Para ela casar contigo?
— Cara, eu vou perder tudo. Tudo!
— Do que você tá falando?
— Eu estou quebrado. Quebrado. Não tenho nada de dinheiro, só uns trocados. E conseguir um emprego, um emprego de verdade, é essa dificuldade, então eu estou fazendo qualquer coisa que apareça. Você sabe como é, comprando e vendendo umas coisas...
— Cara, do que você tá falando?
— Não, não é o que você tá pensando. Tudo legalizado. Ou perto disso, pelo menos — Jalil suspirou enquanto eu olhava para ele desconfiado, sem saber se deveria acreditar em alguma das palavras que saíam da sua boca. — Agora Baba acha que eu estou vivendo algum tipo de vida selvagem. Ele diz que não confia em mim, que eu não vou saber cuidar das coisas, então ele vai doar a casa e toda a herança se eu não me casar com alguém. Segundo ele, uma esposa e uma família vão me dar humildade, me ajudar a entender o verdadeiro propósito da vida. Mas eu sei que o que ele quer mesmo é me ver de terno e gravata. É o conceito dele de pessoa responsável.
— Não tô entendendo nada. Por que você simplesmente não pede Aminah em casamento?
— Porque eu não estou preparado. Eu estou com medo, ok? Estou com medo. E agora veio essa situação toda, é muita pressão. É muito cedo. Você se casaria com alguém que você só conhece há três meses?
— Talvez, quem sabe. Eu casaria se soubesse que, em algum momento no futuro, a gente se casaria de qualquer jeito — eu disse, e Jalil ficou quieto, abaixou a cabeça e colocou ambas as mãos na cintura. — Ainda dá tempo. Você ama ela?
— Acho que sim — ele respondeu, e seus cílios compridos tremiam enquanto ele piscava rápido. — Assim, claro, amo, com certeza. Não quero que ela desapareça da minha vida. Ela é incrível.

— Você tem certeza?
— Sim, tenho.
— Não parece.
— Como assim, cara?
— Meu irmão, o que você quer, afinal?
— Do quê?
— Da vida, o que você quer da vida? — fiz essa pergunta a Jalil como se a fizesse para mim mesmo.

— Não sei, acho que nunca parei para pensar de verdade no assunto. Sempre achei cômodo me mover de um ponto a outro e não levar nada muito a sério. Costumava passar um tempo na universidade para ter a impressão de que estava fazendo alguma coisa de útil, mas, para ser sincero, nunca me importei. Eu só quero que as coisas fiquem bem, sabe como é? — Jalil desviou o olhar, focando sua atenção no vazio. — Só quero que as coisas fiquem bem. Mas não faço ideia do que eu quero ser ou do que eu quero fazer.

— Bom, mas é o que você precisa descobrir por você mesmo, não dá para só ficar por aí deixando a vida desabar na sua cabeça, ela vai te consumir até não sobrar mais nada — Jalil concordava com a cabeça enquanto eu falava, mas, assim que as palavras escaparam pelos meus lábios, me perguntei a quem aquela conversa realmente se direcionava. — E não é tarde demais para fazer a coisa certa — eu concluí, soando como um guru sempre confiante, como uma pessoa que está lá para os outros, para todos os outros, menos para si mesmo.

Se algum dia existiu um momento perfeito para observar o peso do mundo desabar em cima dos ombros de uma pessoa a ponto dela implodir, este foi o momento. Que ótimo problema para se ter: casar com o amor da sua vida para poder receber uma bela fatia da herança da família. E que privilégio é poder assistir à morte do seu próprio pai. Saber onde ele está enterrado, saber onde ele pode ser encontrado. Que privilégio é poder herdar mais do que uma simples ausência, mais do que uma ruína ou um trauma. Mas, independente do peso, todos nós carregamos nossos fardos, e eles são pesados porque estão em cima dos nossos ombros, é uma bagagem emocional só nossa. Alguém escolhe trocar de bagagem sem saber o que existe lá dentro?

Jalil fungou, colocou a cabeça entre as mãos e começou a chorar. Eu fiz o possível para acalmá-lo, segurando meu amigo como se ele fosse um órfão que tinha acabado de ser adotado, um desabrigado entrando em uma casa nova pela primeira vez.

ENTREI NA MINHA sala de aula e joguei casaco, cachecol, luvas, sacolas, todo o peso que me sufocava bem no meio do chão e desabei na cadeira. Meu corpo estava travado, estalando e rangendo igual a um metal enferrujado, os braços prestes a arrebentar, como se fossem elásticos esticados demais, sem falar na enxaqueca que explodia na lateral da minha cabeça. No fundo, o que eu sentia mesmo era um cansaço intrínseco, não apenas do corpo ou da mente — era um cansaço que ultrapassava a alma, uma fadiga cujo nome ainda sequer existe. Por sorte, era dia de treinamento e nós não precisávamos lidar com nenhum estudante. O silêncio e a paz ao redor do prédio eram evidentes. Decidi fugir das dinâmicas de grupo com os outros professores e passar o dia inteiro ali, dentro da minha sala, uma prisão ou um santuário distante do mundo — uma definição que, em dias como aquele, acabava se tornando intercambiável.

Desculpe por ter cancelado ontem. Eu sei que você queria conversar e o quanto essa conversa é importante pra você. Você está por aqui hoje? Beijo. Respondi o e-mail de Sandra. Eu sabia que ela estava lá, não por tê-la visto na escola, e sim porque outras pessoas teriam me procurado se ela não estivesse.

Passei o restante do dia olhando para a parede do fundo, observando os ponteiros do relógio se moverem naquele movimento ínfimo. Os minutos passavam, mas o tempo parecia paralisado no mesmo lugar. Imprimi o que estava escrevendo, joguei dentro de um envelope e guardei o envelope no bolso. Então andei pelos corredores da escola, desta vez me vendo atravessado por um sentimento diferente, uma ambivalência, uma oscilação entre duas mentes, entre dois mundos.

Bati na porta da Sra. Sundermeyer antes de entrar. Seu rosto permaneceu tenso, como se ela estivesse posando para um retrato. Eu não tinha nem começado a falar e ela já estava me escutando.

— Diretora, se a senhora tiver um minutinho, eu queria conversar sobre um assunto e avisar que...

— Sim, claro — ela me disse, tranquilizadora.

— Não sei muito bem como falar isso, mas... preciso sair. Quero pedir demissão — eu disse, e retirei o envelope do meu bolso e o coloquei sobre a mesa. — Não tenho conseguido lidar muito bem com as coisas. E, cada dia que eu venho aqui, parece que piora. Eu sinto como se estivesse respirando dentro de uma nuvem de fumaça, respirando dentro de um lugar sujo e escuro. Mesmo que eu não consiga enxergar, eu sei que a fumaça está lá. Sinto na minha pele, nos meus pulmões. Eu tento tossir, tento cuspir, mas não vai embora. Está sempre aqui, alguns dias mais do que outros, mas sempre por aqui. Ultimamente tem sido cada vez mais forte: quando eu acordo, quando eu vou dormir, no meio da aula, sempre. De repente me vejo olhando para o nada, me sentindo vazio, e eu nem sei quanto tempo se passou, às vezes um minuto, às vezes uma hora. Posso passar o dia inteiro olhando para o nada. E eu tomo vários banhos para sentir o calor da água, mas não demora e eu sinto como se estivesse me afogando. Não sei bem o que fazer em relação a isso, mas sei que não posso mais ficar aqui, não dá mais, porque só piora. Imagine que tem alguma coisa presa dentro de você, algum animal com uma garra muito afiada, e ele está ficando sem ar e, por isso, começa a arranhar o que vê pela frente, tentando se libertar. Quanto mais sem ar ele fica, mais ele te arranha por dentro, querendo fugir, te machucando mais e mais e mais. E tudo o que você pode fazer, do lado de fora, é permanecer calmo, porque ninguém sabe o quanto você está sofrendo, ninguém sabe, às vezes nem você mesmo.

Então eu me calei, em choque por ter dito tudo aquilo para ela. Imediatamente me arrependi. Tentei me conter, mas não consegui; cada memória, cada dor, cada pontada no coração, cada angústia na alma, cada lágrima do espírito, veio tudo de uma vez só. Até mesmo as lembranças felizes, a alegria, as risadas, os sorrisos, até mesmo essas recordações me fizeram chorar um pouco mais, porque eu sabia que não poderia vê-las de novo. O barco já tinha levantado âncora e eu estava sozinho na ilha. A Sra. Sundermeyer se manteve na mesma posição de retrato de quando eu entrei na sala, talvez entediada, ou indiferente, ou talvez tentando absorver as informações. Não que fizesse alguma diferença para ela.

— Bom, é isso, preciso sair. Este foi meu aviso prévio. Mas não quero que ninguém saiba, nem os alunos, nem os professores. Ninguém. Não quero cartões de boa sorte, bolo, despedidas, nada. Só quero desaparecer em silêncio, seguir em frente e fazer o que eu preciso fazer.

CAPÍTULO 26

Brooklyn, Nova Iorque, 8h08

Os olhos de Michael se abrem e se deparam com um silêncio solene. Ele está deitado em uma cama de solteiro, cercado de paredes brancas, em um quarto sem janelas de um apartamento no Brooklyn. Tem uma poltrona ao lado da cama e uma mesinha na outra parede, com alguns objetos decorativos em cima, o que faz o cômodo parecer um pouco menos temporário.

Ele se ergue e senta na beirada da cama, esticando as pernas pelo piso laminado de mogno. Nenhum som do outro lado da porta, então talvez as pessoas com quem ele está compartilhando o lugar tenham ido trabalhar. Ele conheceu os dois no dia anterior, um homem e uma mulher, cujos nomes ele não se importa de lembrar. O homem era bem baixo e, para compensar a altura, não parava de contar piadas esquisitas, o que Michael validou com uma risada também esquisita, enquanto a mulher não parava de falar do ex-namorado, com quem, aliás, ela continua transando, e, no fim, ambas as conversas levaram Michael a uma série de devaneios, a maioria envolvendo Belle. Ele podia chamá-la assim agora,

Belle. Michael sabia seu nome, e este nome provocava nele a mesma sensação que o bater de asas de um pássaro provocaria se pudesse roçar a membrana do seu coração.

O espaço de convivência do apartamento é gigantesco, dá para correr de um lado para o outro. Ele anda até a janela para observar o horizonte, mas a paisagem está bloqueada pelo prédio vizinho, com a lateral toda grafitada, cheio da mais pura, macia e branca neve na calçada. Michael senta no sofá com uma xícara de chá na mão, e a guitarra no canto da sala faz com que ele lamente não ter insistido em aprender a tocar. Ele sente uma tranquilidade que por muito tempo evitou. Talvez seja o lugar, talvez seja ela.

MICHAEL SAI DO apartamento e anda até o metrô da avenida Morgan. A neve está macia e fina debaixo dos seus pés, mas não demora e seus dedos já estão congelados. Ele passa na frente de uma série de apartamentos reformados, onde antes funcionavam alguns centros industriais, e também por uma quadra de basquete coberta de neve, imaginando como seria disputar um jogo ali. Sentar no trem, durante o dia, seguindo para o outro lado da cidade, lhe provoca uma sensação bastante curiosa, um sentimento surreal. Parece que tudo não passa de um deslocamento comum, parte da rotina normal da semana. É bastante simbólico: Michael olha para os outros passageiros no vagão e ninguém olha para ele de um jeito diferente.

O metrô de Nova Iorque é confuso, seu mapa se parece muito mais com um diagrama do sistema nervoso central dos seres humanos. Somente os próprios moradores da cidade sabem se virar pelas linhas sem se perderem. Ele sai do trem L e faz uma baldeação para a linha vermelha, saindo na rua 135. Chamar pelas cores foi a forma que ele conseguiu encontrar para se localizar: linha vermelha em direção ao Harlem, linha verde para o Bronx, linha cinza para o Brooklyn. Belle achou essa estratégia ridícula, quando ele pediu informações a ela, e alegou que o melhor era que ele aprendesse o sistema de letras, uma opção que, para Michael, pareceu ainda mais ridícula, especialmente no momento em que ela tentou explicar alguma coisa sobre os trens irem na direção "do bairro".

Primeiro, Michael desce na rua 116 e examina a região. Ele se lembra de Belle ter dito, durante a longa e misteriosa caminhada dos dois, que nesta rua havia um restaurante de comida étnica que preparava um bolo incrível, e ele pensou que seria uma boa ideia comprar umas fatias. De chocolate para ela, de cenoura para ele. Ao andar na direção do restaurante, ele vê um caixa eletrônico. Michael para, insere seu cartão e confere o extrato: 1.452$. Ele respira fundo. Não sente nem pânico, nem calma, apenas aceita o presente e o que está por vir. *Não posso me esquecer dos motivos que me fizeram vir até aqui*. Michael compra a comida no restaurante, volta ao metrô e segue pela linha azul até eventualmente chegar na estação da rua 135.

— Não dá para não notar. É um prédio alto marrom, a três quadras da estação — as instruções dela eram claras e simples e, mesmo assim, ele se perdeu. Olha para cima, avaliando cada prédio. No fim, Michael só encontra o lugar graças à ajuda do mapa no seu telefone. Ele pega o elevador e bate na porta cor de vinho. Ela abre.

— Ei, e aí — Belle diz, a voz dela soando como uma música. — Você conseguiu chegar.

— Não foi assim tão difícil — ele responde, sorrindo.

Ela está usando um vestido longo e esvoaçante, todo estampado, que ressalta o quanto seu corpo é magro. Seu cabelo está enrolado em um lenço de seda. Ela vira as costas, deixando a porta aberta, e diz "pode entrar" antes de atravessar sua sala em direção à cozinha conjugada.

— Eu estava dando comida para a minha gata — ela diz, enquanto Michael reconhece o ambiente e senta no sofá de couro, sem querer ocupar muito espaço na casa. A televisão na frente dele está desligada, e a estante de livros ao lado chama sua atenção. Alguns quadros também estão espalhados pelo ambiente, alguns em molduras, outros soltos nas paredes, figuras divinas, esotéricas, algumas silhuetas, cada imagem de algum modo remetendo a ela.

— Seu apartamento é muito bonito.

A gata surge de trás de um grande bibelô oriental largado no chão. Ela caminha de um jeito estranho, mancando, e tem um pequeno sino pendurado na coleira.

— Eu coloquei o sino depois que ela sumiu por um tempo. Ela foi atropelada por um carro e o veterinário foi obrigado a amputar uma das patas.

— Nossa, que pena — Michael diz, na esperança de que sua preocupação pareça autêntica.

— Mas isso foi antes de eu aparecer na vida dela. Adotei de um abrigo, foi amor à primeira vista — ela ri. — O nome dela é Monica.

— Ah, igual à de Friends?

— Não.

— Monica Seles?

— Também não.

— Monica Lewinsky?

— Não...

— Certo, não conheço mais nenhuma Monica.

— Como Monica, a cantora.

— Ah, sim, claro.

Belle pega a gata e faz um carinho nela.

— Você não tem problema com gatos, tem?

— Não, não, tudo tranquilo — ele diz, tentando se convencer mais do que tentando convencer Belle. Ela, então, estica os braços e leva a gata na direção de Michael, à espera de que ele pegue o animal no colo.

— Talvez na próxima vez... — Michael diz e dá um sorriso, nervoso.

A conversa segue. Apesar do sol forte lá fora, Belle abaixou as cortinas e acendeu velas e um incenso de sálvia, o que dá ao lugar uma atmosfera de sessão espírita no meio da madrugada.

— Você sabe que pode tirar seu casaco, né — ela dá uma risada. — E ficar mais confortável.

O sorriso de Belle faz com que ele se acalme. Michael relaxa, tira o casaco, o cachecol e as botas e se acomoda melhor no sofá, ocupando muito mais espaço do que antes.

— Beleza, mas também não exagere — ela diz, de brincadeira, ao voltar da cozinha com uma caneca quente nas mãos.

— Chá então? — Michael brinca e abre um sorriso. Ela também sorri, e a cena faz com que Michael pense em quanto tempo havia que alguém não sorria para ele. — Eu trouxe bolo — ele diz e entrega para Belle a sacola, que ela pega animada e leva para a cozinha, voltando com os bolos servidos em pratos de sobremesa.

Belle senta ao lado dele no sofá, com os pés debaixo das pernas cruzadas. Ao fundo, um cantor de folk acústico com uma voz rouca serve de trilha sonora. Eles tomam chá e comem bolo e se esquentam naquele breve momento de solidão.

— Michael — ela diz depois de tomar um gole do chá —, a gente já se viu mais do que algumas vezes agora e eu não sei quase nada sobre você.

— O que você quer saber?

— Você nunca fala de você mesmo.

— Sim, mas o que você quer saber?

— Não é esse o ponto, não me obrigue a te interrogar.

— Então é para eu simplesmente chegar aqui e começar a falar?

— Exato!

— Sobre mim mesmo?

— Sim.

— Não sei como é isso. Não sou acostumado. Nunca tive ninguém com quem conversar. Assim, eu conheci pessoas, mas eu sempre me senti muito sozinho, independente de quem estivesse por perto.

— Eu também sempre me senti muito sozinha. Quer dizer, a maior parte do tempo, pelo menos — ela para e dá um suspiro, olhando dentro da sua xícara. — Eu tinha uma família bem grande. Cresci com meus primos e meus avós, mas depois fui para o orfanato e tudo aquilo que você já sabe. Ao contrário de você, eu falo da minha vida, né.

— Sim, mas para você é mais fácil porque você é...
— Por que eu sou o quê?
— Nada.
— Você ia dizer mulher, não ia?
— Não, não ia.
— Sim, você ia. Você ia dizer que eu falo mais porque eu sou mulher.

— Não ia! Eu ia dizer que é porque você é... Você é... Uma artista. Você é mais criativa e expressiva do que eu. Você pinta e tal.

— Ou seja, não só você é patriarcal, sexista, misógino, você também é um baita de um mentiroso, é isso? Nossa senhora, os homens são mesmo um lixo, cara — ela dá um murrinho de brincadeira no ombro dele e Michael finge estar machucado.

— E você é claramente misândrica. Esse foi um ato de violência baseado no gênero.

— De jeito nenhum, esse foi um ato de violência baseado no fato de você ser um belo de um idiota — ela avança sobre ele com uma velocidade felina, mas Michael se antecipa, agarra Belle no ar e a empurra de volta para o sofá, até que eles começam a rolar de um lado para o outro. No fim, ele envolve o corpo dela com os braços e descobre um jeito de imobilizá-la.

— Você sabe que não tem como fugir daqui, né?
— Pode ser que não. Ou talvez eu tenha te obrigado a me colocar exatamente onde eu queria estar.
— Rá!
— Talvez eu seja só uma masoquista e minha única opção agora seja pegar as algemas, os chicotes, as correntes e todo o estoque de brinquedos que eu guardo debaixo daquela cadeira ali.

Aos poucos, Michael deixa Belle escapar.

— Essa ideia é meio excitante, na verdade — ele responde, com um sorriso malicioso.

— Seu safado.

Belle então volta para o lado dela no sofá, pega o chá e estende as pernas no colo de Michael com um sorriso sinistro no rosto. *Eu aproveito cada segundo com ela, toda a alegria, todas as risadas. Todos os momentos.* Ele olha para ela com deliberada intensidade.

— Que foi? — Belle pergunta, claramente autoconsciente.

— Nada.

— Tá, mas eu quero saber mais sobre você... Tipo, onde você cresceu?

— Bom, eu cresci em uma comunidade, na mesma comunidade onde a gente vive hoje.

— Oi, espera, em uma comunidade?

— Isso.

— Com aquelas rezas, todo mundo com a mesma roupa, aquela merda toda?

— Quê? Não — ele ri.

— Uma comunidade?

— Isso, uma comunidade. Casas do governo, gueto, não sei como vocês chamam aqui, projeto social?

— Ah! Nossa, eu tinha entendido uma coisa completamente diferente.

— Percebi.

— E como foi?

— Você sabe como é, aquele velho estereótipo de crescer no meio da pobreza e ainda ser negro. Mas não foi de todo mal. Eu adorava várias coisas. Me lembro muito do meu pai me mandando ler, então foi o que eu fiz. Mesmo depois dele ter ido embora. De resto, foi o pacote completo: o Grande Albert, as roupas da Fubu, da Sean John, Roca Wear, calças baggy superfolgadas e bem lá embaixo, aqueles tênis da Nike...

— VOCÊ? — ela grita e explode na risada. — Não acredito, não dá nem para imaginar.

— Sério, você não vai querer imaginar essa cena. Graças a deus nós não tínhamos celular com câmera naquela época.

— Sim, com certeza.

— E você? Como você era no passado?

— Eu era uma pequena deusa punk, com uma coleira metalizada no pescoço e cabelo espetado, usava umas camisetas anarquistas e preparava umas cerimônias falsas de bruxaria para amaldiçoar os idiotas da escola enquanto escutava death metal.

— Ou seja, você não mudou nada desde então? — ele diz e vê o sorriso dela se transformar em uma gargalhada. O desejo de Michael é guardar aquele som dentro de uma garrafa e levar com ele para todo e qualquer lugar, quem sabe até multiplicar aquele sorriso por cem e soltar as pequenas porções dentro das prisões, em esquinas infestadas de traficantes, em zonas de conflito e guerra, em casas de famílias abusivas e em qualquer outro lugar que esteja precisando de esperança.

— Você pensa em como sua vida poderia ter sido diferente? — Michael pergunta.

— O tempo todo. Eu sempre me questiono se tomei as decisões corretas ou se fiz a coisa certa, mesmo que não tenha nada que eu possa fazer a respeito daquele assunto.

— Às vezes você precisa aceitar o destino?

— Destino? Que se foda o destino — Belle responde, completamente segura de si. — Não acredito que exista destino nenhum neste mundo. É só você parar para observar. Olha toda essa morte e destruição. Em algum lugar lá fora tem um bebê que acabou de nascer e já vai morrer, tem famílias que vão ser separadas nas fronteiras, tem alguma guerra sem sentido e milhares de pessoas que vão morrer e ninguém vai ficar sabendo que elas morreram e todo mundo vai seguir a vida como se fosse tudo normal. E aí eu preciso dizer que existe destino porque eu ganhei um carro novo ou arranjei um emprego novo ou ganhei um aumento de salário ou porque tenho uma paixão recíproca por algum outro indivíduo sem cérebro da nossa espécie?

— Mas, ainda assim, existe alguma beleza no mundo.

— E por isso vamos ser obrigados a tolerar todas as coisas feias? Olha só, os seres humanos são supostamente a espécie mais inteligente, feita à semelhança de um deus preguiçoso e onisciente, um deus entediado demais para usar seus poderes, um deus que prefere assistir às guerras do que acabar com elas, e nem assim somos capazes de entender a única certeza que nós temos, que é que nós não sabemos porra nenhuma do que estamos fazendo neste lugar e que, um dia qualquer, nós nem vamos estar aqui para tentar entender alguma coisa. A gente vive em uma pedra que gira ao redor de uma pedra maior que está em chamas, em um universo tão vasto, com bilhões e trilhões de pedras, e nós ainda somos arrogantes o suficiente para acreditar que a nossa vida é de alguma forma significativa. Nós inflamos nosso peito de autoridade, mas a gente se esquece de que é na nossa insignificância que encontramos nosso valor, é compreendendo que nada disso importa que nós descobrimos o que importa de verdade. É aí que reside a beleza. É onde nós finalmente nos encontramos de verdade.

Michael encara Belle, estático. Ele está hipnotizado pelo feitiço dela, por essa rainha vodu, essa xamã, essa sacerdotisa. Belle olha de volta para ele, e os olhos dela o transportam para os mais inesperados universos.

— Desculpe — ela diz. — Tendo a me empolgar e emendo uns discursos hiperbólicos.

— Tende? — Michael pergunta, e Belle olha para ele ligeiramente envergonhada. — Nunca peça desculpas por ser quem você é.

Ela baixa os olhos. Ele observa Belle desaparecer dentro de si por um instante. Na superfície, ela está calma, em paz, mas, dentro dela, a tempestade arrebenta.

— Tem um documentário que a gente deveria assistir. Você gosta de documentários?

— Adoro! — ele diz, bastante animado, ajudando a transformar o humor da sala. Lá fora, o sol começa a se pôr, ostentando sua grandiosa mistura de tons cerúleos e escarlates.

1.426$

CAPÍTULO 27

Harlem, Nova Iorque, 3h33

— DNR — Belle diz, notando a tatuagem nas costelas de Michael, logo abaixo do peito. — O que significa? — ela pergunta.

— Ah, bom... São as iniciais de uma pessoa, um lembrete.

— E por ser um lembrete é que está tatuado tão perto do seu coração?

— Mais ou menos isso.

— Você obviamente está mentindo, mas tudo bem. Vou fingir que não vi nada.

— A inteligência é um dom que você sabe aproveitar.

— Meu querido, a inteligência é um dom que qualquer um deveria saber aproveitar.

Eles se deitam em um silêncio confortável, o tipo de silêncio compartilhado apenas pelos amantes.

— Imaginei, na verdade, que seria um problema para você — Belle diz, com a cabeça no peito de Michael, fazendo carinho no corpo dele, que brinca com os cachos do cabelo dela. A luz da lua entra pela janela, transformando o branco das paredes em um azul marinho fluorescente, como o tom de pele mais escuro possível, o oposto do pecado. O quarto dela é um santuário, um abrigo contra o frio amargo do mundo.

— Por isso eu fui embora depois de te contar. Não era nem a minha parada. E, para ser sincera, não achava que fosse te ver de novo.

Michael continua enrolando o cabelo dela nos dedos, observando a respiração profunda de Belle, observando o modo como seus cílios sobem e descem com o piscar dos olhos, contando cada um deles, observando como a luz inconstante das velas a ilumina.

— Você não precisa se preocupar — ele diz, tentando tranquilizá-la.

— Mas eu me preocupo. Você não entende. A maior parte dos caras acaba surtando quando descobre. No início, eles fazem várias piadinhas sobre ménage, mas depois de um tempo eles se sentem pressionados, começam a pensar no que os amigos vão falar, no que as famílias vão falar.

— Olha, você foi apaixonada por uma pessoa, não deu certo. Não precisa ficar trazendo o passado para o futuro.

— É difícil...

— Eu sei.

— Especialmente com homens — ela hesita e, antes de voltar a falar, solta um suspiro longo e pesado. — Eu me sinto atraída por homens. Mas não gosto de homens. Eu não dormia com um homem há muito, muito tempo.

— Não sei bem como devo me sentir a respeito desta informação.

— Você deveria se sentir privilegiado — Belle diz, com uma espécie de espanto na voz. — Você é diferente, tem uma energia calma.

Um silêncio atravessa os dois, um silêncio denso e desconfortável. Michael fica calado e espera que Belle retome a palavra.

— Eu simplesmente não entendo o porquê dos homens agirem como eles agem. O porquê do mundo ser do jeito que é. Uma adolescente do Bronx sendo assediada por homens bem mais velhos só porque seu corpo está crescendo, mulheres fugidas do oeste africano sendo obrigadas a ficarem em pé nas ruas de Paris para venderem os próprios corpos e arranjarem uma grana extra para enviarem para suas famílias, mulheres estupradas na África do Sul, estupradas no Congo, estupradas no Sudão, estupradas em Los Angeles, estupradas em Honduras, estupradas na Bahia, estupradas em Mianmar, estupradas na Índia, estupradas na Espanha, estupradas na Irlanda, estupradas, estupradas, estupradas, estupradas, estupradas, estupradas, estupradas, estupradas, estupradas, estupradas, estupradas, estupradas, estupradas, estupradas... O que é que acontece com uma palavra quando ela é usada demais? Perde o significado? O veneno se torna um néctar doce a ponto de se transformar em algo normal? A gente deixa de ver o que está nos matando? Que esse veneno está matando todas as mulheres? Lésbicas, bissexuais, mulheres trans, e é ainda mais complicado se você é negra. Você entende o que eu estou dizendo? Você realmente entende? Você sabe como é ver e saber de todas essas questões, conhecer todas essas questões, e ainda assim ser obrigada a seguir, ser obrigada a viver neste mundo, mesmo sabendo que não existe ninguém lá para você a não ser você mesma? A minha vontade é arremessar esse mundo no mesmo fogo que ele usa para forjar a grande falácia criada para subjugar as mulheres, a mesma falácia que eles criaram para subjugar os negros, os gays, deixar as chamas consumirem até o último suspiro dessa merda e ir embora sem nem olhar para trás.

Michael puxa Belle para mais perto. Ele sente as lágrimas. Ele sabe que ela está chorando, mesmo que não consiga ver. Ele sabe que ela está chorando porque ele também está. E, neste momento de sincronicidade emocional vertiginosa, eles se tornam um só. Michael consegue sentir o quão forte Belle precisou ser durante toda sua vida, o quanto ela precisou ser resiliente, sem chance para descansos. *Meu desejo não é dar o mundo para ela; pelo contrário, é retirá-lo, tirar o peso do mundo dos seus ombros e colocar essas dores no chão. Eu queria poder dizer a ela que a vida pode, sim, ser mais leve, que existe uma vida sem sofrimento, uma vida em que os dias não sejam apenas mais um julgamento, mais um teste a ser enfrentado, mais um obstáculo a ser superado. Eu queria poder trazer a esperança das futuras gerações para este momento, mostrar a ela que, um dia, tudo vai fazer sentido, toda dor vai ser suportada, todo sofrimento, mostrar que, um dia, nós vamos viver nas conquistas daqueles que hoje se autodeclaram livres. Mas não posso. Tudo o que eu posso fazer é ficar aqui. Eu não tenho nada a oferecer, não tenho nada a oferecer nem a mim mesmo. Minhas mãos estão mais vazias do que meu coração, este coração que sangrou até não sobrar mais nem uma gota de sangue dentro dele.*

Belle olha para Michael, as lágrimas nos olhos como uma cachoeira que assume a forma de Criseida; os dois são amantes alados, infiéis a este mundo, voando em direção ao sol escaldante. Se eles pudessem pelo menos fugir deste lugar. Eles então se beijam. E os lábios dela, tão macios e afetuosos, evocam nele memórias esquecidas de como é se sentir vivo. Tanto que, de imediato, Michael percebe que a nuvem escura, a cortina de fumaça que o cerca, está se dissipando e caindo no esquecimento, viaja de volta ao terreno misterioso de onde surgiu. Ela se deita em cima dele. O calor do corpo de Belle é eterno. O coração dela é um farol e Michael é um navio à deriva no oceano.

Ela murmura algumas palavras em um idioma desconhecido aos ouvidos de Michael e, delicadamente, com a ponta dos dedos, desliza a mão do umbigo de Michael pelo seu abdômen até o peito e, no fim, estica toda a palma da mão pelo tórax, como se explorasse o território daquele novo corpo.

Na sequência, Belle passa a perna sobre Michael, ajoelhando-se, e, devagar, esfrega suas coxas nas dele. Michael se vê cada vez mais excitado, cada vez mais duro, e, com cuidado, esfrega seu corpo no dela. Belle beija o pescoço de Michael e começa a tocá-lo. Um pequeno bolsão de ar escapa da boca dele. Ela volta a beijá-lo no pescoço. A respiração de Michael começa a ficar mais agitada. Ele observa o próprio peito, o subir e descer do tórax, cada movimento um pouco mais acelerado do que o anterior, e escuta os gemidos suaves de Belle, o eco que os sons fazem no quarto iluminado pela lua.

Ela ergue a cabeça e beija as bochechas dele. Michael vira o rosto e fica de frente para ela, sua boca tocando a boca de Belle, seus lábios compartilhando a dança do sagrado. Ele gira o tronco e agora fica por cima dela, que enrosca os braços e as pernas no corpo de Michael. Eles estão à mercê um do outro, dependem da liberdade um do outro. Os beijos dele descem para o pescoço de Belle e ela geme em um tom mais agudo enquanto ele toca seus seios. Ela se desvencilha do vestido estampado, que Michael ajuda a tirar, e o joga no outro lado do quarto. Ele beija os mamilos de Belle, sente a pele macia dos peitos. Seus beijos deslizam pelo tronco, sua boca se move como um nômade pela paisagem do corpo de Belle; dos seios para o esterno, do esterno para o estômago, do estômago para o umbigo e daí para a virilha. Eles se dão as mãos, os dedos entrelaçados no momento em que ela apoia as pernas nos ombros de Michael. Ele abaixa a cabeça e beija os lábios vaginais, separando-os com a língua, procurando pela joia da coroa. Uma rainha sem qualquer império; um reino que não foi conquistado por guerras. Abençoados sejam os santos que se sentam entre nós, abençoados sejam aqueles que são afortunados a ponto de se permitirem o toque, que são afortunados a ponto de amar.

Você é um enigma, um mistério, a aurora boreal do meu escurecido céu, a imaginação infantil da minha consciência adulta. Você é a harmonia lunar, composta em um tom de tranquilidade, uma orquestra de violinos executando a canção de dez sistemas solares em chamas. Você é a lágrima do último sol a brilhar. O seu tempo equivale a uma kalpa, só que capturada em um único movimento de respiração. É onde meu coração encontra descanso, esta sensação incoerente. Você faz com que eu vibre tal como vibram mãos ancestrais em um djembê.

Mesmo sem pernas, por você eu me lançaria em uma corrida; mesmo sem olhos, o seu rosto eu conseguiria enxergar; mesmo sem ouvidos, a sua voz eu poderia escutar; mesmo sem mãos, a sua pele é que eu gostaria de tocar; mesmo sem boca, o seu gosto eu iria provar; mesmo sem nariz, o seu cheiro eu não deixaria de notar; mesmo sem coração, é você quem eu pretendo amar. Você é a minha pessoa.

O apogeu dos gemidos de Belle se eleva como um tsunami no oceano e cai sobre eles, uma purificação digna das abluções de uma alta sacerdotisa. Eles são amados, eles são amados, eles são o amor.

O TREM SEGUE na direção do bairro quando ele volta para o Brooklyn. Michael senta e observa os rostos cansados e desgastados ao seu lado. São quatro da manhã, um horário que ele conhece muito bem. Michael desce na estação da Morgan e anda até o apartamento. As ruas estão quietas, frias e sigilosas. A neve derretida forma poças que se parecem com um líquido vindo de outro planeta.

Sendo o mais silencioso possível, ele abre a larga porta vermelha e pesada do apartamento e se aventura na escuridão até seu quarto. Michael fecha sua porta e, devagar, tira todas as suas camadas de roupa. Ele se senta na beirada da cama olhando, olhando, olhando.

1.351$

CAPÍTULO 28

Estação de Peckham Rye, Londres, 19h58

Uma tempestade desabou das nuvens cinzentas que cobriam o céu. Esperei dentro da estação — apenas os mais corajosos se arriscavam lá fora — até minha paciência se esgotar, como uma caixa de leite que estraga depois de três dias aberta na geladeira, e fui embora, dobrando à esquerda e seguindo pela avenida principal, deixando para trás o McDonald's, a Poundland, os armazéns de caridade e os salões de beleza.

— Não dá para acreditar que ele more por aqui — murmurei para mim mesmo, enquanto a chuva escorria pelo lenço que usei para cobrir a cabeça. Veja bem, há quinze, ou até dez anos, alguém como o professor Barnes nunca iria morar em Peckham. Ele ficaria intimidado demais com a quantidade de idiomas falados nas ruas ou com o barulho das igrejas no domingo à tarde ou com o número de adolescentes que andavam pelo bairro com capuz na cabeça e calça arriada. Eu já fui um desses adolescentes. A gente terminava o dia quebrando o pau na frente do McDonald's ou em uma ruela qualquer, e só os mais atléticos conseguiam fugir para contar a história, que era o que a gente mais queria: fazer os outros acreditarem que alguma coisa acontecia na nossa vida. Mas nos outros dias nós vínhamos aqui, com nossos pais, com nossos tios e tias, comprar a comida que só a gente conhecia, falar as palavras que só a gente entendia e louvar o Senhor com a fé que só a gente sentia. A gente se divertia, fazia amigos e, apesar de não ser nada perfeita, era uma vida para chamar de nossa.

Agora, no entanto, eu mal reconhecia o lugar. Andei até o final da rua e dobrei à direita logo depois da biblioteca, cruzando pelo Prince of Peckham e caminhando por várias ruas secundárias até chegar naquela porta, a porta de número duzentos e setenta e seis. Fiquei em pé debaixo da marquise, aproveitando o abrigo momentâneo para a chuva que se recusava a parar. Bati na porta três vezes, inseguro. Ouvi a escada de madeira ranger e um farfalhar de pés se arrastando pelo chão até que uma luz se acendeu e a porta se abriu. Era o professor Barnes. Seu rosto era um quadro pintado com cores primárias: o azul dos hematomas acima das bochechas, o vermelho do sangue coagulado no seu lábio machucado, o verde da inveja que dominava seus olhos e nunca parecia descansar. Ele apenas me olhou, incapaz de articular uma resposta coerente.

— O que você está fazendo aqui?

— Vim te visitar — eu respondi, me inclinando para frente, como se quisesse entrar. O professor Barnes hesitou por um segundo, mas acabou abrindo a porta e liberando minha passagem. Sentei na sua sala e examinei o ambiente — paredes pintadas com uma cor que ficava entre o branco e o creme e móveis de lojas de departamento.

— Você quer beber alguma coisa?

— Aceito um chá, por favor.

O professor Barnes voltou com uma xícara de chá para mim e um copo de alguma coisa para ele, que fixou os olhos na televisão desligada enquanto eu examinava seu rosto.

— Você não vai me dizer nada?

— E o que é que eu tenho pra dizer? — ele respondeu.

— Você não vai me contar o que aconteceu?

— Por quê? Você deve ter escutado as fofocas. Você já sabe o que aconteceu. É por isso que você veio aqui.

— Todo mundo na escola ficou muito triste com a situação, todo mundo muito "nossa, o professor Barnes foi atacado, ele foi assaltado", mas eu te conheço. Então eu preciso que você me conte a verdade.

— Pra quê? Que porra você vai fazer com essa informação? Não aconteceu nada demais — o professor Barnes disse, e sua voz subiu levemente de tom no momento em que ele me encarou.

— Você está mentindo. Eu sei porque eu te vi! Eu te vi, ok? Eu te vi naquela ponte.

— Oi? — ele se levantou.

— Que porra você estava fazendo lá?

— Você estava naquela ponte?

— A questão aqui é o que você estava fazendo lá. Você sabe muito bem que aquele lugar serve para uma coisa só. Qual foi, você estava tentando arranjar um pico ou o quê?

— Ah, vai se foder, cara. Você não sabe de merda nenhuma, você me viu sendo atacado e não fez nada...

— Você estava comprando drogas, que caralho eu deveria ter feito?

— Chamar a polícia.

— E ser preso quando eles chegassem lá? Você é um imbecil. Você não sabe como as coisas funcionam nesta cidade, não? — esbravejei, e ele ficou em silêncio. — Sem falar que tinha estudante da nossa escola ali.

— Não, não tinha.

— Sim, da porra da nossa escola.

— Você acha que eles me viram...? Caralho. Ainda posso perder meu emprego.

— Essa merda é mais importante do que seu emprego. Eles podiam perder o futuro! Cara, você não entende que você está prendendo eles na mesma porra de círculo vicioso de sempre?

— Mas eu só estava...

— Pra você era só mais uma noite na rua, mas pra eles, não, é um beco sem saída.

— E eu sou o culpado por isso? Você estava lá e você não fez nada a respeito.

— Você continua sendo parte do problema.

— Que problema? Quem você acha que é, caralho? Você não sabe nada da minha vida, não sabe de onde eu vim, onde foi que eu cresci. Quem é você pra me julgar? Você quer escutar sobre meu pai abusivo ou sobre minha mãe alcoólatra? Ou você só veio até aqui pra me dar essa sua palestrinha aí? Você está pouco se fodendo. Você é um escroto. Você vem até aqui querendo parecer um doutor, um sujeito maravilhoso e grandioso, mas você não é diferente de mim, não. Você só está aqui pra você se sentir bem a respeito de você mesmo. Porque você está se sentindo culpado e não consegue lidar com isso. A diferença entre você e eu é justamente que eu consigo lidar com essa merda — o professor Barnes despejou e, de um gole só, engoliu o líquido transparente que antes ocupava seu copo.

Ele estava certo. Eu não me importava, pelo menos não com ele. Fui até ali porque minha culpa estava cada vez mais pesada, por saber que, ao me ver na frente do professor Barnes, aquela minúscula voz dentro da minha cabeça iria aliviar minha dor me dizendo que, sim, eu tinha tomado a atitude correta.

— Se eu descobrir quem era aquele menino — ele continuava berrando —, eu vou mandar ele pro inferno. E eu vou te despachar junto com quem mais quiser aparecer — ele disse, enfiando o dedo no meu peito.

— Cara, vai se foder — eu disse, sabendo que minha vontade mesmo era dar um murro na cara dele, o que eu não fiz, claro, porque o que eu fiz foi empurrá-lo para longe e ir embora dali, batendo a porta na saída.

PASSEI UM TEMPO sem ver Sandra. Talvez ela estivesse me evitando, ou talvez eu estivesse fugindo dela. A sensação, pelo menos, era essa. Mesmo assim, logo que pisei no corredor da escola, estiquei meu pescoço na esperança de vê-la no meio da multidão. Andei até minha sala e o que encontrei foram alguns alunos já em fila, me esperando, com Alex Nota Máxima liderando o pelotão. Abri a porta para eles entrarem e o resto da turma veio atrás, cada um procurando seu lugar para sentar enquanto o segundo sino tocava. Duwayne estava no fundo do corredor, correndo na minha direção.

— Desculpa o atraso, professor — ele disse, ofegante, um pedido por validação expresso no rosto. Aquele pedido de desculpas me surpreendeu; pelos seus padrões, Duwayne não estava sequer atrasado — como aconteceu uma vez, quando ele chegou no finalzinho da aula e só me disse um "Beleza, professor" antes de chamar um amigo para ir embora com ele. Um gesto de ousadia que, para mim, foi tão surpreendente quanto esse pedido de desculpas. Eu fiz que sim com a cabeça e ele entrou na sala exalando um alívio festivo.

— Hoje, vocês sabem, nós vamos discutir o livro *O caçador de pipas*, mas, antes de eu continuar a falar, quero saber o seguinte: quantos de vocês pesquisaram sobre o livro? — eu perguntei, sem muita expectativa. Os suspeitos de sempre levantaram a mão. E, aos poucos, tímido, Duwayne também ergueu a sua. Olhei para ele com desconfiança, com um silencioso ceticismo.

— Certo, agora, quem pode me dizer o que é um refugiado?

Do fundo da sala, Duwayne levantou a mão mais uma vez. Era notável a diferença na sua linguagem corporal — como ele estava sentado com as costas retas, como sua mão cortava o ar — e em todo seu comportamento, oposto a como ele costumava se portar na sala. Ao invés de chamá-lo, eu corri o olho pelo resto da sala na esperança de algum outro aluno se prontificar a falar. Fixei o olhar em Alex, que estava sentado na frente, quase implorando para que ele pedisse a palavra. Com relutância, ele ergueu a mão.

— Alex!

— É tipo quando, assim, uma pessoa vai para um novo país atrás de melhores oportunidades na vida?

— Bom, ótima resposta, mas ainda não é exatamente essa a definição.

Hesitei em refazer a pergunta. Duwayne permaneceu na mesma posição de antes e fui obrigado a ceder.

— Pois não, Duwayne?

— Senhor, acho que um refugiado é alguém que é forçado a fugir do seu país por causa das circunstâncias políticas, de guerras, atentados e disputas armadas, ou por sofrer algum tipo de perseguição.

— Muito bem, muito bem — respondi, tentando dissimular minha surpresa. Uma parte de mim ainda se ressentia com ele e, embora eu soubesse que era errado de minha parte, já tinha decidido que Duwayne precisaria se esforçar muito mais se quisesse reconquistar minha confiança. — Certo, então. Para o próximo passo, quero que vocês façam um pequeno exercício de escrita. Quero que vocês se imaginem como um refugiado. O que aconteceria se vocês precisassem fugir de Londres para outra cidade ou para outro país por causa de um conflito armado ou por causa de uma perseguição. Como vocês iriam se sentir? Qual seria o significado dessa fuga para as suas famílias? O que vocês carregariam com vocês?

Eles abaixaram a cabeça e começaram a escrever nos seus cadernos. Observei Duwayne. Ele escrevia como se fosse duas vezes mais rápido que qualquer outro aluno na sala. Sua concentração era imensurável. Enquanto ele trabalhava, eu não parava de pensar no velho Duwayne, largado na cadeira, mãos dentro das calças, os olhos injetados no meio do rosto.

— Todo mundo largando as canetas. Agora, alguém quer ler o que escreveu?

Uma mão voou pelo ar.

— Vá em frente.

— Eu ficaria assustado. Londres é minha casa, o único lugar que eu conheci na vida. Minhas lembranças e as pessoas que eu amo estão aqui. Minha família é chatíssima, eu brigo com eles o tempo todo, mas eu iria chorar e sentir muita falta deles se nós fôssemos separados. E, independente do lugar para onde eu fosse, eu gostaria de ser aceito e tratado com justiça, porque a minha dor seria enorme.

— Muito obrigado, Johnson. Pois então, turma, ouvi recentemente uma citação bem interessante sobre identidade e estereótipos, muito próxima do que estávamos discutindo em sala no outro dia: "Eles criam o Outro e depois se ressentem por se verem nessa posição". Qual é o significado dessa frase para vocês? O que vocês acham que eles estão tentando dizer com ela? — eu perguntei, escrevendo a frase no quadro. Ninguém da turma levantou a mão. A tensão e a sutil resignação eram evidentes no ambiente.

— Talvez seja sobre medo... Professor — alguém disse, e reconheci a voz. Virei o corpo devagar e lá estava ele, Duwayne, com a mão levantada, pronto para aprofundar sua resposta.

— Continue — eu disse, curioso.

— Bom, as pessoas sentem medo do que elas não entendem. E, como elas não tentam nem mesmo entender, elas podem fingir que aquela coisa não existe. Ou seja, elas podem ignorar e rezar para nunca acontecer nada com elas. Tipo, a mesma coisa que acontece com os moradores de rua acontece com os refugiados no mundo. A gente vê essas pessoas, mas a gente reza para nunca acontecer com a gente.

E, devagar, Duwayne abaixou a mão, como quem guarda uma arma. Para minha sorte, o sino tocou exatamente no silêncio fugaz que tomou conta de mim logo após sua resposta. Eu sequer percebia há quanto tempo estava calado. De imediato liberei a turma.

— Duwayne — chamei no momento em que ele atravessava o batente da porta, acenando para que se aproximasse da minha mesa. Ele se afastou dos amigos e veio na minha direção, obediente.

— Ótimas respostas hoje — eu disse, da maneira mais casual possível. — De onde surgiu tudo isso?

— Pois é, eu flodei minha cabeça de livro.

— Você flodou?

— Eu li muito. Li bastante. Você sempre fala que é pra gente ler e buscar conhecimento, então eu resolvi tentar. E é impressionante mesmo o quanto dá para aprender sozinho.

— Sério, excelente trabalho.

— Obrigado, professor — ele fez um gesto de cabeça e levantou a mão com o punho fechado para me cumprimentar. Olhei para seu punho e depois de volta para seu rosto. Trocamos o que se pode chamar de murrinho amigo. Duwayne abriu um sorriso que eu ainda não tinha visto no seu rosto, de reconhecimento, de alegria. São esses pequenos detalhes que fazem a diferença.

— Ah, aliás, Duwayne, vocês ganharam no basquete?

— Sim, senhor! Agora é disputar a final.

— Ah, meus parabéns.

Ele começou a se afastar, mas parou no meio do caminho, virou o corpo e disse:

— Professor, eu queria te agradecer.

— Pelo quê?

— Você sabe, por me incentivar aqui na escola. E por não falar comigo como se eu fosse um imbecil ou só mais um adolescente problemático — a frustração na sua voz era palpável. — As pessoas fingem que se importam, mas elas não se importam. Você é diferente.

— É muito importante ouvir isso, Duwayne. Te agradeço muito.

— Sim, sim, mas não se empolgue muito, não.

Eu dei uma gargalhada com sua petulância.

— Eu vou te mostrar que você estava certo.

— Como assim?

— Um dia, depois de um daqueles seus discursos malucos, aqueles que você faz como se fosse o presidente de algum país aí, você me disse que "nós todos somos estrelas cadentes, então por que nos recusarmos a brilhar?". E eu vou mostrar que você estava certo. Vou me dar bem na escola, vou conseguir meu diploma. E eu vou brilhar — ele seguiu na direção da porta. — Ah, professor — ele acrescentou, olhando para trás.
— Sim, Duwayne?
— Você vai assistir à final?
— Quando vai ser?
— Semana que vem...
— Uau! Claro. Vou estar lá.

Na mesma hora senti uma onda de orgulho subir pelo meu corpo, da ponta dos pés até o topo da cabeça. Duwayne sumiu pela porta, e eu chorei na minha mesa, lágrimas de felicidade genuína, o que me fez procurar distração nos e-mails, o melhor jeito de não sucumbir à emoção.

Michael,

Eu tenho pensado muito em você nas últimas semanas... Mais do que muito, na verdade. Não sei bem como te falar o que eu quero falar. É estranho porque, sempre que alguém me jogava uma indireta sobre você ou sugeria que existia ou que deveria existir alguma coisa entre a gente, eu caía na risada por achar a coisa mais ridícula do mundo: "Rá! Quem, Michael? Aquele teimoso? Que nada!". No início, eu pensava que as pessoas só estavam tocando no assunto porque elas nos viam conversar bastante ou porque nós dois éramos os únicos negros no departamento, e por isso, obviamente, deveríamos nos casar. Mas aí, com o passar do tempo, eu aos poucos comecei a enxergar as coisas de outra forma. Comecei a te enxergar de outra forma. Comecei a prestar atenção em você, em como você conversava com as pessoas, com os estudantes, com os funcionários. Prestava atenção no seu jeito de andar pelos corredores, notava quando você não estava na escola — suas ausências me deixavam triste, sua presença me iluminava. Eu fui desenvolvendo novos sentimentos por você. De repente eu me vi querendo estar ao seu lado, ir para casa contigo depois do trabalho. Imaginava nós dois voltando para o mesmo lugar (você ia cozinhar e eu ia lá cuidar do meu artesanato na oficina), e eu sempre terminava triste quando era obrigada a abandonar essa fantasia, quando íamos para casas diferentes, sem eu nem entender o porquê.

Percebi que gostava de você naquele dia quando... Bom, não vou nem dizer quando. Se você já esqueceu, é só uma prova do quanto (ou do quão pouco) eu significo pra você, e não faz sentido nenhum tentar seguir em frente com essa história. Aquele dia me revelou muita coisa, muito sobre você, mas também sobre mim. E na semana que se passou você sequer tentou entrar em contato comigo, nenhuma ligação, nenhuma mensagem, não tentou me ver; você não chegou sequer a sugerir que a gente conversasse e tentasse entender a situação. Então não sei bem como dizer isso, mas estou realmente decepcionada contigo. Você nunca pareceu ser um cara de joguinhos psicológicos ou que fica de brincadeira, mas, se é o que você pretende, eu prefiro que você me deixe em paz.

Sandra.

Desliguei o computador assim que terminei de ler o e-mail. Se eu pudesse gritar, seria alto o suficiente para transformar a janela de vidro em um amontoado de cacos. Senti a raiva se espalhando pelo meu coração com a mesma força de um incêndio florestal, um sentimento que inflamou minhas veias, que estava prestes a explodir. Na superfície, enquanto eu atravessava os corredores e saía do edifício, meu rosto parecia calmo, mas, dentro de mim, eu me vi segurando a arma mais brutal e violenta, uma bomba capaz de provocar estragos severos no mundo. Eu me sentia injustiçado. Traído. Violento. Raivoso. E direcionei todas essas emoções contra mim mesmo. Essa revolta não era somente por causa de Sandra, era o peso crescente dos fardos que se acumulavam na minha vida: Mami e o pastor, Jalil, Duwayne, o trabalho, eu mesmo. Existir, ainda que somente dentro do meu corpo, estava cobrando seu preço; eu queria fugir daquele corpo, deixá-lo para trás, queria me libertar dele. Queria viver em um lugar onde meu corpo não pudesse sofrer qualquer tipo de consequência, um lugar onde eu não tivesse nome, onde ninguém me reconhecesse. Onde eu pudesse viver de passagem, invisível, como uma brisa ou uma lufada gentil de vento, como uma luz através das janelas, me movendo de uma vida para outra. Eu não queria conhecer ninguém. Eu não queria conhecer nem mesmo essa pessoa que eu chamo de Eu.

CAPÍTULO 29

Ed. Peckriver, Londres, 22h17

Entrei no meu prédio e, ao abrir a porta, dei de cara com o mesmo grupo de adolescentes sentados nas escadas, fumando, aquelas nuvens cumuliformes pairando no ar, música tocando alto e toda uma explosão de risadas e de palavrões. O barulho, no entanto, morreu no momento em que eles me viram e perceberam que eu encarava cada um deles nos olhos. À esquerda do grupo, parei na frente do elevador, mas estava fora de serviço, o que me fez praticamente esmurrar os botões de comando. Subir as escadas até o sexto andar me parecia comparável a uma escalada de montanha, como se a maldição eterna de Sísifo fosse desmoronar sobre minha cabeça. Frustrado, bati no botão do elevador com ainda mais força, uma pancada que fez ecoar pelo ar o som do meu punho contra a peça de metal.

Quando girei meu corpo, descobri que todos eles me olhavam, paralisados, os meninos e eu, congelados por um segundo. Eles bloqueavam a passagem estreita da escada: um deles se escorava no corrimão enferrujado, outro ocupava os dois primeiros degraus, um adolescente se sentava logo atrás dele, e os outros dois estavam em pé alguns degraus acima.

Ninguém se mexeu. Andei na direção deles, passando rápido pelos dois primeiros. Mais um passo para cima e me aproximei dos dois em pé no alto da escada, com a impressão de que o primeiro deles tinha ficado de repente mais largo. Segui então degrau a degrau, e nossos ombros acabaram colidindo de um jeito que fez o peso do meu corpo desabar sobre o corpo dele, que se desequilibrou assim que pisei no degrau seguinte. Na mesma hora senti uma mão agarrar meu ombro e uma voz grave e profunda dizer "ô grandão", mas minha única reação foi fechar os punhos e me virar, pronto para uma briga. Era o momento que esperava e dei boas-vindas a ele: aceitei aquela violência, aquela destruição, como a cruz que eu tinha escolhido carregar. Meus olhos começaram a tremer, inundados de lágrimas. As batidas do meu coração soavam como dois punhos rebentando contra meu próprio peito.

— Ô grandão — a voz repetiu. Olhei para o rosto do sujeito. Estava coberto por um gorro de lã que vinha até os olhos, com um capuz por cima e uma bandana preta e branca sobre a boca. Eu só conseguia enxergar seus olhos, e através daqueles olhos reconheci um outro mundo, um mundo no qual eu também já tinha vivido, um mundo do qual eu ainda não tinha conseguido escapar. Ele abaixou a bandana. — Está tudo bem, grandão, está tudo bem — e sua mão agora era um toque suave no meu ombro, dividindo comigo uma compaixão que eu não imaginava existir naquela alma. Era a compaixão que eu já tinha procurado em uma infinidade de lugares e continuava sem encontrar. E eu não tinha nada para oferecer em troca, nem mesmo palavras, porque aquele gesto despretensioso me arremessou dentro do silêncio. É realmente um mistério como um simples toque pode fazer com que você se sinta humano, pode fazer com que você se sinta conectado a um lugar, assim como é um mistério que as pessoas mais próximas a você sejam as que menos te entendem, enquanto aquelas que mal te conhecem conseguem te entender por inteiro.

No fim, devolvi a ele apenas um gesto com a cabeça, um aceno gentil, de agradecimento e de cansaço, e continuei a subir a escada estreita até abrir a porta do meu apartamento, quieto e vazio naquele momento, e, sem ligar a luz, ir para o meu quarto e me deitar na cama.

Essa tristeza invade seu corpo como uma névoa, uma neblina. Ela não está lá e de repente está; é uma sujeira cinza que te envolve, uma inundação. É uma tristeza que toma conta dos ossos e que, cada dia mais violenta, provoca inúmeras questões: quanto tempo mais até o fim desta peregrinação? Quanto tempo mais eu suporto andar? Os dias se transformam em semanas, em meses, em anos, e o voo se transforma em uma corrida e então em uma caminhada e você começa a rastejar e depois se deita inerte, sem conseguir se mexer, paralisado, simplesmente porque esse peso não te abandona jamais. Essa tristeza, você se pergunta por que ela te persegue como se fosse um fantasma, como se, além da sua própria morte, você fosse responsável pela morte de uma outra pessoa. Essa tristeza, o jeito que ela tem de te empurrar e ao mesmo tempo te puxar de volta, o modo como ela sussurra no seu ouvido e conversa contigo naquele idioma melancólico que você conhece tão bem, aquela voz que te embala em um sono eterno. Deus do céu, que solidão. Uma solidão que se dá no espaço vazio entre o coração e o peito, o espaço entre você estar perto o suficiente para sentir, mas não o suficiente para conseguir tocar alguma coisa, aquele espaço que cresce e cresce e cresce até se tornar um precipício, um abismo cheio de vazios, uma passagem oca através da qual sua desesperança se arrasta. É a solidão de estar lá para todo mundo, absolutamente todo mundo, na expectativa de que alguém, em retribuição, esteja lá por você — o que nunca acontece. Você vive como o sol, iluminando o mundo dos outros, mas ateando fogo em si mesmo. E eles apenas assistem enquanto você se senta na escuridão, sozinho e em chamas. É uma solidão faminta, uma solidão sem contato, sem doçura;

uma existência tediosa, sem amor — aquele amor que você dá para os outros e nunca recebe de volta. E aqui está você, um objeto sem proteção alguma, uma flor murchando na escuridão gelada na qual você cresceu, à espera de uma luz que atravesse a rachadura na parede.

NÓS DOIS NOS sentamos, quase em silêncio total, naquela caverna. Eu, distraído pelos novos quadros; Jalil, distraído por sei lá que vídeo que ele assistia no seu computador. A cena toda me parecia monótona e resignada, nada mais do que uma obrigação que a gente cumpre para agradar um amigo.

Passei um tempo observando as pinturas: uma estrela cadente no meio de um céu noturno estrelado, oito fases da lua, a silhueta de um homem andando na direção de um horizonte atravessado por um radiante raio de sol. A minha vontade era perguntar quem era aquele homem no quadro, se Jalil ou Baba. Jalil não me disse nada, e eu também não perguntei. Nenhum dos dois se sentia confortável com as questões que aquela conversa poderia provocar. De todo modo, presumi que nada tinha mudado até então, mas ele conseguia disfarçar cada vez melhor seus sentimentos, mesmo as emoções mais problemáticas, e, portanto, era impossível ter certeza. Talvez esse fosse o motivo para sermos tão bons amigos: nós escondíamos os piores aspectos de nossa personalidade e só entregávamos ao outro o que achávamos que o outro precisava. Era o tipo de amizade que flutuava no ar, num ar rarefeito, fadado a se extinguir.

— Você está bem, cara? — eu eventualmente perguntei. Jalil levantou os olhos e me descobriu encarando seu rosto. Ele ergueu suas sobrancelhas, uma afirmação bem pouco convincente.

— Tudo certo — ele respondeu, e eu apontei com a cabeça na direção do computador que ele segurava nas mãos. — Ah... — ele disse, hesitante.

— Você ainda está tentando encontrar uma boa esposa muçulmana, é isso? — eu perguntei, mas, desta vez, ele não me respondeu com uma risada, nem mesmo com um sorriso amarelo. Era um ponto nevrálgico, um nervo frágil e exposto. Jalil tentou não demonstrar qualquer tipo de reação, mas eu sabia que minha pergunta o deixava desestabilizado.

— Na verdade, eu estava olhando essa história aqui — e ele virou a tela do computador na minha direção. — Basicamente, nos Estados Unidos, um homem com uma tatuagem escrita DNR, de "do not resuscitate", foi levado pra um hospital depois de ser encontrado inconsciente e os médicos entraram em um debate sobre se seria ético ou não salvar a vida dele, já que a tatuagem pedia pra ele não ser ressuscitado em caso de emergência...

— E o que aconteceu, no final das contas?

— Os médicos respeitaram o que a tatuagem dizia e não atenderam o cara. Ele morreu.

— Uou.

— Mas não entendi muito bem como foi que ele ficou inconsciente, acho que ele tentou atirar em si mesmo e o tiro deu errado.

— Sério?

— Provavelmente. Não sei. Quer dizer, as coisas são assim por lá, né, armas por todos os lados.

— Como é que você soube dessa história?

— Ah, essa corrente de e-mails dos meus antigos colegas de filosofia. A gente troca umas mensagens discutindo assuntos como esse ou como eutanásia, pobreza e capitalismo, todo tipo de coisa. Da última vez, por exemplo, foi veganismo, um cara lá ficou falando e falando e falando sobre os benefícios de uma dieta baseada em plantas. Todo mundo estava concordando com ele, aquela coisa, mas eu não sabia o que responder. Ele provavelmente estava certo, é mais ético, melhor para o meio ambiente. Só que, ah, sei lá, eu sei que nunca vou parar de comer carne, porque eu adoro comer uma galinha de vez em quando, você sabe, né? — ele respondeu e deu uma risada, ansioso por validação. Que não veio. Olhei para Jalil imóvel, retraindo minha boca de uma maneira que meus lábios não formaram nem um sorriso, nem uma careta.

— Aquelas shawarmas, né, não consigo parar de comer — ele continuou, bastante sem graça, antes de se concentrar de novo no computador.

— Cara, você nunca me contou o que é que aconteceu com Am... — eu disse, mas mal consegui terminar a frase, porque ele ergueu o pescoço na mesma hora e me encarou com intensidade suficiente para encerrar o assunto.

— Nada, não se preocupe com isso.

— Ok — eu disse, sabendo que ele não estava sendo ele mesmo, apesar de tentar desesperadamente, como quando você tenta segurar com mais força alguma coisa que está prestes a sair do controle. — Olha, Jalil, eu gosto muito de você, de verdade. Bastante — eu acrescentei, e ele parou de digitar e me olhou.

— É uma frase meio estranha de se dizer assim do nada.

— Só queria que você soubesse.

— Beleza, só não sei o porquê de você me falar isso agora.

E voltamos ao quase silêncio. A sala vazia de sons, com uma atmosfera pesada, era um reflexo perfeito do que nós dois estávamos sentindo. Eu analisei com calma as linhas do rosto de meu amigo, consciente de que aquele seria nosso último encontro. E, pensando nele e em Baba e em Aminah, comecei o processo de despedida, fazendo as pazes com toda aquela situação, como um fiel em peregrinação, um monge em jejum, um padre abstêmio, meus passos tateando cada centímetro da minha jornada.

NO QUE DEVERIA ser meu turno de monitoria, apenas fiquei em pé no fundo da quadra de futebol, observando os meninos mais velhos correrem atrás de uma bola como se estivessem em um duelo de vida ou morte, aquela disputa solene para determinar quem seria exaltado e quem seria humilhado, todo aquele empurra-empurra, os carrinhos e os bate-bocas, enquanto as meninas assistiam na linha lateral, trocando mensagens e tirando selfies com celulares que não deveriam ter nas mãos, com exceção de uma das garotas, que tinha se juntado ao jogo. Eu não tinha energia para confrontá-los. De vez em quando, alguns alunos me olhavam, na expectativa de que eu fosse invadir a partida e começar um sermão interminável, mas eu simplesmente encolhia os ombros — a apatia já tinha se infiltrado nos meus ossos.

Eu sentia falta dos tempos em que Sandra ficava ali ao meu lado e nós passávamos a tarde inteira dando risada, até o sino tocar. Era um de nossos pactos informais, uma maneira de mantermos nossas esperanças, de ficarmos longe do desespero que mastigava nossos dias de trabalho. Mas eu continuava sem vê-la.

O sino tocou. O professor Barnes esperava do lado de fora de sua sala, no fim do corredor, tentando organizar as crianças em fila. O comportamento dele era tão rígido que pensar que ele poderia ter algum outro tipo de personalidade de repente me pareceu uma ideia bastante inverossímil. Ele me olhou, e nossos olhos se conectaram por um instante. Foi como se suas pupilas pudessem me rasgar em pedaços. Eu devolvi o olhar, desafiador, e ele voltou a se concentrar nos seus alunos, que terminavam de entrar na sala. Sandra, neste momento, apareceu no início do corredor, e fui tomado por um pequeno suspiro de esperança, um suspiro tão ínfimo quanto a bolsa de ar que surge entre duas mãos que se unem durante uma oração.

Ela se aproximou naquele seu ritmo inabalável. Paralisei, ansioso para falar com ela. Sandra, ao mesmo tempo, me olhava e olhava através de mim. Eu não conseguia entender o que estava acontecendo. Quando chegou mais perto, ela acelerou o passo e seguiu em frente sem falar comigo. Senti como se um objeto cortante tivesse me fatiado inteiro, como se ele tivesse arranhado o ar que eu respirava.

    Entrei na minha sala e desabei na cadeira. Minha respiração ficou mais e mais ofegante. Uma onda de calor tomou conta de mim. Eu podia sentir as gotas de suor escorrendo pela minha testa, as formigas rastejando pela minha pele. Meu coração esmurrava meu peito, cada batida mais forte do que a anterior. Fechei meus olhos e coloquei a cabeça entre as mãos para fugir daquele surto vertiginoso e desconfortável. E respirei fundo, inspira, expira, inspira, expira, inspira, expira, inspira, expira, inspira, expira, inspira, expira, inspira, expira, inspira, expira, inspira, expira, inspira, expira, inspira...

    Abri os olhos, uma luz forte iluminando o dia. Senti minha cabeça latejar. Meu celular vibrou em cima da mesa.

> Sério, cara, você não consegue nem parar para me dar um oi

Sandra. O sangue bombeou minha cabeça com a força de uma manada de elefantes, um soco no rosto com os nós dos dedos. Comecei a digitar uma resposta.

> Olha, se você quer saber, estou lidando com várias coisas no momento e não sei o que fazer. Na superfície, parece que está tudo ótimo. Eu venho para o trabalho, dou risada, a gente conta piadas, troca mensagens, e-mails, participa das reuniões e tudo mais, mas o que as pessoas não sabem é que, toda vez que estou em uma sala, toda vez que estou em pé na frente dos estudantes, é uma situação terrivelmente sufocante. Eu me sinto como se estivesse escalando uma montanha e o ar ficasse cada vez mais rarefeito, até o ponto de eu ficar desorientado e desmaiar. Preciso me esforçar o máximo para conseguir fazer o mínimo. Levantar da cama me consome tanta energia que às vezes eu não sei nem se consigo chegar ao final do dia. E aí de noite a insônia me ataca, porque tudo o que eu faço é pensar que vou ser

obrigado a repetir tudo outra vez no dia seguinte. Já afetou todo e qualquer aspecto da minha vida, meu trabalho, minhas amizades e relacionamentos, minha família, em todos os sentidos, afeta até mesmo um gesto simples, como atender um telefonema ou mandar um e-mail ou conviver com outras pessoas. E eu não sei por que estou me sentindo desse jeito, não sei o que aconteceu, não entendo, mas odeio, odeio tudo e quero que essa merda acabe.

Estou sentado aqui na minha mesa chorando enquanto digito essa mensagem, porque já se tornou algo muito maior do que eu consigo suportar. Então é isso, eis o porquê de eu nem sequer me aproximar de você para dizer um oi. Em alguns dias, não sei o que fazer. Em outros, não quero fazer absolutamente nada. E dias assim estão se tornando cada vez mais frequentes. Claro, a minha vontade não era manter isso tudo engarrafado, era seguir em frente com a vida, como eu sempre faço, mas essa tática não tem me feito muito bem, e preciso descobrir um jeito de resolver essas questões. Ou melhor, na verdade, eu já descobri um jeito. E vou resolver essas questões, de uma vez por todas.

Eu reli a mensagem várias e várias vezes.
SELECIONAR TUDO.
Os dedos apagaram a mensagem e lágrimas caíram no telefone.

CAPÍTULO 30

Harlem, Nova Iorque, 8h03

Michael acorda com a sinfonia de obras e buzinas de carros. A forte luz do sol bate nos seus olhos e transforma o interior das suas pálpebras em uma grande caverna laranja. Ele está deitado na cama de Belle, submerso no cheiro dela, aquele cheiro que toma conta de cada parte do seu corpo, como se ele tivesse sido levado para um batismo no rio. Michael estica os braços pela cama e se lembra de que ela não está lá. Sua vaga lembrança é de tê-la visto se arrumando logo cedo para sair, o vestido de seda que flutuava pela sua pele, seus cachos soltos e desobedientes, toda a transformação de Belle deixando de ser uma figura divina para se tornar uma figura humana, aquele momento em que ela assumiu a mesma forma das pessoas com quem convive. Ela tinha parado para olhar para ele, em pé, ao lado da cama: ela era uma visita interplanetária, até desaparecer do quarto.

A última noite não passa de um borrão na memória de Michael, mas todo seu pensamento se concentra nela agora: a imagem de Belle, como uma pintura renascentista, espalhada pela cama com os lençóis, antes imaculados, de repente enrolados em volta do seu corpo. A última noite não passa de um borrão na memória de Michael, exceto aquele momento em que seus sentidos ganharam vida por causa do calor do toque de Belle, por causa da harmonia da voz dela, da intensidade do olhar que ela dirigia a ele, que se ajoelhava diante da mulher amada, que cobria o corpo dela do mesmo jeito que as constelações no céu cobrem as nossas cabeças. Belle. Ele queria que o tempo deixasse de existir. Ou melhor, não que deixasse de existir, e sim que fosse suspenso bem naquele segundo para poder se repetir de novo e de novo e de novo.

Michael acorda e sente que está afundando cada vez mais no conforto do colchão, seu corpo flutuando como madeira na superfície da água, vários e vários fragmentos dispersos pela correnteza. Depois de um longo banho, Michael se veste e prepara o café da manhã. Ele termina de comer e senta no sofá da sala, à espera, imaginando uma inversão de papéis, um "querido, cheguei" quando ela entra em casa, ele pulando todo animado para perguntar a ela como foi o dia e avisar que o jantar já vai ficar pronto. Parece um espetáculo com o qual ele poderia rapidamente se acostumar.

Para passar o tempo, Michael escolhe um livro aleatório da estante de Belle, um livro desconhecido no meio de alguns títulos que ele ainda se lembra dos seus anos como universitário. Foi uma época meio estranha para ele, a da faculdade. Enquanto todo mundo estava transando e enchendo a cara, Michael passava a maior parte do tempo no seu quarto, olhando para o teto e contemplando a própria vida e a eventual falta de sentido da sua existência. Nos três anos em que ficou matriculado, até mesmo a única menina que prestou alguma atenção nele acabou perdendo a paciência. Com frequência, ela dava um pulo no quarto dele para conferir se estava tudo bem, especialmente porque ele já tinha passado alguns meses mal saindo da cama e volta e meia perdia alguma aula. Michael sequer consegue se lembrar do nome dela agora, ele só lembra que não é um nome tão incomum assim, algo como Stephanie ou Tiffany, um nome que se esforça para não ser lembrado.

Os dois, às vezes, ficavam juntos, olhando para o teto, empilhando perguntas e emendando debates filosóficos, o que levava Michael a revelar o quão satisfeito ele ficaria com morrer, em uma conversa que fazia a menina cair na risada, uma situação curiosa em que ela ria e ria e ria e no fim falava algo como "cara, é engraçado, porque você parece mesmo estar falando sério sobre o assunto", até ele um dia responder "Sim, estou falando sério", apenas observando a expressão da menina se transformar, a maneira como o rosto dela ficou cada vez mais pálido, como se ela tivesse testemunhado um assassinato. Desde então Michael aprendeu a esconder seus sentimentos. Ele não sabe muito bem há quanto tempo essa guilhotina paira sobre sua cabeça, mas ele sempre soube que prefere cortar o cordão que segura a lâmina do que esperar que ela caia por vontade própria.

MICHAEL PEGA O LIVRO que escolheu por acaso na estante, abre em uma página qualquer e começa a ler sobre um homem chamado Gasper Yanga, um africano escravizado que lutou pela sua liberdade em 1542 e conseguiu se tornar um homem livre junto com seus familiares, depois criando uma cidade independente no México, cujo nome se tornou uma homenagem a ele depois da sua morte.

Yanga. É um som excentricamente familiar para os ouvidos de Michael, um som que reverbera uma vibração ruidosa dentro dele. Michael se pergunta qual é a origem de Yanga, o que levou aquele homem a continuar lutando e lutando e lutando até conseguir sua liberdade, sem nem mesmo saber se teria vida para aproveitá-la. Yanga. Parece uma palavra de um idioma que ele deveria conhecer, um idioma que nunca ensinaram para ele, mas que ele viu sua mãe e outras pessoas mais velhas usarem durante as conversas. Michael se lembra bem das risadas todas as vezes em que ele tentou se apropriar da língua, de como os adultos diziam que seu jeito de falar era deplorável, que ele falava como um mundele e que era vergonhoso quando alguém não conseguia falar a língua da sua própria terra, como se fosse possível ignorar o fato de que eles mesmos não possuíam capacidade nenhuma de ensinar qualquer coisa. Por isso as perguntas inevitáveis que ele se faz agora. O que nós perdemos quando nossos nomes e línguas deixam de fazer parte da nossa herança? E quais elementos da nossa vida permanecem dormentes quando, na verdade, deveriam se derramar pelo mundo?

As horas passam tão rápidas quanto minutos enquanto Michael permanece sentado no sofá, envolvido pelo livro. Ele escuta o clique metálico da chave na porta e interrompe a leitura, animado pela expectativa, ao mesmo tempo em que tenta se manter calmo e equilibrado. A porta se abre e Belle entra, carregando uma tonelada de sacolas de compras.

— Você está sentado no escuro? — Belle pergunta, ligando a luz, e só então Michael percebe que, sim, de fato, estava sentado no escuro. Enquanto ele lia, o dia virou noite e levou a luz embora.

— Por que você não me chamou? — ele diz, ao se levantar e correr para ajudá-la com as sacolas. Mas a ajuda acaba não acontecendo, porque Michael desiste da corrida, fica em pé na entrada do apartamento e dá um beijo nos lábios de Belle no exato momento em que ela estica o pescoço para tentar ficar um pouquinho mais alta, com ele então passando os braços em volta da recém-chegada e explorando todos os cantos da sua boca.

— Huuum — Belle geme —, beleza, beleza, mas essas sacolas estão pesadas.

— Desculpe — ele diz, e eles dão risada. Michael, no final das contas, pega as sacolas e leva as compras para a cozinha, pensando no quão familiar aquela cena se parece, no quão impressionado ele está de que algo tão estrangeiro tenha se transformado em casa com tamanha velocidade. — Você comprou toda essa comida?

— Pois é...

— Por quê?

— Pra gente comer, ué, que tipo de pergunta é essa? — ela desdenha.

— Mas, assim, não precisava.

— Você é uma visita, me deu vontade de cozinhar.

— Você vai cozinhar?

— Vou.

— Uau.

— Que foi?

— Você não parece ser...

— O tipo de pessoa que cozinha? — ela debocha enquanto guarda as compras. — Ei, você por acaso limpou esse...? — ela pergunta.

— Sim, limpei.

— Ah.

— Que foi?

— É que você não parece ser...

— O tipo de pessoa que limpa? — eles dizem ao mesmo tempo e caem na risada.

— Você não precisava fazer isso, você é meu convidado.

— Bom, eu ia limpar e cozinhar, mas você ainda não colocou nenhum anel no meu dedo, então acho que não posso deixar você ficar mal-acostumada, né.

Belle dá um tapinha amistoso no braço dele, e ele finge ter se machucado severamente. Ela puxa Michael para perto e passa os braços em volta do corpo dele, que se sente mais alto, olhando para ela de cima para baixo, como se, por algum motivo obscuro, ele tivesse crescido, não somente em altura, mas também em espírito. Os dois se beijam no espaço estreito da cozinha, os lábios dela provocando em Michael um aumento de pressão sanguínea.

— Você vá para a sala e descanse, eu vou preparar o jantar.

— Posso te ajudar — ele diz, mas recebe de volta um olhar que deixa claro o quanto aquela é uma proposta completamente absurda.

Michael, no fim, senta no sofá e volta para a leitura. O aroma da comida que Belle está preparando viaja pelo ar. Ela olha para a sala e os olhos dos dois se encontram, um enviando para o outro uma mensagem silenciosa de felicidade.

— E como foi o trabalho hoje?

— O de sempre, você sabe como é. Detesto trabalhar com gente incompetente, e tudo fica pior quando o incompetente é a porra do seu chefe.

— Com certeza.

— Mas isso nem foi o mais complicado hoje. Quando eu saí da estação, aqui perto de casa já, um cara tentou puxar um papinho, uma conversa de "ô princesa, tudo bem contigo?", aquele blablablá vagabundo, e me seguiu por umas cinco quadras.

— Como assim? Sério?

— Sério pra caralho. Eu perdi a paciência e fui obrigada a me virar e mandar ele se foder. E aí ele ficou me olhando como se fosse uma criancinha que nem sabia o que estava fazendo e ficou de boca fechada.

— Nossa, caramba, sinto muito por isso. Nem sei o que dizer.

— Andei três quadras a mais só para ter certeza de que ele não estava me seguindo.

— Que merda.

— Desculpa, não queria sair descarregando em cima de você. É que é muito frustrante.

— Não, não, está tudo bem. Posso imaginar como é...

— Tipo, algumas mulheres são mortas por causa desse tipo de merda.

Michael olha para ela com a expressão mais triste do seu repertório facial e pede para ela se aproximar e sentar ao seu lado. Belle interrompe a preparação do jantar e vai para o sofá, levando com ela duas xícaras de chá.

— Como é que você sabia que eu adoro chá verde?

— Você parece ser um entusiasta de chás, e provavelmente é dono de uma biblioteca também.

— Rá, queria eu. Mas quem sabe eu seja um entusiasta de cai-fé, hein?

— Café.

— Caish-fé

— Café.

— Cah-fé.

— Você está tentando imitar o sotaque local, é isso?

— Sim, é exatamente como vocês falam. Cá-fé.

— Cara, se você não... — e Belle bate nele de brincadeira várias e várias vezes, o que acaba se transformando quase em um duelo de luta livre quando ele joga os braços ao redor dela e consegue uma imobilização. Belle, então, deita a cabeça no peito de Michael e ele observa o cabelo dela subir e descer de acordo com sua respiração.

— Estou sendo mal-educada, nem te perguntei como foi o seu dia — ela diz, levantando a cabeça para olhar nos olhos de Michael, e depois voltando a descansar o rosto no peito dele.

— Tudo bem, não fiz muita coisa. Fiquei dentro do apartamento o dia inteiro. Ah, e li um pouco. Vi que você tem vários livros em espanhol. Você é fluente?

— Sim, senhor.

— Sério? Me diz alguma frase, então.

— Tú tienes una gran cabeza.

— Nossa, você ficou sexy de repente.

— Você não quer saber o que eu disse?

— O que foi que você disse?

— Que você tem uma cabeça enorme.

— Deus do céu — Michael responde, caindo na risada. Ele finge empurrar Belle para fora do sofá, deixando seu corpo pendurado de lado enquanto ela luta para se segurar sem cair. Ela grita e urra e dá risada, até que Michael deixa que ela escale de volta e fique em cima dele outra vez.

— Eu só estava brincando.
— Eu sei.
— Idiota.
— Eu também sei falar um pouco de espanhol.
— Ah, você sabe, é?
— Guapa.
— Que mulher você estava tentando impressionar quando aprendeu essa aí, hein?
— Também sei algumas outras coisas... "Bailamos, let the rhythm take you over. Bailamos, te quiero, amor mío".
— Agora você vai cantar todas as músicas de Ricky Martin, é isso? É essa a sua ideia? Deus do céu, como você é brega.
— I can be your hero, baby!
— Ok. Uau. Enrique Iglesias. Por essa eu não esperava. E nem foi em espanhol. Você não está mais nem se esforçando.
— Olha, para ser sincero, acho que você não está dando o devido valor ao meu trabalho aqui, hein.
— Não tem nada para ser valorizado nessa história, meu querido. Você sequer consegue cantar.
— Eu não vi nenhuma tentativa sua...
— Tá, mas, de qualquer jeito, esse não é o meu tipo de espanhol.
— J-Lo? Shakira?
— Meu espanhol é mais tipo, não sei, Amara La Negra.

Os dois compartilham um momento de silêncio.

— A comida! — ela grita e, com uma velocidade felina, pula de cima dele e corre até a cozinha, com o som de potes e panelas se chocando e armários sendo abertos e fechados ecoando pelo apartamento.

— O NOME É hudut — Belle diz, enquanto Michael engole a comida quase sem mastigar. Ele olha para ela por um instante, sem esboçar qualquer tipo de reação. — É um prato típico dos garífunas.

O rosto dele permanece impassível.

— Tudo contigo é uma aula de história, né?

— Mas é claro, e eu ainda tenho muito a te ensinar — ela acrescenta.

— Bom, tanto faz, está incrível — Michael diz, de boca cheia. Belle olha para ele com certo deleite e autocongratulação.

— Só uma comida de última hora. Fico feliz que você tenha gostado — ela desconversa, e ele responde com um aceno de cabeça e olha para ela do mesmo jeito que uma criança admira os mágicos. — Vá em frente — ela diz, sabendo o quanto ele quer repetir o prato. Michael vai na cozinha e volta com um prato cheio.

Os dois estão sentados em lados opostos do sofá, um encarando o outro, trocando olhares de desejo e admiração. Ela brinca com uma taça de vinho tinto e ele toma uma xícara de chá de camomila. Ao fundo, toca uma música acústica melodiosa, uma cantora cuja voz sintetiza um milhão de corações partidos em processo de cura.

— Você tem um pau.

— Oi? — Michael responde, quase cuspindo o chá.

— Você tem... um pênis — ela diz, agitando sua mão no ar, como se estivesse discorrendo sobre uma elaborada explicação.

— Não acho que essa seja exatamente uma novidade — ele diz, olhando cheio de presunção, com um sorriso malicioso.

— Você é muito diferente. Às vezes eu fico chocada que você não seja uma mulher.

— Ok... Tenho quase certeza de que sou um homem, mas vai lá, segue em frente.

— Bom, gênero é uma construção social, de qualquer jeito, mas cale a boca e me deixe terminar. Eu me sinto muito confortável contigo, e tão rápido. Um homem. A porra de um homem. Cromossomo Y. Um órgão masculino fálico. Pênis. Testículos.

— Até a última vez que eu conferi, sim, é isso aí.

— Estamos indo tão rápido quanto uma relação lésbica.

— Como assim?

— Se a gente continuar desse jeito, vamos poder casar em algumas semanas.

Michael encolhe os ombros.

— E por que não? — ele responde, de imediato se dando conta de que, na verdade, ele não vai estar aqui em algumas semanas. Belle dá risada de como a ideia de casamento não provoca nele um pequeno surto.

— Você não faz a menor ideia, né? É engraçado, pessoas hétero não têm a menor ideia do que acontece fora dos próprios relacionamentos, especialmente os homens.

— E, ainda assim, aqui está você.

— Um homem. Eu sinto como se estivesse me traindo. Eu tinha prometido a mim mesma que não ia cometer o mesmo erro. Eu já não aguentava mais.

— Ah, então você namorou com homens antes.

— Sim, namorei.

— Quando foi a última vez?

— Anos atrás. Tipo, anos *mesmo*. Provavelmente na época da faculdade...

— E como foi?

— A faculdade ou o cara? — Belle pergunta, mas rapidamente responde a si mesma. — Bom, vamos dizer que ambos foram muito decepcionantes. Sério, qual é o problema dos homens, pensando que estão sendo incríveis quando, na verdade, eles não são mais do que pura decepção?

Michael encolhe os ombros.

— Quando a gente transava, ele terminava o serviço dele e ficava lá prostrado na cama, e eu tinha que ir para o banheiro me masturbar. Mas com você, não... Você é como uma mulher.

O jeito como você me toca, o jeito como seu corpo escuta, o jeito como ele percebe o meu.

— Claro, mas não é todo homem ou mulher que...

— Shhh, eu sei, eu sei. Me deixe terminar de falar.

— Você ou o vinho?

— Rá, como você é engraçadinho. Você já se apaixonou antes?

— Se eu já me apaixonei antes?

— Isso. Paixão, amor. Eu sei que você me escutou muito bem.

— Você primeiro?

— Beleza, eu começo. Sim, já me apaixonei. Não tenho vergonha de admitir. Sua vez agora...

— Bom, na verdade não sei... — Michael hesita, se perdendo em um mundo de lembranças. — Às vezes acho que sim, às vezes não tenho tanta certeza. Não sei se já me apaixonei ou se alguém já se apaixonou por mim. Sinto mais como se as pessoas sentissem uma espécie de obrigação em relação a mim.

— Como assim? — Belle pergunta, com genuína preocupação.

— Como se as pessoas fossem obrigadas a estar comigo por causa de alguma imposição qualquer, e não por causa do desejo. Nunca fui escolhido. Nunca me senti amado do jeito que eu gostaria de ser amado ou do jeito que eu entendo o que é o amor.

— E que jeito é esse?

— Bom, penso que é como uma casa, a casa que você constrói para você e para a pessoa por quem você está apaixonado. No meu idioma materno, eles falam "na lingui yo", que se traduz como eu te amo, mas também como eu gosto de você. É como se alguém falasse que vai estar lá por você por toda a eternidade, mas também para o hoje. É como "eu sou seu amante, mas também seu amigo". E não acho que eu tenha tido esse tipo de relação em algum momento. Talvez eu tenha me apaixonado por uma determinada pessoa. Mas, no fundo, sempre me senti muito sozinho.

— Ah, Michael...

Belle se levanta e estende a mão para ele. Michael aceita o gesto e é conduzido para o quarto. Ao entrar no cômodo, os dois se beijam apaixonadamente. Ele levanta Belle, a carrega até a cama e se vira de costas para tirar a roupa: desabotoa sua camisa, desafivela o cinto e tira as calças jeans — uma péssima escolha de roupa para um dia de preguiça dentro de um apartamento, aliás. As lâmpadas estão desligadas, a lua e os deuses são as únicas testemunhas. Ele deita com ela na cama, debaixo das cobertas, se aconchegando ao lado de Belle e beijando o pescoço dela, ouvindo o suspiro profundo de sua parceira, seu corpo subindo e descendo, sua respiração formando uma pequena bolsa de vento no interior dos pulmões. Belle está quase dormindo, mas, ainda assim, ela se move na direção dele e levemente o empurra, até Michael ficar na posição ideal para que ela possa descansar sua cabeça no peito. E em um segundo ela já não está mais lá, está em um sono cheio de sonhos doces e descanso e uma respiração tranquila. Michael abraça Belle com delicadeza, fazendo carinho no cabelo dela e sentindo a suavidade da sua pele. Talvez, se existir um deus, essa entidade seja somente a união de vários momentos como este.

CAPÍTULO 31

Harlem, Nova Iorque, 6h30

Michael acorda com o barulho de Belle. O quarto está uma bagunça; as portas dos armários todas abertas, os objetos jogados em cima da penteadeira, as roupas amontoadas pelo chão. Um sentimento de urgência, de pânico; um comportamento esquisito que ele ainda não tinha visto nela. Ele senta na cama e observa a movimentação.

— Você não vai trabalhar hoje? — Michael pergunta, e Belle olha para ele.

— Não — ela responde, com um suspiro pesado e profundo. Belle senta na beirada do colchão. — Eles não me chamaram hoje. Disseram que não vão precisar de mim nem hoje, nem no resto da semana.

— É? Bom, então você pelo menos vai ter um tempinho para descansar.

— Sim, mas eu preferia o dinheiro — ela diz, paralisada por um segundo, olhando para o chão como quem olha para um mundo alternativo.

— Olha só, vamos primeiro colocar comida no seu estômago. Depois a gente descobre o que fazer com a vida —

Michael se aproxima e dá um abraço nela. Belle solta o corpo em cima do dele e ele dá um beijo na sua bochecha. O sentimento agora é de alívio; um alívio afetuoso, tranquilo.

MICHAEL ESTÁ NA cozinha fritando uns ovos e preparando sua mistura especial de abacate, tomate e cebola, o recheio perfeito para um wrap. Belle, por sua vez, continua sentada no sofá, com os joelhos dobrados contra o peito, esquentando as mãos em uma xícara de café da qual ela ainda não tomou um gole sequer e encarando a televisão, apesar dela estar desligada. Michael traz a comida em um prato. Ela parece surpresa de vê-lo ali e de ver aquela comida na sua frente.

— Sério, você não precisava ter feito nada — Belle diz, sua voz subjugada pelo próprio peso.

— Eu sei, mas quis fazer mesmo assim — ele diz, alegre e entusiasmado, ao sentar ao seu lado. Belle mal toca na comida; ela abre o wrap com um garfo, cata um pedaço e brinca com o resto.

— Eu vou precisar sair daqui a pouco — ela diz — e resolver algumas coisas.

— Beleza. Posso ir contigo?

— Como assim?

— Isso, vou contigo. A gente pode almoçar depois.

— Ah... Tá, ok... — ela diz, com um leve gaguejar. — Ok, você vai comigo. Obrigada.

— Disponha.

Eles saem do apartamento e andam na direção do metrô. O ar frio da rua faz com que ele pense no privilégio que é ter tido a oportunidade de conhecer o calor. O sol brilha forte no céu. Belle anda na frente dele, sempre dois passos à frente, com seus passos curtos, em staccato. Os dois entram na estação e embarcam no metrô, estranhamente vazio para uma tarde no meio da semana. Descem na rua 116. Michael segue Belle até uma farmácia. Ela sai com algumas compras e joga todas as coisas dentro da sua enorme bolsa. Ele continua no seu papel de acompanhante.

    Quando vão atravessar a rua, Belle segura Michael e diz "espera" até os dois poderem cruzar em segurança. Quando enfim atravessam, seguem na direção do banco. Michael diz a ela que vai esperar do lado de fora. Ela entra na agência. Ele fica por ali, observando a miríade de pedestres, todos indiferentes à sua existência. Talvez ele se pareça com aquelas pessoas mais do que imagina, aquela mãe e aquela criança, aqueles adolescentes animados, aqueles homens encostados na esquina. Os lugares mais desconhecidos, onde Michael se mistura e desaparece, são aqueles em que ele mais se sente em casa. Talvez seja isso, talvez casa seja justamente os lugares em que você chega com a sensação de nunca ter saído, aqueles lugares em que você enxerga o reflexo de você mesmo.

    Não demora e Belle sai do banco, cabisbaixa. Michael vai até ela e a envolve em seus braços, sugerindo que eles procurem por comida. Ela, em silêncio, responde que sim. Então eles vão até um restaurante de comida étnica, procurando por uma mesa ao som de R&B dos anos noventa. A cabeça de Michael balança no ritmo da música, mas Belle permanece impassível. Os dois sentam em um canto próximo da janela.

— Vocês já sabem o que vão pedir? — pergunta Jackie, a garçonete, com uma faísca no sorriso. Michael olha para ela e depois para Belle, que não responde nada.

— Alôôôôô — Michael diz, com certa frustração, e balança a mão na frente de Belle.

— Que foi? — Belle responde, ríspida.

— Já sabe o que quer pedir?

Eles fazem os pedidos. Continuam em silêncio até a comida chegar.

— Você não vai comer?

Ela olha para Michael e depois de volta para a comida.

— Sua carne está no ponto certo? — a garçonete pergunta, de passagem.

— Está tudo ótimo, muito obrigado — Michael responde por ele e por Belle, que segue sem se mexer na cadeira. — Certo, você vai me dizer o que diabos está acontecendo? — Michael larga o garfo e a faca em cima do prato, e o barulho dos talheres na porcelana ecoa pelo salão.

— Como assim?

— Você está de cara amarrada desde cedo e não comeu nada o dia inteiro. Parece que você se transformou em uma pessoa completamente diferente de quem você era.

— E DAÍ? — Belle rebate, chamando a atenção de algumas pessoas no restaurante.

— Não sei o que está acontecendo, mas você precisa falar comigo, baby — Michael se estica para segurar a mão dela em cima da mesa, mas Belle se afasta assim que sente o toque dos dedos dele. — Nossa, então é assim.

— Não é uma coisa simples. Você não vai entender — ela dá um suspiro profundo e esconde o rosto nas palmas das mãos.

— Me explica...

— Olha, eu estou quebrada. Preciso pagar o aluguel deste mês, já estou devendo e posso acabar sendo despejada do apartamento. E aí meu trabalho me liga e diz que não precisa de mim. É muita coisa na minha cabeça.

— Como assim? Por que você não me falou nada?

— Pra quê?

— Não sei, mas eu posso te ajudar — ele diz.

Ela não responde e abaixa de novo a cabeça, desviando o olhar.

— Não preciso que você resolva nada, eu sei muito bem cuidar de mim.

— De quanto você precisa?

— Eu já te disse que eu sei cuidar de mim.

— E *eu* te perguntei de quanto você precisa.

— Pelo menos mil.

— De quanto? — Michael quase cospe o suco de laranja que está bebendo.

— Mil dólares... Seria o suficiente para ganhar um tempo.
— Puta merda.
— E talvez mais uns cem dólares porque também preciso pagar uma multa por ter pulado a porra de uma catraca outro dia — Belle esbraveja. — Enfim, não preciso que você chegue aqui e fique bancando o super-homem. Vou conseguir o dinheiro do jeito que eu sempre consegui.
— Espera, você vai de novo lá para...?
— Qual é o problema?
— E a gente?
— Que é que tem a gente?
— Assim, nós não estamos juntos?
— Que caralho você quer dizer com isso? Que eu não posso ir lá e...
— Fazer strip? Não. Claro que não.
— Eu não faço strip, eu danço.
— Ah, puta que pariu, viu.
— Olha só, eu não sei quem você acha que é, aparecendo do nada e achando que vai me controlar. Você não é meu dono.
— Sim, você está certa. Eu não sou seu dono, Belle... Mas você não se importa com o que eu sinto? — Michael pergunta, quase como uma súplica. O restaurante, como uma orquestra sincronizada, fica todo em silêncio: as conversas, os garçons, a música de fundo, todos os elementos daquele cenário entram em suspensão, uma fermata que controla a execução daquela nota coletiva.
— Cara, vai se foder, você e esse seu cu cheio de culpa. Você estava chorando por causa de quinhentos dólares outro dia e agora vem essa pica de merda achando que pode resolver minha vida.

Belle levanta, derrubando a cadeira no chão com um movimento intempestivo, tão rápido que as pessoas ao redor parecem perder o fôlego enquanto ela dispara na direção da porta.

— Belle! — Michael a chama, desesperado, mas Belle sai do restaurante antes mesmo que ele consiga pronunciar todas

as sílabas. Ele deixa cinquenta dólares na mesa e corre atrás dela, mas o máximo que consegue é ver, à distância, o rastro de um casaco vermelho brilhante, com o capuz levantado, descendo as escadas do metrô, o que faz com que Michael pule toda a escadaria da estação com um salto gigante.
— Belle! — ele grita, ao vê-la atravessar as catracas. Michael ainda vasculha os bolsos atrás de uma passagem, mas, no fim, apenas corre e pula por cima do totem da entrada.
— Belle!
Michael a enxerga no fim da plataforma e acelera o passo na sua direção.
— Belle — ele diz, mais baixo, mais calmo. Michael coloca as mãos nos ombros dela e olha dentro dos seus olhos, um par de olhos vazios.

1.230$

— Não consigo entender, Belle, por que você não me deixa te ajudar?
— Você nunca vai entender, Michael. Você não veio de onde eu vim, você não sabe o que eu enfrentei até aqui.
— Mas isso não significa que eu não possa te ajudar.
Belle suspira e anda até a outra ponta da estação, no mesmo instante em que a luz extravagante do trem surge de dentro do buraco escuro do túnel. Michael dá passos rápidos para conseguir acompanhá-la e para na frente dela, bloqueando a passagem. Ele tenta falar com ela, mas o rugido do trem e o chiado alto dos freios são tão barulhentos que é impossível escutar qualquer coisa. Belle e Michael ficam parados, um de frente para o outro, os olhos de um afundando nas profundezas do outro. As portas do trem se abrem e os passageiros começam a sair do vagão, flutuando ao redor dos dois como se fossem fantasmas e Belle e Michael fossem as únicas criaturas vivas do mundo. O trem vai embora e o silêncio toma conta da plataforma.

— Eu só quero que você fique bem... — Michael diz, com a voz trêmula.

— Mas você não tem esse poder, Michael, você não está aqui por minha causa. Eu não sou responsabilidade sua — Belle suspira — e eu também não vou me colocar na situação de ser um fardo na sua vida.

— Eu posso resolver algumas coisas...

— Não, você não pode! Você acha que acaba aqui, que é só uma questão de dinheiro? É uma coisa muito maior. E não vou deixar você me invadir, não vou. Eu sempre resolvi minhas merdas sozinha, de um jeito ou de outro, por anos, e vou resolver sozinha essa situação também...

— Você não precisa sempre ser uma fortaleza...

— Não tenho alternativa. Minha mãe precisou ser, e a mãe dela também. Minha filha vai precisar ser uma fortaleza também. Essa merda de mundo não vai mudar. E, se tem uma coisa que eu aprendi todos esses anos, é a nunca depender de alguém, muito menos de homem. As pessoas sempre te decepcionam no final, e eu não vou te dar essa chance. Eu não deveria sequer ter deixado as coisas chegarem tão longe.

Belle segue em frente, desta vez passando por Michael, cheia de ressentimentos. Seus passos ecoam pelo túnel, assim como os passos de Michael logo atrás. O rugido de mais um trem se aproximando da plataforma devora os dois.

— Que porra é que você está falando, hein? — Michael grita, agarrando o ombro de Belle e virando o corpo dela na sua direção.

— Que essa merda nunca deveria ter acontecido. A gente. Independente do que estava acontecendo com a gente. Eu deixei ir longe demais, e pra mim não dá mais.

— Eu não acredito — Michael murmura, amargo, enquanto as portas se abrem e os passageiros saem do trem.
— Tá, beleza, se para você não dá mais — ele continua —, então você vai entrar nesse trem e nunca mais vai me ver — as portas do trem continuam abertas, sedutoras; a parada

mais demorada do que o normal. Michael fecha os olhos quando Belle passa por ele, talvez ele esteja até rezando para um deus que não acredita existir. Ele se vira para procurá-la e Belle já foi embora. Ela está dentro do trem, que começa a sair da plataforma, em câmera lenta: um vagão passa, depois o outro, o outro, o outro, até que o trem dispara e desaparece na escuridão eterna.

MICHAEL VOLTA para o apartamento do Brooklyn. No caminho, para em um caixa eletrônico e verifica seu saldo: 1.200$. Ele saca todo o dinheiro e guarda no bolso da calça, apertando o maço com a mão. *Talvez eu deva jogar tudo fora ou queimar o dinheiro e terminar com essa merda toda agora. Foda-se, já foi mais do que o suficiente. Presente para todo mundo, nunca para mim. Minha vida sempre tomou esse rumo, esse caminho. Mesmo assim, ninguém nunca percebeu, ninguém sabe como é carregar este peso, este sofrimento. Ninguém nunca nem acreditou em mim, na minha tristeza. Estou sozinho nesta guerra. E eu nunca deixei ninguém tomar conhecimento da verdadeira dimensão do meu sentimento, porque está enterrado com tanta profundidade que entro em pânico só de pensar no que posso fazer comigo mesmo se essa dor chegar na superfície. Enquanto isso, o que é que eu posso fazer? Eu espero e espero, como se fosse uma presa, enquanto as pessoas vêm e exploram e destroem, pedaço a pedaço, qualquer vestígio de alegria ou de paz que eu possa ter dentro de mim.*
    Precisei enfrentar todo tipo de loucura só para estar aqui, e eu sequer consigo andar pela rua sem me lembrar de alguma dor do passado: aquele menino que foi esfaqueado bem ali, aquela pessoa que levou um tiro, aquele que foi preso, aquela que foi estuprada, e, bom, a um oceano de distância, tenho outra família, uma família que eu mal conheço, mas amo profundamente, uma força que meu coração é incapaz de suportar, e que se torna apenas mais uma fonte de sofrimento. Não existe paz para mim nem aqui, nem lá, nem em lugar nenhum; não existe lugar onde eu possa ter um pouco de paz;

não importa o quanto eu tente cultivar um espaço para mim e para a minha subjetividade, o que acontece é que, eventualmente, quando eu deixo alguém se aproximar, essa pessoa me destrói — nunca de uma vez só, às vezes sim, mas em geral aos poucos, pedaço a pedaço, e me machuca demais ser obrigado a viver assim. Fico melhor sozinho? Talvez? Por um período curto, sim, mas e por uma vida inteira? Não sei. Então o melhor é não estar aqui, ainda que, de novo, esta seja a batalha, a batalha que venho disputando minha vida inteira sem saber quanto mais eu aguento lutar. Portanto, vou tirar minhas luvas e abaixar meus braços... Não estou mais lutando.

Michael tropeça para dentro do apartamento, o fedor de álcool exalando de sua pele como um perfume ruim. Com a garrafa na mão, largado na cama, olhando para o teto, ele só percebe que está chorando quando, do canto dos seus olhos, sente escorrer um líquido frio em direção às suas bochechas. Belle. Esta é a decisão que ele precisa tomar, a escolha inevitável, mas que, ainda assim, é uma escolha *sua*. Ele vê o rosto dela toda vez que fecha os olhos; a imagem de Belle o assombra como se fosse um espectro, um sonho recorrente. Michael não consegue manter os olhos abertos, mas também não quer que eles se fechem. Ele não quer enxergar o rosto dela; ele quer senti-la perto de si; sua pele, seu toque, sua respiração. É uma dor implacável a que Michael sente agora, como se algo dentro do seu corpo estivesse morrendo. Sim, está morto. Já morreu. O que resta para ele é realizar o sepultamento. As lágrimas se tornam um dilúvio no seu rosto. Ele deita na cama, paraplégico. Belle. Belle. Belle. O nome dela reverbera dentro da cabeça de Michael até que ele acaba dormindo.

— **QUEM É?**
— Sou eu.
— Eu perguntei: quem é?
— Sou eu, abre.

— Michael! — Belle está em pé na frente da porta, uma expressão de surpresa no seu rosto doce. — O que você está fazendo aqui? — ela pergunta enquanto ele segue até a sala e tira o casaco.

— Eu precisava te ver — Michael diz. Ela fecha a porta e dá passos pesados na direção dele, olhando para o chão. — Por favor, não vá...

— Nós já tivemos essa conversa, Michael.

— Por favor, Belle. Não precisa acabar assim. Não dá para você esperar que eu esteja bem com essa situação. Imagine se você estivesse no meu lugar.

— Olha, é uma coisa com a qual você vai precisar aprender a lidar. É a minha vida, ok? Eu não vou mudar.

— Mudar? Não estou te pedindo para mudar. Minha vida já mudou quando te conheci. Você me fez esquecer. Você fez a minha dor ir embora. Eu nunca senti por ninguém o que sinto por você. E sei que não vou sentir de novo, jamais. Mas...

— Mas o quê? — Belle o interrompe. — O que é que acontece depois? A gente vai se casar? Você vai ficar aqui? Por minha causa? Ou vai voltar para Londres? Você não veio aqui por minha causa, Michael, você veio por você mesmo. Não tem como dar certo.

— Ainda não acabou. Eu sei que você precisa do dinheiro, mas tudo vai se resolver, a gente vai encontrar uma solução.

— Aargh — ela resmunga, erguendo as mãos em direção à cabeça. — Por que você não me escuta, hein?

— Olha — e ele enfia a mão no bolso da calça —, um, dois, três, quatro... Mais um pouco... Aqui — Michael estende a mão para ela. — Mil dólares.

Belle não reage.

— Pega — ele entrega o dinheiro para ela. — E aqui tem mais cem, para aquela multa.

Belle chora. Ela senta no sofá com a cabeça entre as mãos. Michael olha para ela e deseja ter o poder de coletar cada lágrima, transformá-la em diamante, e então devolver para ela. Vê-la feliz, apesar de toda a dor que ela já enfrentou na vida, vale mais do que toda a fortuna acumulada do mundo. Michael a envolve nos braços.

— Está tudo bem — ele diz, fazendo carinho nos baby hairs que cobrem a testa dela. — Vai ficar tudo bem — ele insiste, e Belle olha para ele, seus olhos transformados em um túmulo lacrimejante. Michael dá um beijo na testa dela. — E, Belle, eu já me apaixonei uma vez na vida. Por você.

Eles sentam, entrelaçados um no outro, respirando o mesmo ar, as batidas de ambos os corações cada vez mais sincronizados. Tudo está em silêncio, mesmo as ruas da cidade, como se elas também pudessem sentir o que os dois sentem naquela sala. Belle enxuga as lágrimas e se levanta.

— Minha ideia continua a mesma, eu vou.

— Por quê? — Michael explode.

— Não posso aceitar seu dinheiro, não posso — ela segura o dinheiro na frente dele.

— Como assim? — ele se levanta e agarra os ombros dela. — Belle! Por que você está agindo desta maneira?

Belle olha através dele, seus olhos são dois compartimentos vazios.

— Porque eu preciso, Michael. Não posso aceitar seu dinheiro.

— Não se preocupe com o dinheiro, ele não importa!

— É claro que importa! Não posso aceitar. Não posso — ela repete e repete, erguendo o dinheiro com a mão. Michael anda pela sala, de um lado para outro, em pânico.

— Belle — ele a chama, suplicante, mas ela segue calada e balança a cabeça em negativa. Michael senta no chão, com as mãos na cabeça. De joelhos, ele rasteja até ela. — Belle, por favor — ele passa os braços em volta dela, descansando a cabeça entre seu umbigo e seu seio. Ele segura Belle, respira Belle, é um momento que Michael sabe que é o último.

— Pegue seu dinheiro — Belle enfim diz, virando o corpo e olhando para ele, que já está a caminho da porta.

— Por favor, fique com ele. É seu. O que eu disse continua valendo — Michael abre a porta e se vira, olhando para ela mais uma vez. Belle abaixa a cabeça. Seu rosto é uma música triste, um poema. Michael anda na sua direção e lhe dá um beijo nos lábios, sentindo, pela última vez, todos aqueles formigamentos pelo corpo.

— Tchau, Belle — ele sai e fecha a porta.

100$

— AAARGH! — Michael grita na escuridão.

— Só existem duas coisas que podem fazer um homem sentar no frio e gritar no escuro — uma voz masculina, rouca e soturna, surge das sombras. — Ou é dinheiro ou é mulher — o homem diz, dando uma risada estridente.

— E se forem as duas coisas? — Michael responde, e olha para o homem, que está sentado ao lado dele, no indecifrável parque, com um carrinho de supermercado. As roupas do desconhecido estão sujas e surradas, marrons de tanta poeira acumulada, além de amontoadas em várias camadas. O cabelo dele parece espetado em cima da cabeça, como se ele fosse uma caricatura de desenho animado ou alguém que acabou de ser eletrocutado. O homem se estica e encontra uma posição mais confortável para sentar, inacreditavelmente conseguindo descansar naquele banco duro e gelado.

— Então, você não vai falar nada?
— Falar o quê?
— O que fez você ficar aqui, sentado no escuro, gritando.
— Bom, não sou o único aqui sentado no escuro.

O homem dá uma risada hiperbólica.

— Prefiro não falar nada. Estou tentando esquecer.
— Bateu forte assim, é?
— Comer um pneu de borracha teria sido mais útil.

Michael deixa escapar um suspiro profundo, e o ar frio forma uma névoa na frente do seu rosto.

— Não pode ter sido tão ruim assim. Mesmo eu não seria capaz de comer um pneu, e olhe que eu estou sempre com fome.
— Cara, estou cansado. Só estou *muito* cansado. Minha vontade era deitar e dormir por muito, muito tempo e torcer para não acordar nunca mais.
— Uma vida não examinada não vale a pena ser vivida.
— Oi?
— Você precisa se perguntar: por quê? Por que essa coisa aconteceu comigo? Pergunte para você mesmo: qual é o significado por trás desse sofrimento todo?
— Não tem significado. A gente nasce, a gente morre e, entre uma ponta e outra, a gente sofre. A vida é assim, é o que acontece.
— É importante que a gente dê voz ao sofrimento, uma plataforma para que ele possa falar, que é quando o sofrimento se transforma em arte e, no fim, se transforma em verdade.
— Eu preferiria muito mais uma vida sem sofrimento.
— Me mostre um homem que nunca sofreu e eu vou te mostrar um homem que nunca viveu.
— Viver é sofrer. Nietzsche. Sim, eu sei. Já li um pouco na vida e parece que você também. Só que, em algum lugar distante das suas citações de redes sociais e ditados engraçadinhos, o mundo está fodido, de cabeça pra baixo. Neste exato momento, em algum lugar do mundo, existe guerra, existem refugiados, uma criança que vai morrer de fome ou alguém que está aí pelos cantos se sentindo solitário, miserável, depressivo, cogitando um suicídio. Ou seja, você está mesmo me dizendo que prefere ficar aqui na rua do que em algum outro lugar bem mais quente?
— Rá! Você acha que eu vou deixar de sofrer só por ter um teto em cima da minha cabeça? Sofrimento é a linguagem que todo mundo compartilha, é a nossa conexão mais básica. É uma das duas coisas que faz a gente lembrar, que faz todo mundo lembrar, que nós estamos demasiada e intensivamente vivos. Que nós somos um só. O outro gatilho da memória

é o amor — e o homem, antes de continuar, dá uma risada histérica. — Mas o sofrimento também é aquela coisa que a gente mais nega e mais finge que não existe na nossa vida. Nós somos seres em direção à morte, dirigindo em alta velocidade para o nosso encontro com o fim.

— Ok, você realmente não está me ajudando muito agora.

O homem explode em uma gargalhada.

— Na verdade, tem alguma coisa errada contigo — Michael acrescenta, debochado.

— O que foi, você achou que eu seria o mendigo que chega aqui e te dá de presente uma profunda epifania e o sentido da vida? Você pensou que eu ia te dar algum tipo de esperança? Que romântico. Cara, o único motivo para você estar sentado neste lugar, ou melhor, porra, o único motivo de você estar aqui conversando comigo é porque, neste exato momento, você está um pouco mais perto de saber qual é a sensação de ser uma pessoa como eu, de saber qual é a sensação de ser uma pessoa que não existe.

— É isso o que eu quero, não existir.

— Oi?

— Eu quero morrer.

— Você não quer morrer, só quer que seu desespero acabe.

O vento uiva com violência. O vazio escuro ao redor devora os dois como se fosse uma entidade viva.

— E vai acabar. Vai acabar — o homem diz e, depois de um longo silêncio, dá mais uma gargalhada alta e que se estende por todo o seu corpo, até se transformar em tosse e engasgo. — Qual é seu nome? — ele pergunta.

— Por quê? Você nunca mais vai me ver de novo.

— É, sou obrigado a te dar razão nessa aí.

Frustrado e furioso, Michael se levanta para ir embora, sem ter mais nada para aprender com aquele desconhecido.

— Ô cara, e você não teria um dolarzinho, não? O ser humano precisa comer — o homem pergunta, ainda sentado no banco, olhando para Michael, que devolve o olhar.

— Que tal uma nota de cem? — Michael diz, enfia a mão no bolso e depois segura o dinheiro na frente do sujeito.

— Meu Senhor! Hoje é meu dia de sorte — o homem se inclina para frente e pega o dinheiro com os dedos calejados, com as mãos cobertas por luvas sem dedos. O rosto do homem se abre em um sorriso, revelando dentes amarelos e manchados. Ele ergue o punho e espera pelo cumprimento de Michael, o que acaba acontecendo. O homem se encolhe no banco.

NO APARTAMENTO, dentro do quarto, Michael está sentado na mesa, colocando em um envelope a última carta que ele escreveu para Mami. Vai enviá-la amanhã. Em seguida, ele deleta tudo que pode deletar da sua presença na internet, todas as suas redes sociais, mesmo que ele já não poste há muito tempo nelas. Ele checa seu e-mail pela última vez. Jalil. Michael abre a mensagem.

> E aí, cara
> Tentei te ligar algumas vezes, seu telefone está desligado? Enfim, notícias ruins, meu irmão. Baba faleceu. Mas, pela graça divina, ele ainda conseguiu testemunhar minha união antes da passagem.
> Tenho agora a felicidade de te mostrar: eu e minha bela esposa. Estou ansioso para que vocês se conheçam.
> Te amo, cara, fico aqui querendo saber suas novidades.
>
> Jalil
>
> P.S.: você estava certo.

Michael abre a imagem em anexo. Jalil e a esposa, ambos de aliança no dedo anelar. E a mulher não é Aminah. Jalil está vestindo um terno preto elegante, bem ajustado, estilo James Bond, a esposa veste um vestido sofisticado, off-white, que valoriza seu corpo magro. Ela tem o tipo de beleza que inspira poemas. Os dois parecem tão felizes juntos que, por obra do destino, é como se aquela história não pudesse terminar de outra maneira. O que deixa Michael revoltado: seus olhos refletem o verde da tela enquanto ele se questiona por que a vida de algum jeito dá certo para todo mundo, menos para ele. Em um impulso, ele bate o punho na mesa e começa a tremer, incontrolável. Ele se arrasta até a cama, ainda tremendo, e chora até cair em um sono cheio de raiva e desalento.

Michael enfim se sente em paz, um tipo estranho de paz, um pôr do sol no meio de uma guerra. Ele vê o rosto das pessoas a quem ele dedicou amor e carinho. Ele vê Mami. O pai. Ele vê Jalil. Ele vê Belle, o rosto dela gravado em sua memória para sempre. Um ato como este é gestado na quietude do coração. A guerra finalmente chegou ao fim. A guerra foi vencida.

NO MEIO DA MADRUGADA, Michael vai acordar. Decidido, ele vai calçar seus sapatos, pegar seu casaco, seu chapéu e suas luvas e seguir para o carro alugado, o carro cujo tanque ele deixou completamente cheio, conforme o planejado, pronto para este momento, para a sua última viagem. Ele vai dirigir pelas longas e silenciosas estradas que se estendem na escuridão até chegar no parque Harriman, até chegar na floresta e no território selvagem, nos penhascos imponentes, nas árvores altas, nas águas profundas e violentas. Que aquele lugar o leve embora, que ninguém o escute, que ninguém o veja. Que seu corpo nunca seja encontrado.

Eu aguentei até onde consegui aguentar, e peço desculpas.

Estas mãos simplesmente ficaram cansadas de segurar; este coração, cansado de bater; estes pulmões, cansados de respirar. Este mundo foi implacável para mim, mas eu fui muito mais implacável comigo mesmo, porque meu ódio contra minha própria vida sempre foi muito maior do que o amor que qualquer pessoa tenha depositado em mim. Quem sabe no outro lado exista uma alegria maior do que a minha tristeza, uma alegria maior do que a dor que eu conheci. A vida é uma revelação afetuosa, uma manifestação do Eu no mundo. Mas eu não tenho mais nada para dar. Então é isso, a última hora, a última estrada. O caminho foi longo, mas, finalmente, aqui estou eu.

CAPÍTULO 32

Igreja do Nosso Senhor, centro de Londres, 14h11

Entrei e o culto já tinha começado. A igreja estava completamente lotada. Pessoas em pé, ombro a ombro, tanto nos corredores laterais quanto nos fundos e até alguns fiéis do lado de fora tentando entrar. Encontrei um espaço bem no fundo, perto da estante de bíblias, e fiz o possível para me misturar na multidão. Da rua, o barulho do trânsito parecia ganhar uma dimensão cada vez maior.

— Nós vamos encontrar a nossa leitura de hoje — o pastor Baptiste falava de maneira suave e solene — em Salmos, 23, versículos de um a seis. Comecemos a ler, em nome do Pai, do Filho e do Espírito Santo:

"O Senhor é meu pastor e nada me faltará.

Pois em verdes pastagens Ele me concede o descanso; por águas serenas Ele me conduz.

Restaura minha alma. Guia-me pelas veredas da justiça em nome do Seu amor.

E, sim, ainda que eu ande pelo vale da sombra da morte, não devo temer perigo algum, porque Tu estás comigo; Tua vara e Teu cajado me protegem.

Preparas para mim uma mesa na presença dos meus inimigos; unges minha cabeça com óleo, transbordas o meu cálice.

Sei que, certamente, a bondade e a piedade hão de me seguir por todos os dias da minha vida, e assim habitarei a casa do Senhor por toda a eternidade".

— Amém.
— Amém — a congregação repetiu em uníssono.
O pastor Baptiste olhou para o salão repleto de gente. Depois de um tempo em silêncio, ele começou o sermão.

— Família, irmãos e irmãs, amigos, nós nos reunimos aqui hoje com corações pesados, com corações fraturados e dominados pela dor. Hoje, com toda a tristeza de nossos corações, nós estamos aqui para relembrarmos e orarmos pelo descanso de um jovem homem cuja vida foi tragicamente interrompida. Um jovem homem que provocou um impacto em muitas das nossas vidas, e o fato deste salão estar tão cheio é a prova irrefutável de como ele nos transformou. Um jovem homem que foi filho de sua mãe, irmão de seus irmãos, amigo de seus amigos, aluno de seus professores, jogador de basquete para seu técnico e para seus colegas de quadra, e muito mais. Ele era um jovem homem tentando descobrir seu caminho no mundo, um caminho interrompido aos quinze anos de idade. São estes os momentos que nos forçam a questionar o sentido da vida, se é que a vida possui algum sentido; momentos em que as tragédias nos atingem da maneira mais inesperada, repentina. Mas estes também são os momentos em que nós nos unimos, enquanto igreja, enquanto família, enquanto comunidade, e descobrimos significado um no outro. São os momentos em que nos ajudamos, apesar de todas as dificuldades. Porque, não importa o que a vida coloca em seu caminho, lembre-se sempre de que você não está sozinho.

— Amém — a congregação repetiu em uníssono.

— Hoje nós celebramos a vida de Duwayne Harvey Brown.
Suspiros e lágrimas se espalharam pelo salão.

— O caixão será aberto para que vocês possam prestar as suas últimas homenagens. Seguiremos, então, para o cemitério, para que Duwayne possa descansar em paz.

Um agente funerário, vestido em um uniforme preto, branco e cinza, andou até o caixão e, lentamente, ergueu a tampa. Um grito doloroso atravessou o ar: a mãe de Duwayne, sentada na fileira da frente, caiu no chão se debatendo em angústia. Ela de imediato foi cercada por outras mulheres, que tentaram consolá-la. As pessoas passavam pelo caixão, cabisbaixas, prestando suas homenagens. Entrei na fila. Ainda não tinha visto Duwayne, apenas observava a reação das pessoas quando elas olhavam para dentro do esquife. Então chegou a minha vez. Me aproximei pelo topo do caixão de mogno marrom, finamente entalhado e habilidosamente encerado. Vi, primeiro, o alto da sua cabeça: o cabelo preto parecia recém-cortado e muito bem penteado, como se ele tivesse acabado de sair da barbearia. Dei dois passos à frente. Os braços de Duwayne descansavam ao lado do corpo. Sua pele brilhava, acentuando seus traços. Olhei para seu rosto, seu nariz, seus olhos, sua boca; cada traço seu parecia em repouso. Me lembrei de pequenos momentos dele na minha sala de aula, sentado no fundo, de cenas dele em cima da ponte, com o capuz levantado, rápidas lembranças de Duwayne e do que ele tinha dito, do pedido para que eu fosse assistir à final do basquete — e ali estava eu, observando seu corpo. Como é que nós trataríamos as pessoas se soubéssemos que aquela conversa é a nossa última conversa com elas? Nós teríamos outra atitude? Nós apreciaríamos cada momento? Diríamos para as pessoas o tamanho do nosso amor por elas?

Meus lábios tremiam, meu rosto lutava para manter o equilíbrio. Lágrimas caíram dos meus olhos em direção ao piso da igreja. Senti alguém se aproximar e sussurrar, pressionando meu braço com a mão: "Está tudo bem, cara, vai ficar tudo bem". Escutei aquelas palavras, mas qualquer fé que eu ainda pudesse ter nelas já tinha desaparecido por completo. E então eu fui embora, cruzando com o professor Black no meio do caminho. Nós trocamos um rápido cumprimento com a cabeça; um gesto simples que na verdade representou um abraço, um vínculo profundo. No estacionamento, olhei para o céu azul e brilhante amaldiçoando a vida, xingando o quão banal ela é e xingando as dores infinitas que somos obrigados a enfrentar.

— Professor? — escutei, vinda de longe, a voz de um adolescente. Enquanto os passos chegavam mais perto, antes de me virar para ver quem era, aproveitei para enxugar as lágrimas do rosto. — Professor.

— Alex.

Nós dois nos olhamos com uma resignação complacente e nos abraçamos. Ele parecia desmoronar sob o peso da culpa. Dei tapinhas nas suas costas e ofereci algumas palavras de consolo.

— Eu sinto como se a responsabilidade fosse toda minha — Alex disse.

— Por quê? Não. Você não tem responsabilidade nenhuma. Não pense isso de jeito nenhum.

— Eu queria que a gente não tivesse tido aquela briga. Eu deveria ter tentado ajudar ele com mais frequência... Eu tinha ciúmes dele.

— Como assim ciúmes?

— Ele era o cara popular. Todo mundo gostava dele. E eu me esforcei um bocado, fiz tudo certo, mas ninguém nunca me notou.

— É normal a gente sentir algum tipo de arrependimento, mas não coloque essa responsabilidade nas suas costas. Todo mundo poderia ter feito alguma coisa a mais, mas a gente fez o que a gente podia fazer.

— Professor, ele foi esfaqueado... Doze vezes. E quem fez isso continua solto por aí. As pessoas sabem quem foi, mas ninguém tem coragem de denunciar.

A resposta de Alex foi um lembrete do quanto eu andava distante do trabalho nos últimos tempos, do quão distante eu estava de mim mesmo.

— Não é justo, professor, não é justo — Alex disse e começou a chorar. Seu rosto não passava de um reflexo despedaçado do menino alegre e expansivo que eu conhecia. Alex Nota Máxima, um A que agora se tornava também um A de ansiedade, de angústia e de amargura. — E onde está aquela turminha dele agora? Todos aqueles caras que costumavam andar com ele? Os caras que vinham encontrar com Duwayne na porta da escola? Não faço a menor ideia. Eles não vieram, eles nem se importam. Só fomos nós mesmo, alguns dos colegas de escola que conheciam ele desde pequeno, e a família e os amigos da família... — Alex fez uma pausa. — Você vai para o enterro, professor? — ele perguntou, com os olhos cheios de lágrimas, esperando uma resposta.

— Não posso, Alex. Desculpe. Preciso ir embora.

NÃO FIZ QUESTÃO nenhuma de colocar decorações de final de ano na minha sala de aula. As crianças notaram meu silêncio e minha irritação constante. Eu me sentia cada vez menos eu mesmo, e assim começou meu lento processo de apagamento até me tornar uma simples lembrança.

Depois do último dia do semestre, sentei na minha mesa, encarando o relógio da sala. Os estudantes já tinham ido embora há muito tempo. Os professores já tinham começado a tomar seus drinques de final de tarde. E eu, aos poucos, comecei a recolher meus pertences. Tudo o que me restou, tudo aquilo que sobrou para eu poder levar para casa, cabia em uma pequena caixa que eu já tinha organizado antes, o que criava uma espécie de disfarce: não parecia que eu estava indo embora para sempre, parecia apenas que eu estava, como de costume, levando trabalho para corrigir nas férias. Então o sol se pôs e o céu se transformou em uma escuridão desordenada. Esperei os corredores ficarem em silêncio, juntei meus pertences e me arrumei para sair.

— Professor Kabongo — escutei alguém dizer, depois de abrir a porta. — Tem um minutinho livre?

Era a Sra. Sundermeyer, que apareceu de repente e entrou na minha sala. Fiquei surpreso de vê-la, ainda que, por vários motivos, não tão surpreso assim.

— Claro — eu respondi.

Ela deu alguns passos e parou bem na minha frente, do outro lado da mesa.

— Você chegou a assistir à final do campeonato de basquete? — a Sra. Sundermeyer perguntou.

— Não, não consegui — respondi, sem dizer o porquê, mas ela já tinha compreendido.

— Perdemos, infelizmente.

Ela fez uma pausa e me devolveu um sorriso obstinado.

— Bom, eu só vim aqui desejar toda sorte do mundo na sua próxima jornada — sua voz ganhou um ar muito mais solene.

— Muito obrigado.

— E eu, é... Bom, espero que o senhor não se sinta desencorajado e que tome o tempo certo para poder descobrir o que está precisando descobrir. O senhor causou um impacto incrível na vida de muitos jovens, e não acho que tenha sido a última vez que isso vá acontecer.

— Muito obrigado, diretora. Mas, sim, acho que foi a última vez, sim.

A diretora se sentou na cadeira à minha frente, com uma postura levemente mais relaxada do que antes.

— É que, veja, professor Kabongo... Ou melhor, vou te chamar de Michael, se você não se incomoda — ela fez uma pausa. — Sei que parece que eu só me importo com trabalho, trabalho, trabalho. Mas não é verdade. Há mais ou menos dezoito anos, eu fui diagnosticada com um câncer. Eu tinha casado há pouco tempo e minha filha tinha acabado de nascer. Eu estava a caminho do que dizem ser uma vida perfeita, e aí meu mundo virou de cabeça para baixo. Meus amigos, minha família, meu companheiro, todo mundo me ajudou de uma maneira incrível, todos me falavam para ser forte, para eu continuar lutando, e que eu ia superar a doença. Mas eu não queria. Eu já tinha jogado a toalha muito antes da luta começar. Mas, independente do quanto eu me conformava em perder a batalha para aquele monstro, alguma coisa dentro de mim me fez continuar. E eu superei. Não sei como. Não sei o porquê. Mas eu me lembro do quanto eu não queria superar a doença, e aquilo realmente me ensinou uma lição, de que não importa quantas vezes a gente fale sobre como queremos que determinada coisa aconteça, não é isso que torna essa coisa real. Às vezes a gente precisa escutar mais o silêncio do que aquela voz dentro da nossa cabeça — a Sra. Sundermeyer disse e se levantou da mesa, seguindo na direção da porta. — Você não pode salvar todo mundo, Michael. Não é assim que a vida funciona. Você precisa encontrar uma ou duas pessoas na sua vida, aquelas pessoas com quem você realmente se importa, aquelas que você realmente ama, e se entregar por inteiro a elas. Às vezes essa pessoa é você mesmo. E o resto se resolve sozinho.

Antes de sair, ela se virou uma última vez e me encarou com um olhar de compaixão, de aceitação, um olhar com o qual eu não estava acostumado. A distância, ali, ficou um pouco menor, mas já era uma distância enorme, essa aproximação veio tarde demais.

Desliguei o computador, arrumei a cadeira embaixo da mesa, peguei minha caixa e saí da sala de aula, desligando as luzes ao atravessar a porta. Os corredores estavam escuros e lúgubres quando passei por eles. Ao chegar na portaria, dei de cara com um temporal. Por um segundo, olhei para trás, observei aquele prédio alto, um simpósio de memórias prestes a serem enterradas no passado, sem chance de retorno. Dei as costas e fui embora.

CAPÍTULO 33

Ed. Peckriver, norte de Londres, 17h27

Eu já tinha desperdiçado a maior parte do dia sentado na janela, tomando uma xícara de chá, olhando para o mundo exterior a partir da paz silenciosa do meu quarto, observando o dia virar noite, as árvores sacudidas pelo vento, as nuvens passando pelo céu, a cantoria dos pássaros, as pessoas caminhando pela rua. Dentro de mim, eu não parava de pensar em como aquela vida continuaria da mesma forma sem a minha presença: ininterrupta, mais um dia vencido, mais um pôr do sol, o vento soprando pelo ar, o mundo seguindo em frente sem qualquer tipo de obstáculo. E esse pensamento me trouxe uma espécie de quietude, uma reconciliação com a minha própria ausência.

Decidi sair para caminhar. Passei pela movimentada avenida principal, cheia de bêbados alegres e festivos curtindo a noitada, passei pela estação do metrô de onde esses bêbados saíam, passei por uma loja e depois mais uma e mais uma, passei também pelo mercado, pelo homem tatuado entregando panfletos, passei por outro homem segurando um cartaz ilegível, passei pelo semáforo no meio do cruzamento, pelas construções abandonadas durante a madrugada, pela ponte — onde vi o mesmo grupo de meninos e o fantasma que cercava aquelas criaturas —, passei pelo canal escuro e opaco, por aquela água que vivia a sua própria vida, passei pelas ruas onde as casas ricas ficam de um lado e as propriedades oficiais ficam do outro e por todos os moradores de rua que dormem em barracas no meio daqueles edifícios, passei por uma lembrança, por outra lembrança, por outra lembrança, por outra lembrança. E então voltei para o prédio em que passei quase toda a minha vida, o único lugar que aprendi a chamar de casa, o lugar que, naquele momento, já não era mais casa nenhuma.

De volta ao meu quarto, eu ainda precisava organizar minha bagagem. Uma coisa é você viajar durante o feriado ou sair de férias sabendo que vai retornar para o mesmo lugar, mas o que se faz quando você sabe que nunca mais vai voltar? O que você leva na mochila? Suas roupas e sapatos favoritos? Aos poucos, nas semanas anteriores, eu já tinha doado todos os meus objetos pessoais. Também doei meus tesouros mais preciosos, isto é, meus livros. Não existia mais em mim nenhum tipo de apego físico a bens materiais; o único apego que me sobrava era o apego emocional, que, com o tempo, também iria desaparecer. Peguei, portanto, meu mochilão de viagem e enchi somente com os itens mais básicos, aqueles que eu certamente iria precisar até eu não precisar de mais nada. Roupas e cuecas extras, produtos de higiene e meu livro predileto, aquele exemplar que sempre levei comigo para todas as viagens, independente do motivo ou da distância, independente de ser para perto ou para longe: *Two thousand seasons*, de Ayi Kwei Armah. Mas, a cada minuto, eu sentia mais e mais ansiedade. Um medo angustiado que crescia e desaparecia dentro de mim como uma onda.

Em algum momento, resolvi sentar sobre a mochila cheia, com a mão apoiada no queixo, no conforto da escuridão. Eu estava sozinho no apartamento. Não encontrava Mami há dias, talvez a semana inteira; ela passava cada vez mais tempo com o pastor Baptiste. Aceitei, com certa relutância, sob a condição de que ninguém exigisse meu envolvimento na relação, que o que eles queriam era, de fato, se casar. Mesmo assim, comecei a deliberadamente evitá-la, chegando mais tarde do que o normal e saindo o mais cedo possível no dia seguinte. Mami ainda não sabia da minha decisão de ir embora. Concluí que seria a melhor solução, tanto para mim quanto para ela. Que a gente não se visse antes de eu sair, que nada precisasse ser dito. No entanto, achei importante escrever um bilhete:

Mami,
Estou indo embora. Não se preocupe. Não tente me procurar. Daqui a um tempo, tudo vai fazer sentido.
Com amor, seu filho,
Michael

Naquela noite, o sono me abandonou. Deitei na minha cama e encarei o teto, deixando cada lembrança dolorosa e pesada fluir pela minha memória como um riacho que atravessa um leito de pedras irregulares. Eu não via Sandra desde o episódio do e-mail. Pensei em ligar para ela, talvez fazer um esforço para vê-la pela última vez, mas não era essa a montanha que eu estava destinado a escalar. E Jalil, bom, pensei bastante em Jalil, com um carinho especial, e sobre Baba também. Refleti muito sobre como, muitas vezes, sabotamos o nosso próprio potencial de felicidade pela busca de um objetivo que não é mais do que efêmero. Talvez por a gente não acreditar que merece, ou talvez porque a miséria é mesmo o nosso sentimento mais familiar e, portanto, como acontece quase sempre, a gente se apega ao que já conhece.

Ainda no escuro, peguei meu telefone para checar as mensagens e chamadas perdidas. Não havia nenhuma, o que me fez guardar o telefone um pouco mais convicto da minha decisão. *Amanhã de manhã, vou viajar para os Estados Unidos da América, primeiro para São Francisco e depois para qualquer outro lugar, a depender da minha capacidade de escolha.* Mas por que os Estados Unidos? Nenhum motivo em especial, a não ser o romance, a poesia; a única terra que eu conheço que se autointitula livre. E eu quero viver com liberdade. Apesar da pergunta, então, ser inevitável: o que significa ser livre? Viver uma vida selvagem e excitante? Talvez, às vezes, sim, dá para dizer que sim. Ou viver livre de problemas ou de expectativas, não carregar nenhum peso e nenhuma arma; viver de maneira autêntica, sendo eu mesmo, independente do quão falho eu seja; fazer ou não fazer, seguir como eu quiser. Ah, América. O lugar que cresci assistindo, o lugar no qual sempre quis me perder. Quando eu era apenas uma criança, sonhava em ser um andarilho sem rumo, vivendo uma vida de liberdade que, para mim, só era possível na imaginação; uma vida em que eu responderia somente a mim mesmo. Porque, no fim, sou tudo o que eu tenho, sou tudo o que eu posso ser. E, sendo assim, morrer por minha própria decisão é a liberdade total e irrestrita. Morrer, estar morto. Quanto mais eu falava, mais eu me sentia confortável com a ideia, e mais eu percebia o quanto aquela decisão tinha sido tomada há muito, muito tempo. Era uma decisão germinada no fundo do meu improdutivo coração, como uma bela flor selvagem no meio do deserto — e um ato como esse é sempre gestado na quietude do coração.

Eu já tinha reservado minha passagem muito tempo antes e organizado todo o resto da viagem da maneira mais silenciosa possível, sem levantar qualquer tipo de suspeita. *Vou levar comigo todas as minhas economias: a soma que representa todo o meu valor neste mundo. E vou viver em um lugar que irei conhecer pela primeira vez. Um lugar onde não tenho qualquer tipo de memória, nenhum tipo de vínculo, nenhuma conexão, onde não conheço uma alma sequer, gastando o dinheiro do jeito que eu quiser, até não sobrar mais nada, que é quando eu vou, enfim, acabar com a minha própria vida. Vou abandonar o mundo do mesmo jeito que entrei nele, através da assombrosa beleza da natureza. Minha vontade é desaparecer no mundo, calado, invisível, desconhecido. Minha vontade é ir embora sentindo a paz que tanto estou à procura; uma morte que surge, em silêncio, no meio da noite.*

CAPÍTULO 34

Rua Ridley, Londres, 15h35

Mami anda pelo mercado de Dalston. As cores brilhantes das frutas e das bacias cheias de vegetais contrastam com o cinza ranhento do céu. Corpos passam por ela, à esquerda e à direita, como se ela estivesse caminhando por uma floresta. A cacofonia dos vendedores reverbera ao fundo, uma orquestra sinfônica bastante familiar, em que "coisa linda por aqui, preço único na bacia, preço único na bacia", cantada em sol maior, é a canção mais popular. Mami carrega uma sacola de makemba, pondu congelado, makayabu e kwanga, que ela vai preparar mais tarde no jantar. Ela coloca tudo em um carrinho de feira — suas mãos hoje em dia tremem demais para que ela continue carregando as sacolas nos dedos, como costumava fazer.

Mami compra tudo o que precisa e segue para a estação em frente ao mercado, a Dalston Kingsland. O próximo trem chega em quatro minutos. Na escadaria de entrada, ela se enrosca e briga com o peso do carrinho de feira. Uma multidão passa correndo por ela, até que um menino negro, vestido com roupas esportivas escuras e um moletom com capuz, se aproxima e pergunta "Ei, tia, você quer uma ajuda?". Mami sorri para ele. O rosto familiar do menino traz certa melancolia para o coração dela. Ele carrega o carrinho de feira até o final da escada e espera que ela desça todos os degraus. Mami agradece ao menino efusivamente — "Deus te abençoe, meu filho. Deus te abençoe" — e o rapaz sobe de volta a escada, pulando dois ou três degraus de cada vez, os pés leves como os de uma gazela.

Mami, então, chega em casa, descarrega as compras e começa imediatamente a cozinhar, escutando música gospel congolesa; Tata Nzambe, sali sa biso, Tata Nzambe, sali sa biso, na ba mpasi oyo, toko monoka. Ela continua preparando a mesma quantidade de comida, o suficiente para alimentar muitas bocas, ainda que coma sozinha. Em seguida, Mami senta para assistir suas novelas favoritas, xingando o homem da tevê que está traindo sua esposa com a melhor amiga dela, aquele roteiro que todo mundo sabe como termina. E a noite chega, lenta e silenciosa. Primeiro Mami dorme no sofá, com a cabeça inclinada para trás, a boca aberta e o ronco de quem está exausta por sobreviver a mais uma semana interminável. Ela acorda no meio da madrugada e vai para seu quarto, onde vai ter mais uma noite sem qualquer tipo de descanso, agitada e se virando de um lado para o outro. A insônia traz de volta os horrores de que Mami pensava já ter escapado, mas, no escuro, ela vê e ela escuta os gritos de desconhecidos, os sons de ossos se quebrando nas calçadas, dos tanques passando por cima das pessoas, das balas ricocheteando nas paredes, das cápsulas vazias caindo na rua como folhas de outono, ou como seixos nas praias, brilhando como os presentes dos amigos que guardamos para sempre, os sons dos bebês chorando em um mundo tomado por ventos violentos, chuvas violentas, todo tipo de violência, as árvores dançando contra um céu escaldante, as coisas passando e passando até que caem, caem, caem em um silêncio inabalável.

Mami acorda, seus ossos pesados como um amontoado de tijolos. Ela abre as cortinas e deixa a luz entrar. Ela tem dormido cada vez mais durante o dia; em alguns, não chega nem a levantar da cama. Não importa o quão luminoso o dia esteja do lado de fora, a escuridão sem vida permanece a mesma do lado de dentro, e tem sido assim desde que Michael foi embora. Mami tenta não pensar nele. Todos os porta-retratos com fotos de Michael estão virados de cabeça para baixo, inclusive, preparando o coração dela para a notícia que ela sabe que não vai suportar ouvir. Não se preocupe. Ele é um homem muito novo ainda, precisa de um tempo para entender a vida. Vai ficar tudo bem. Os outros dizem essas frases para ela, mas Mami permanece incrédula: suas tripas se agitam sabendo que, sim, sem dúvida, existe algo aí muito, muito mais profundo. Ela recebeu as cartas de Michael; guarda cada uma delas na pequena cômoda ao lado da sua cama. Na última, ele escreveu:

Mami,
Esta é a última carta que eu vou te enviar.

Estou te escrevendo para te pedir desculpas. Desculpas por toda a dor que eu causei em você. Por não ter percebido antes o quanto você se sacrificou por mim, o quanto você se sacrificou para que eu pudesse ter um pouco do que eu tive. Não enxerguei sua luta. Não pensei em como você deve ter se sentido, noite depois de noite, já preocupada com tantas coisas, e sendo obrigada a acrescentar meu nome nesta lista de preocupações.

Eu nunca quis te provocar qualquer tipo de dor. Preciso que você saiba disso. Eu só estava tentando encontrar um pouco de silêncio, um pouco de paz. E, mesmo agora, me machuca muito saber o quanto estou te machucando, ainda que não me restem alternativas. O que está feito não pode ser desfeito. Mas eu serei grato a você por toda a eternidade, por tudo. Espero não ter te desapontado. Espero que você ainda possa encontrar um lugar para mim no seu coração. Quando isso acontecer, nós vamos nos reencontrar.

Com amor, seu filho,
Michael

Mas essas cartas só tornam sua dor ainda mais aguda, só pioram a sensação de que seu estômago está nadando em ácido. É um teste vertiginoso para a sua fé, como se Mami tivesse sido colocada no alto de uma torre e agora fosse obrigada a pular, por alguém que diz em seu ouvido que, se ela acreditar de verdade, asas vão crescer nas suas costas durante a queda. Ela apenas segue em frente do jeito que dá. O único lugar em que Mami não mexeu foi o quarto de Michael; está tudo do mesmo jeito desde a última vez que ela entrou lá e encontrou o bilhete que ele deixou. Ela transformou o quarto em um santuário, preservando todas as lembranças, como se elas fossem relíquias antigas e sagradas.

Mami entra na cozinha e prepara o café da manhã que ela deveria ter comido horas antes. Ela mal se alimenta, e as pessoas a elogiam por estar mais magra, sem se darem conta de que a perda de peso é motivada pelo estresse e pela tensão que ela tem enfrentado todos os dias. Mami volta para a sala, liga a televisão e assiste aquela monotonia idiotizante dos vários e vários rostos ocupando a tela. De repente ela já não está mais lá, deixa o barulho tedioso da tevê transportá-la para um vazio de sentimentos, um lugar onde não existe nada do que ela é, um deserto árido de imaginação, o refúgio do nada.

Lá embaixo, a campainha toca, alguém está tentando entrar no edifício. Mami ignora. A campainha toca de novo, pela segunda vez, mas é interrompida no meio do caminho. Depois de alguns minutos, alguém bate na porta. Mami demora um pouco para responder, mas a pessoa insiste, então ela se arrasta pelo chão, cada passo mais pesado do que o anterior.

— Quem é? — Mami pergunta.

— Aqui é o detetive Peterson e a inspetora Lawson, nós somos da Polícia Metropolitana. Podemos falar com a Sra. Kabongo, por favor? — Mami observa os policiais pelo olho mágico; o homem, Peterson, se veste de maneira elegante, mas banal; a mulher, Lawson, ao lado dele, vestida com o uniforme da polícia, espera pacientemente.

— Eu sou a Sra. Kabongo — Mami diz ao abrir a porta.

— Sra. Kabongo, a gente poderia conversar dentro do seu apartamento? — o detetive Peterson pergunta, mas Mami não se mexe.

— Por favor, Sra. Kabongo, vai ser melhor se pudermos entrar para conversar — a inspetora Lawson diz, com uma expressão empática no rosto. Mami confia nela, confia no rosto dela, mais do que no rosto do homem; tem um quê de sinceridade na atitude da mulher, uma dor visível que mostra que aquele momento é mais significativo para ela do que somente um trabalho. Mami dá um passo para o lado e deixa os dois entrarem. Eles sentam na sala, no sofá menor, a televisão sem volume como cenário de fundo.

— Sra. Kabongo, muito obrigada por nos receber na sua casa — a inspetora Lawson fala com certa apreensão na voz. — Infelizmente temos algumas más notícias para trazer para a senhora — Mami senta também. Ela pega o controle remoto e desliga a tevê. Consegue escutar as batidas do seu próprio coração, como se um bumbo estivesse sendo tocado no meio da sala. Mami olha para o detetive Peterson e para a inspetora Lawson, tentando interpretar o rosto dos dois, torcendo para que ela consiga adivinhar quais são as notícias, de modo que o choque pela revelação pareça um pouco menos agressivo. — O corpo do pastor Baptiste foi encontrado dentro de casa. Um enforcamento. Parece ter sido um suicídio, que ele tirou a própria vida. Mas não encontramos nenhuma mensagem ou qualquer outro indicativo. Nada que ele tenha deixado para trás.

Mami não se mexe. Seus olhos não piscam, suas mãos não tremem, seus lábios permanecem inertes, seu corpo parece imperturbável. O choque que ela sente provoca uma letargia profunda, uma paralisia arrebatadora.

— Lamentamos muito por termos que te trazer esta notícia trágica. Trabalhamos o mais rápido possível para identificarmos os parentes e amigos mais próximos, mas o tempo só permitiu que chegássemos agora até você. Sabemos o quanto o pastor era querido na congregação e o quanto esta notícia deve ser um choque bastante violento para você. A senhora tem alguém que possa chamar para ficar aqui com você? Uma amiga ou um parente? — Mami pensa em Michael. — Talvez o melhor seja a senhora não ficar sozinha neste momento.

— Não, não, está tudo bem — Mami responde e se levanta, gesticulando para que eles também se levantem e sigam na direção da porta. — Está tudo bem, vai ficar tudo bem — Mami diz, falando por cima da inspetora Lawson.

— Se a senhora precisar conversar, ou se tiver alguma dúvida — Lawson fala, parando na porta antes de sair e retirando de dentro do seu uniforme um cartão, que ela coloca na mão de Mami —, pode entrar em contato comigo diretamente neste número.

Mami volta a sentar no sofá, olhando fixamente para a sala vazia, para o nada que está na frente dela. O silêncio devora seu corpo como uma praga. Ela tenta pensar na última vez que viu o pastor Baptiste, mas sua mente está muito confusa para conseguir se lembrar de qualquer coisa. Ela se lembra apenas da distância, de como ela aos poucos se afastou dele, por estar na verdade se afastando de si mesma. Ele deveria ter participado da oração de sexta, assim como ela, mas cada um estava no seu canto morrendo um tipo diferente de morte.

Por fim, com muito esforço, Mami se levanta do sofá. Ela se arrasta até o seu quarto, chorando, as lágrimas pingando uma a uma no chão.

AMANHECE. Mami acaba dormindo a manhã inteira. A noite foi duríssima com ela, que passou a madrugada inteira chorando até o poço do seu espírito secar. Assim que soube do ocorrido, Mami desligou seu telefone para que ninguém tentasse falar com ela. Não era difícil imaginar as perguntas invasivas que seriam feitas. Mas você não sabia? Você nunca percebeu nada de errado? Como é que você deixou isso acontecer? Perguntas que ela mesma já tinha se feito um milhão de vezes, como se fosse de alguma forma responsável por aquela morte.

Quando Mami acorda, o quarto está um breu. Ela não sabe dizer se seus olhos estão abertos ou fechados. E, deitada, ela vê o rosto do pastor Baptiste de novo e de novo e de novo, flutuando na escuridão ao lado dela. As lembranças que ela tem dele logo invadem sua consciência; as longas caminhadas no parque durante o crepúsculo, de mãos dadas, bebendo milkshake, as refeições em restaurantes na penumbra, os cafés da manhã, o intenso ar frio que ela sentia apenas no caminho para o trabalho, todas as particularidades dele que as pessoas não conheciam, todos os planos para o futuro. Mami escuta a voz do pastor, ela pode sentir seu toque; ele se aproxima, cada vez mais perto, até que, de uma hora para outra, desaparece.

Mami tira a bíblia da cômoda e aperta o livro sagrado contra o próprio peito, em busca de um conforto que não vem. Sua fé é o ar rarefeito, e ela está lutando para conseguir respirar. O mundo, para ela, se tornou uma terra devastada de onde nada mais pode surgir. Ela arranca as páginas e arremessa a bíblia pelo quarto e o choro explode com força. Ela xinga, ela blasfema no escuro, ela grita:

— Que Deus é esse?! Que Deus é esse?!

A manhã vira tarde. Mami se levanta da cama. Ela arrasta os pés pelo corredor até o banheiro e depois vai para a sala, onde vai ficar sentada por boa parte do dia. Mais tarde, ela escuta uma batida na porta. Mami se pergunta se é o pessoal da igreja. Talvez eles tenham vindo para conferir o estado em que ela se encontra, aquele enxame de fiéis. Ao invés de esperarem ou de fazerem as perguntas por telefone, eles decidiram jogar o interrogatório na cara dela, decidiram fingir tristeza, como se eles também pudessem sentir o que ela está sentindo agora. Outra batida ressoa pela porta, e mais uma na sequência.

Mami sente a frustração crescer dentro de si, uma reação química explosiva entre sua tragédia e seu sofrimento. Ela grita "Me deixa em paz!", mas sua voz é uma fraca rajada de vento, ninguém é capaz de escutar. Ela deixa escapar um suspiro de exasperação. O som das batidas na porta de repente se transforma na dor de cabeça que parece esmurrar sua testa. As batidas continuam. Mami coloca as mãos nos joelhos e empurra as próprias pernas para conseguir levantar. Ela amarra o turbante ao redor da cabeça, fecha o cardigã que está vestindo e dá passos relutantes e pesados em direção à porta.

— Certo, já vou, já vou — Mami diz, já segurando a maçaneta. Ela abre a porta. Um homem está em pé do lado de fora, um homem que parece ser um fantasma; um homem cujas mudanças no rosto são evidentes, ainda que ele se pareça o mesmo. — Michael! — Mami se engasga, de olhos arregalados ao vê-lo. Ela imediatamente desaba em choro, tampando o rosto com as mãos.

— Estou em casa — Michael diz ao abraçar Mami e segurar seu corpo de maneira carinhosa. Ela começa a soluçar quando se vê rodeada pelos braços do filho.

— Michael, Michael... — ela repete, de novo e de novo e de novo, como se não pudesse ser verdade.

E esta é a jornada da vida, embora a gente não consiga entendê-la. Nós nos movemos, em nossa inércia, cheios de ânsias, fugindo da solidão, fugindo do exílio. Nós nos movemos, fugindo do medo, fugindo dos momentos em que nos abandonamos, porque não existe ninguém que diga quem a gente é. Nós nos movemos, fugindo do mergulho, fugindo do afogamento, fugindo da prisão submersa, fugindo da prisão interna, até chegarmos naquele momento em que percebemos que não é assim que deve ser: sempre existe uma alternativa. Sempre. Nós nos movemos, a partir daí, em direção ao ato de amar e ser amado, em direção à morte durante a noite, em direção ao despertar pela manhã, em direção à percepção de que não passamos de uma insignificância minúscula na vastidão do universo, ao mesmo tempo em que nunca nos esquecemos do quão importantes realmente somos; você é tudo dentro da existência, quando tudo dentro da existência é você mesmo. Nós nos movemos em direção ao momento em que descobrimos diversão na infelicidade, beleza no desespero, força no coração ao deixar ir embora e suavidade nas nossas mãos ao segurar as coisas. Esta é a canção que nunca foi escutada; ah, desejo silencioso, tristeza gentil, arte no centro da nossa consciência, sonhos do nosso futuro. É a vibração da borboleta em pleno voo, a gagueira dos lábios nervosos proclamando a alegria. É a redenção, a reconciliação e o renascimento. A revelação de que você não é um pedaço de madeira à deriva, você é o oceano. É a lagarta que percebe que não precisa mudar para ficar bonita, pois autoaceitação é a verdadeira transformação, e a mudança, o brilho, nada mais é do que quem você sempre foi. Este é o novo começo que surge com o fim, a manhã que se converte em noite, a escuridão que se converte em luz, e vice-versa. É o ninho do pássaro, as penas dos anjos, a lua, o poeta e o poema, a dança e a música, a oração, o canto de louvor. É a esperança radical; nós acreditamos que o melhor ainda está por vir, independente da situação. E, acima de tudo, este é o amor, aquela centelha de luz intensa, aquela chama deslumbrante, efêmera ou eterna. Que ele nos encontre, que ele seja o desejo que nos leva adiante, a conexão que nos traz de volta, que nos conduz deste sentimento de solidão em direção à cura — este é o nosso involuntário ato de respirar.

AGRADECIMENTOS

Eu não imaginava ser possível escrever uma história como esta, ou que ela algum dia pudesse ser publicada, e quero, antes de mais nada, agradecer à minha agente, Maria Cardona, da Pontas Agency, por realmente acreditar em mim e nesta história — e por confiar na minha visão, mesmo sem você mesma enxergar, Maria. Todo escritor, todo artista, todo ser humano precisa de alguém para defendê-lo e levar suas ideias e paixões ao máximo do seu potencial, e o que você fez foi extraordinário. À Sharmaine Lovegrove e a toda a equipe da Dialogue Books/Little, Brown, obrigado pelo trabalho incansável, pela dedicação e pela paixão por histórias que representam a completude da nossa experiência humana. Me sinto privilegiado por poder contribuir.

A todas as pessoas especiais que conheci ao longo dos anos e que, de alguma forma, participaram do desenrolar deste livro. Às pessoas queridas da minha vida, para quem guardo um espaço no meu coração, do mesmo modo que elas guardam espaço para mim no coração delas. Obrigado, de verdade, por me amarem de maneiras que nem vocês mesmos conseguem imaginar.

E, por último, aos meus leitores e às minhas leitoras, obrigado por me apoiarem nesta jornada inconcebível. Rezo para que minhas palavras sejam suficientes para vocês, assim como vocês são suficientes para este mundo. Com amor, sempre.

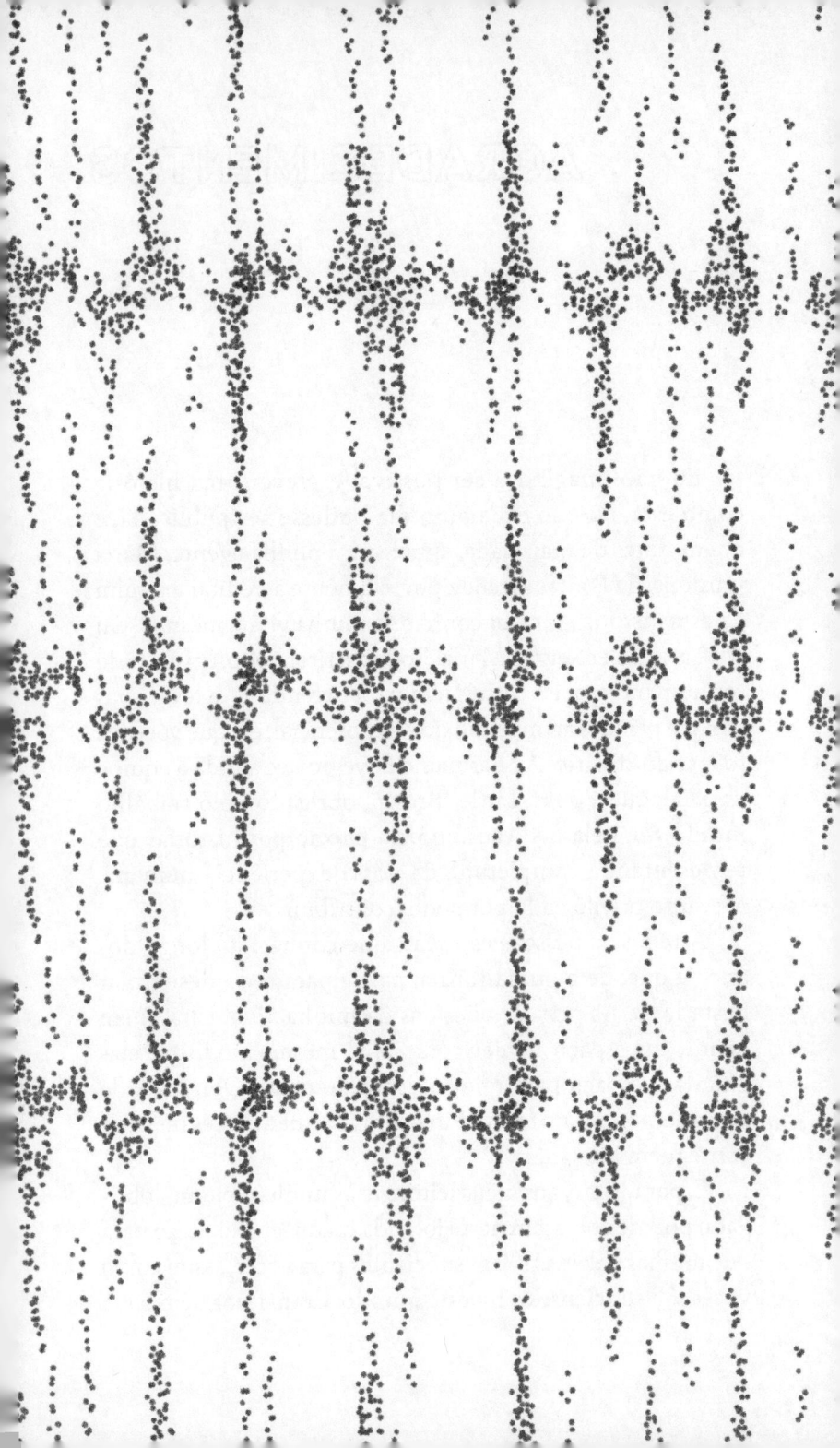

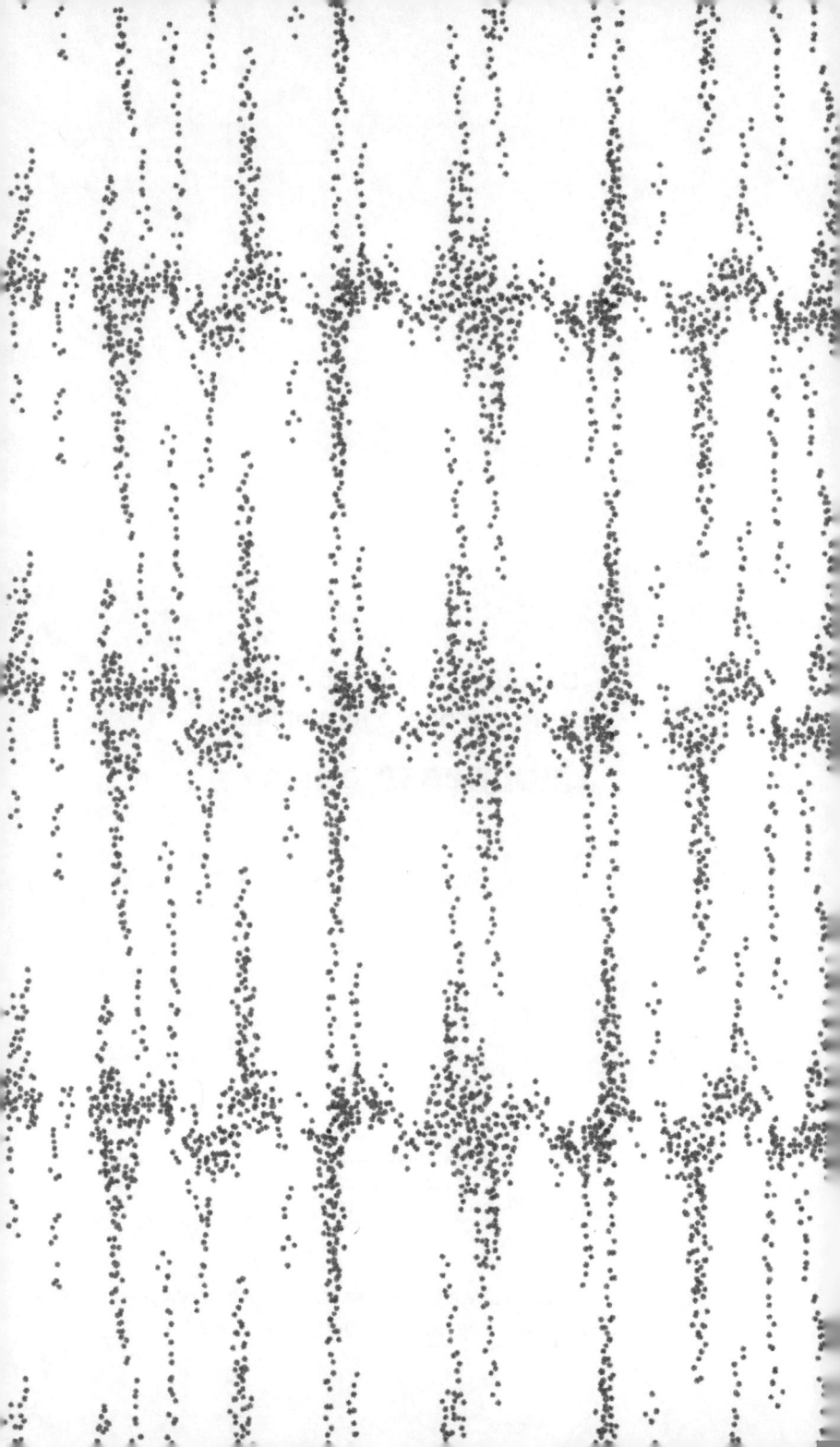

Descubra a sua próxima
leitura em nossa loja online

dublinense.COM.BR

Composto em BELY e impresso na BMF GRÁFICA,
em PÓLEN BOLD 70g/m², em FEVEREIRO de 2022.